Llora por el amor 3

Hass und Liebe

von

Jaliah J.

Impressum

Alle Rechte am Werk liegen beim Autor
J., Jaliah
Llora por el amor 3
Hass und Liebe

Berlin, Dezember 2015
Erstauflage
Lektorat: Günter Bast
Cover/Bildgestaltung: Klaud Design – Marie Wölk

Herstellung und Verlag:
BoD - Books on Demand, Norderstedt

ISBN: 978-3-7392-0697-4

www.jaliahj.de

Weiter geht es mit einer neuen Geschichte um die Les Surenas

und die Trez Puntos.

Folgt mir ein weiteres Mal nach Puerto Rico.

Viel Spaß in Sierra.

LA SIERRA

TREZ PUNTOS

Bella Surena
Juan Punto

Miko & Sam
Raul
Tito & Lucia
Pepo

Leandro

LES SURENAS

Ramon Surena, & Jennifer Surena mit Miguel und Sami
Paco Surena
Rodriguez Surena

Josir
Ramos & Rosalia
Mano
Hernandez
Chico & Adriana

Kapitel 1

Zwei Wochen später...

»Wo ist eigentlich Chico schon wieder?« Rodriguez sieht sich genervt in dem Besprechungszimmer im Haus seines Bruders Paco um.

Chico ist in den letzten zwei Wochen, seit sie Adriana aus Kolumbien mitgebracht haben, fast ganz verschwunden. Man bekommt ihn nur noch selten zu Gesicht. Rodriguez hat ja Verständnis dafür, dass es der Kleinen schlecht geht und sie Hilfe braucht. Aber dass Chico nur noch bei ihr ist und sie außer ihm und manchmal Bella, niemanden an sich heranlässt, ist ihm etwas unverständlich. »Der kommt gleich, er wartet noch, dass Bella von ihrer Mutter kommt und dann ist er da. Ich möchte, dass alle anwesend sind, wir haben etwas ziemlich Merkwürdiges herausbekommen.« Rodriguez lehnt sich in seinem Stuhl zurück und sieht in die Runde.

Juan hat das Treffen einberufen, es sind alle engeren Mitglieder beider Familias da. Von den Trez Puntos sind es Juan, Miko, Raul, Pepo und Tito, der erst seit gestern mit Lucy für zwei Wochen aus New York nach Puerto Rico gekommen ist. Von seiner Familia ist er neben Paco und Ramon der Anführer. Außerdem gehören bei ihnen noch Mano, Josir, Hernandez, Kasim, Samy und eben Chico, auf den sie alle nun warten, zum inneren Kreis.

Letztlich sind die beiden Familias nur noch Formsache, denn sie erledigen fast alles nur noch gemeinsam und obwohl sie jahrelang die erbittertsten Feinde waren, haben sich beide Familias nun vermischt und sind zu einer Einheit geworden. Der stärkste Beweis für diesen Zusammenhalt sitzt gerade auf Pacos Schoß und schafft es nun endlich, auf den Tisch zu klettern.

Klatschend, sichtlich froh darüber, den Armen seines Vaters entkommen und es auf den großen Besprechungstisch geschafft zu haben, steuert der kleine Leandro die Chipstüte von Mano an.

Sofort lässt er sich auf den Po plumpsen und versucht unter großen Anstrengungen, sich ein paar Chips herauszufischen. Leandro ist Pacos und Bellas Sohn, also Rodriguez' Neffe. Er hat beide Familias, die sich immer mehr miteinander angefreundet haben, letztlich unwiderruflich zusammengeschweißt. Bella ist die Schwester des Anführers der Trez Puntos und Paco war zu dem Zeitpunkt noch der Anführer der Les Surenas.

Als herauskam, dass die beiden sich lieben, war die Hölle los, doch letztendlich kam der kleine Wicht dabei heraus, der jetzt Mano einen unwiderstehlichen Blick zuwirft. Es ist wirklich unfair, Leandro sieht haargenau aus wie Rodriguez' älterer Bruder Paco, aber er hat die leuchtenden grünen Augen seiner Mutter und wenn er einen damit so ansieht, dann kann niemand widerstehen. Also macht Mano das, was alle hier tun. Sie alle sind Leandro voll und ganz verfallen und er öffnet ihm die Chipstüte.

»Gracciiaas«, trällert Leandro und alle müssen schmunzeln, als er sich wieder auf seine kleinen Beine stellt und kurz überlegt, zu welchem seiner vielen Onkels er diesmal will. Rodriguez hängt sehr an Leandro und lächelt, als dieser sich seinen Weg zu ihm durchschlägt. Er nimmt ihn zu sich auf den Schoß, gibt ihm einen Kuss auf seine weichen Haare und spürt dabei den Blick seiner beiden älteren Brüder auf sich.

Schon seit einer Weile ist sich Rodriguez bewusst, dass seine beiden älteren Brüder immer genau ein Auge auf ihn haben. Sie machen sich Sorgen, wie Ramon es schon des Öfteren erwähnt hat, doch Rodriguez nervt es einfach nur. Tito seufzt auf und legt zufrieden die Beine auf den Tisch.

»Dein New York-Aufenthalt scheint dir gut zu bekommen.« Josir lacht und greift ebenfalls in die Chipstüte, die Leandro noch immer fest in seinen kleinen Händen hält. Dabei fliegt die Hälfte der Chips auf Rodriguez' Hose und der gibt Josir einen leichten

Schlag auf die Schulter. »Josssiir böse ...«, lacht Leandro und Paco seufzt. »Bella tötet mich, wenn sie erfährt, dass er Chips gegessen hat und euch beim Blödsinn machen zugesehen hat.« Juan lacht.

»Nun komm mal runter. Leandro ist ein Mann und dem schadet so was schon nicht. Und ja, Tito, vielleicht solltest du mir mal erklären, warum du dich vorhin nicht von unserem Engel trennen konntest, nachdem ihr gerade erst zwei Wochen in New York aufeinander gegangen habt«, witzelt Juan gleich bei Tito weiter. Wieder kehren alle Blicke zu Tito, der schon die ganze Zeit über ein breites Grinsen im Gesicht hat. »Oh, mir geht es bestens in New York. Die Geschäfte laufen in Amerika auch sehr gut. Außerdem musst du dich gerade melden, Juan. Wer geht denn nachher noch Babymöbel kaufen?« Ein gemeinsames Lachen erfüllt den Raum, in dem Moment kommt Chico durch die Tür.

»Hey, was kann hier schon lustig sein, wenn ich nicht da bin?« Er klopft Miko beim Vorbeigehen auf die Schulter und lässt sich erschöpft neben ihm in einen Stuhl fallen. »Alles klar? Wie geht es Adriana?«, will Miko gleich wissen und Chico lehnt sich zurück. »Ich weiß es nicht, ich denke es wird besser, doch dann macht sie wieder einen Rückschritt. Keine Ahnung, was bei Frauen im Kopf vor sich geht.« Paco lacht leise. »Wer weiß das schon?« Dann übernimmt Juan und steht auf.

»Okay, also nachdem wir allgemein festgestellt haben, dass wir alle zu Waschlappen mutieren und dass die Frauen uns in ihrer Gewalt haben, sollten wir etwas besprechen.« Er knallt eine Mappe auf den Tisch und reibt sich einmal mit der Hand über sein Gesicht. Alle werden ruhig, denn sie spüren, dass es etwas Ernstes sein muss.

»Es geht um Orlando.« Sofort hat Juan Rodriguez' vollständige Aufmerksamkeit. Orlando. Allein bei dem Namen kocht in Rodriguez so eine ungeheure Wut hoch, dass er ihn sich am liebsten auf der Stelle nochmal vorknöpfen würde. Er hat die Familias damals mit ihm in Kontakt gebracht, das wird er sich nie verzeihen. Nur wegen seines dummen Vertrauens in diesen Mistkerl ist der junge

Saul gestorben, und Tito wäre beinahe bei seinem hinterhältigen Versuch, die Les Surenas und die Trez Puntos zu hintergehen, gestorben.

Seine einzige Genugtuung ist, dass er sich selbst um Orlando kümmern konnte und somit alles beendet hat, letztlich auch das Leiden der vielen Frauen. Eine von ihnen liegt bei Chico im Haus und kann das Entsetzliche, was Orlando ihr angetan hat, noch immer nicht verkraften. »Der ist in der Hölle und da gehört er auch hin«, knurrt Chico und andere stimmen mit ein.

Juan räuspert sich. »Ja klar, das schon, aber uns ist etwas … komisches aufgefallen. Wir wissen nicht, ob es wirklich etwas zu bedeuten hat, aber wir sollten dem nachgehen und da liegt das Problem.« Paco unterbricht ihn. »Wovon redest du? Was ist euch aufgefallen und wieso? Ich dachte, das Thema wäre spätestens beim Hochgehen diverser Bomben erledigt gewesen.«

Diesmal antwortet Pepo. »Schon, aber wir wollten sicherheitshalber noch einmal alles abchecken, ob es irgendwelche Verwandte oder noch weitere Mitglieder der Roña gibt, also haben wir recherchiert und unsere Kontakte nochmal aktiviert. Seit unserer Aktion gibt es noch eine kleine Gruppe von vielleicht sieben Personen, aber die verhalten sich ruhig und haben garantiert nicht vor, sich bei uns zu melden.

Orlandos Eltern sind durch einen Autounfall ums Leben gekommen, weitere Verwandte konnten wir nicht ausfindig machen, außer - und jetzt kommt das Merkwürdige - seine Schwester. Orlando hatte eine Schwester, sie ist vier Jahre jünger als er, also 21, und es ist nur Eingeweihten bekannt, dass die beiden verwandt sind.«

Juan wirft ein Bild auf den Tisch, Rodriguez erkennt es sofort. Er hat es bei Orlando auf der Kommode entdeckt. Es zeigt ein kleines schwarzhaariges Mädchen mit genauso blauen Augen wie Orlando sie hatte. »Na und? Was soll mit der Kleinen sein? Wo liegt das Problem? Will sie uns mit ihren Stöckelschuhen erschlagen, weil wir ihren Bruder getötet haben?« Rodriguez wirft einen Blick auf das Bild und lehnt sich zurück. Juan schüttelt den Kopf.

»Seine Schwester ist nicht irgendwer, kennt ihr das Lied, was die Frauen im Sommer ständig gehört haben, dieses 'Loca, Viva la Noche' Ding?« Paco lacht. »Ja, ich kann es nicht mehr hören.« Juan nickt. »Die Sängerin ist hier und in Kolumbien ein gefeierter Star und heißt Melissa. Nun haben wir herausbekommen, dass es Melissa Dimengo ist, Orlandos Schwester.« Alle sind ruhig, das hätte keiner erwartet. Juan fährt unbeirrt fort, er hat diese Nachricht sicher schon verdaut.

»Das alleine wäre jetzt auch nicht so wichtig. Allerdings haben wir herausgefunden, dass sie aufhört und eine Abschiedstournee gibt, am Höhepunkt ihrer Karriere. Zu ihrer Familie hat sie sich nie geäußert, aber in Kolumbien ist unter vorgehaltener Hand bekannt, dass sie die Schwester von Orlando … war. Auf jeden Fall hat sie gerade ihre Abschlusstournee in Kolumbien gegeben und angefangen, hier in Puerto Rico ihre letzten Auftritte zu absolvieren.

Das letzte Abschlusskonzert soll der Höhepunkt werden, und nun ratet mal, wo das stattfindet?« Rodriguez fährt sich einmal durch die Haare, er kann das gerade nicht glauben. Er dachte, die Sache mit Orlando wäre vorbei, und nun taucht irgendeine Schwester auf, die auch noch ein bekannter Star ist. »Wenn man bedenkt, dass die meisten kolumbianischen Einwohner, die hier in Puerto Rico leben, in Sierra und Umgebung wohnen, wirkt es vielleicht normal. Wenn man aber bedenkt, dass wir ihren Bruder und seine Familia getötet haben, ist es schon ein sehr großer Zufall, dass in zwei Wochen das letzte Konzert von ihr hier bei uns in Sierra sein soll.«

»Okay, also da ihr ja schon so weit Bescheid wisst, habt ihr euch auch sicher etwas überlegt?« Es ist schwer zu überhören, dass Paco genervt ist von der Tatsache, dass Juan hinter seinem Rücken weiter recherchiert hat. Das geht schon länger so, auch wenn Rodriguez nun der offizielle Anführer der Les Surenas ist, weil Ramon und Paco beide Familie haben, fällt es Paco sehr schwer, sich bei solchen Angelegenheiten zurückzuhalten. Ramon ist da gelassener, er trifft zwar Entscheidungen mit und will auch über alles informiert werden, doch es ist ihm nie schwergefallen, auf den Anführerposten zu verzichten.

Paco und Rodriguez sind sich sehr ähnlich. Er könnte sich niemals vorstellen den Platz wieder abzugeben und er weiß, dass auch Paco nie daran gedacht hat, bis er auf Juans Schwester Bella getroffen ist und sie sein Leben und sein Denken auf den Kopf gestellt hat. Spätestens als Leandro dann auf die Welt kam, war klar, dass Paco nicht mehr alles wie früher machen kann, er hat zu viel Verantwortung.

Eine Sache, die Rodriguez sich niemals antun wird. »Die Trez Puntos denken immer mit!« Juan kann es nicht lassen, seinem Schwager noch eine Spitze mitzugeben und alle anderen grinsen leicht. Es ist lustig zu beobachten, wie die beiden sich immer wieder wie zickige Weiber angehen. Der Beweis, dass dies unnötig ist, weil ihre Zusammengehörigkeit nun nicht fester sein kann, sitzt gerade auf Rodriguez' Schoß und krümelt alles mit Chips voll.

»Erzählt einfach!« Rodriguez fehlt die Geduld für diese Spielchen und wieder trifft er auf die Blicke seiner Brüder, sie behandeln ihn, als wäre er eine tickende Bombe. Juan scheint heute allerdings auch noch Besseres vorzuhaben. »Wir haben hin und her überlegt, was für Möglichkeiten wir haben, an sie heranzukommen. Zu beobachten, was genau sie hier will, ob sie die restlichen Leute der Roña begleiten, im Grunde wissen wir auch nicht genau, ob nicht eine andere Familia aus Kolumbien Rache nehmen will. Vielleicht ist es auch nur ein Zufall, aber wir müssen auf alles vorbereitet sein. Natürlich ist die Polizei für ihre Sicherheit verantwortlich, wenn sie hierher kommt.«

Rodriguez muss grinsen, die Polizei in Sierra ist ein Witz, sie haben hier nur eine kleine Außenstelle, die Hauptzentrale in der anderen Stadt kriecht vor ihnen zu Boden. Es ist unzählige Male vorgekommen, dass sie die Les Surenas um Hilfe gebeten haben.

Wir haben schon mit ihnen gesprochen und ein paar Infos bekommen. Melissa wird für eine Woche hier sein. Da dies ihr letztes Konzert ist, soll es natürlich etwas Besonderes werden, und das braucht wohl einiges an Vorbereitung. Deswegen hat sie sich auch beschwert, dass das Hotel außerhalb von Sierra liegt und sie jeden Tag den Weg fahren muss. Sie muss wohl eine ziemlich verwöhnte Zicke sein. Sie wollten versuchen, eine Villa für sie zu finden, so nah wie möglich am Veranstaltungsort, dem riesigen freien Platz kurz hinter dem Surena-Gebiet. Dort wird alles aufgebaut, die Polizei rechnet mit vielen Fans, die extra angereist kommen, um dieses Abschlusskonzert zu sehen. Ich habe mit dem Polizeichef geklärt, dass wir uns um Melissa Dimengo kümmern.«

Chico schnalzt mit der Zunge, als hätte er genau das geahnt. »Was meinst du mit kümmern?« Juan grinst. »Wir sind für ihre Sicherheit verantwortlich. Wir holen sie vom Flughafen ab, überprüfen alle Personen, die mit ihr in Kontakt treten, stellen ihr und ihrem 'Gefolge' eine Unterkunft und behalten sie rund um die Uhr im Auge. So können wir am besten kontrollieren, ob etwas geplant ist und sehen wer sie begleitet. Wir können ihre Gespräche verfolgen und alles andere.«

Paco zieht die Augenbrauen zusammen. »Aber sie weiß doch sicherlich, wer die Trez Puntos und die Les Surenas sind. Wir haben ihren Bruder getötet. Nicht dass der Hund es nicht verdient hat, aber ich denke nicht, dass sie uns freiwillig folgen wird.« Pepo greift nach einer Tüte hinter sich und wirft ein paar Schutzwesten und schwarze Jacken auf den Tisch. Dabei kann er sich ein Grinsen nicht verkneifen, als alle die weiße Aufschrift Security lesen können. Miko lacht als erster laut los. »Ist das euer Ernst? Wir spielen jetzt alle Security Leute?« Juan packt eine der Westen aus und hält sie in die Luft. »Nicht alle, wir werden die Arbeiten an der Bühne beobachten, die Gegend überwachen und einige werden sie rund um die Uhr begleiten, es sind nur ein paar Tage und sie hat nur ihren Manager, ihre Stylistin und zwei Freundinnen angemeldet, also reicht es vollkommen, wenn sie vier Männer bewachen.

Außerdem brauchen wir ein Haus auf dem Surena-Anwesen, was wir ihr zur Verfügung stellen.« Nun mischt sich Ramon ein. »Eine Straße weiter ist gerade ein Haus fertig geworden, es ist groß, hat einen Pool, das sollte reichen.« Raul nimmt sich ebenfalls eine Weste. »Ob das die Prinzessin zufrieden stellt? Die Frauen werden sie sicher etwas herrichten müssen, damit der Star überhaupt einen Fuß da rein setzt.« Miko lacht und greift auch nach einer Weste. »Ich will da auf jeden Fall mitmachen, das lasse ich mir nicht entgehen!« Juan nickt. »Okay Miko, wer noch?«

Es tritt Stille ein, es will sich keiner freiwillig als Bodyguard irgendeiner hochnäsigen Zicke melden, die dazu noch aus der Familie von Orlando kommt. Rodriguez muss an den Stall denken, in dem sie so viele gefangen gehaltene Frauen gefunden haben, daran, wie sie Orlando von Adriana herunterziehen mussten, die bis jetzt noch nicht über diese Sache hinweg ist.

Wie viel weiß die Schwester davon? Gibt es vielleicht doch noch mehr Leute der Roña oder einer befreundeten Gang, die sich an ihnen rächen wollen? Bevor etwas passiert, oder wieder solche Angriffe wie von den La Hondez stattfinden, sollten sie ihnen zuvorkommen. Er hat den Kontakt zu den verfluchten Kolumbianern damals hergestellt, deswegen ist Saul gestorben und beinahe auch Tito. Er wird sich das niemals verzeihen. Das Einzige, was er tun kann, ist, die Roña aus Puerto Rico und von seiner Familie fernzuhalten.

Er nimmt das Bild von dem Mädchen in die Hand und sieht auf diese verfluchten blauen Augen, die ihn auch kalt aus Orlandos Gesicht angesehen haben, als er ihn dorthin geschickt hat, wo einer wie er hingehört, direkt in die Hölle. »Ich werde die Aktion machen, ich werde mich darum kümmern!«

Rodriguez wirft angewidert das Bild wieder in die Mitte des Tisches. Er sieht, wie Paco und Ramon sich einen Blick zuwerfen, doch er ignoriert es. Seine Brüder müssen endlich lernen, ihn seinen eigenen Weg gehen zu lassen. Juan nickt zufrieden, es ist immer gut, wenn einer der Anführer mit von der Partie ist, dann ist klar, wer das Sagen hat. Rodriguez braucht gar nicht zu ihm zu sehen, er weiß, dass Hernandez sich auch automatisch meldet. »Ich bin auch dabei!«

Man hört, dass er genauso wenig Lust dazu hat, doch schon seit ihrer Kindheit, weicht er nicht von Rodriguez' Seite. Neben seinen Brüdern ist Hernandez derjenige, dem er blind sein Leben in die Hand legen würde, ohne einen Zweifel dabei zu haben. »Okay, zwei Surenas haben wir...« Juan sieht die restlichen Trez Puntos an. Da hier nur die engsten Kreise anwesend sind, bleiben bei ihnen nicht mehr viel, Tito muss sicher wieder zurück nach New York, Raul und Pepo sehen genervt auf, doch dann ist Rodriguez über Pepos Nicken verwundert.

Pepo ist von ihnen allen der Ruhigste, er sagt selten ein Wort, hält sich aus allem heraus, ist zwar immer dabei, doch irgendwie fällt er nie auf. Rodriguez weiß aber, dass er schnell und tödlich ist. Bei ihrem Angriff auf die Roñas hat er beobachtet, wie Pepo ohne Gefühlsregung jeden aus dem Weg geräumt hat, der ihnen in die Quere gekommen ist und auch Juan nickt zufrieden. »Dann haben wir ja die Kindergärtner für die Prinzessin beisammen!«

Chico grinst bis über beide Ohren. Rodriguez ist sich sicher, dass er selbst sehr gerne dabei wäre, er würde sich so etwas sonst nie entgehen lassen, doch er kann jetzt auch nicht zu lange von Adrianas Seite weichen. Er hätte nie gedacht, dass Chico sich einmal so aufopfernd um jemanden kümmern würde. Er, der Spaßvogel, der sich nie um etwas Gedanken gemacht hat. Auch wenn er jetzt wie immer seine Scherze macht und breit grinst, Rodriguez kennt ihn zu gut und sieht die Sorgen in seinen Augen. Aber auch er muss lachen, als sich Chico einen Schlag auf den Hinterkopf von Miko einfängt. Die beiden waren von Anfang an unschlagbar zusammen. »Ich werde dich garantiert mal mitnehmen, also nicht zu weit aus dem Fenster lehnen!«

Rodriguez holt sein Telefon heraus. »Ich werde Don Carlos anrufen, mal sehen, was er über diese Melissa weiß.«

Einer seiner besten Freunde, der mit ihm zusammen aufgewachsen ist, war schon immer ein Talent, was das Singen und Reimen angeht. Nun ist er einer der berühmtesten Sänger aus Puerto Rico, aber er kommt immer wieder nach La Sierra und seine Plaka zeigt, wohin sein Herz gehört. »Tu das und sag ihm am besten, er soll auch gleich vorbeischauen, mit ihm sind die Partys immer noch am besten!« Josir wirft ihm einen vielsagenden Blick zu. Sie alle können Frauen haben wie sie wollen, aber mit den zahlreichen Groupies von Don Carlos können sie dann doch nicht mithalten.

Bevor sie aber alle den Raum verlassen, sieht Juan noch einmal in die Runde und alle werden wieder ernst. »Vielleicht ist sie nur ein harmloser verwöhnter Star, die es nicht kümmert, was passiert ist und das alles ist nur ein Zufall, aber wir werden es nicht drauf ankommen lassen. Besonders nicht hier bei uns, wo alle unsere Familien anwesend sind!«

Alle Blicke fallen auf den kleinen Leandro, der mittlerweile selig auf Rodriguez' Schoß eingeschlafen ist. Rodriguez erhebt sich, ohne seinen Neffen zu wecken und trägt ihn hinaus.

»Keine Sorge, so etwas wird nie wieder passieren, dafür werde ich schon sorgen!«

Kapitel 2

Als Chico in sein Haus zurückkehrt, hört er schon von oben die leisen Stimmen von Bella und Adriana. Er ist Bella mehr als dankbar, dass sie sich um Adriana kümmert. Neben ihm ist sie die Einzige, die etwas Zugang zu der Frau hat, die sie aus dem Haus von Orlando gerettet haben. Obwohl Chico niedergeschlagen zugeben muss, dass er diesen Zugang nicht wirklich hat. Sie braucht ihn um sich herum, weshalb genau ihn, versteht er selbst nicht. Trotzdem ist er da. Aber sie redet nicht mit ihm, nicht über die Sachen, die passiert sind, nicht über ihre Angst.

Adriana hat sich seitdem nicht einmal vor das Haus getraut und das seit nun schon zwei Wochen. Chico versichert ihr immer wieder, dass ihr hier nichts passieren kann, dass sie hier sicher ist, doch sie versteht es nicht. Er ist fast rund um die Uhr bei ihr. Mittlerweile reicht es ihr, wenn er im Haus ist, er muss nicht mit ihr im selben Raum sein. Doch wenn er länger weg ist, holt er Bella, da er weiß, dass sie sonst zu viel Angst hat. Mit Bella allerdings beginnt sie so langsam zu reden.

Sie hat vor ein paar Tagen das erste Mal mit ihr über ihre Familie in Kolumbien gesprochen. Ihre Mutter ist bei der Geburt ihres jüngeren Bruders gestorben. Beide haben die schweren Stunden nicht überlebt. Seitdem ist sie mit ihrem Vater allein gewesen. Adriana konnte nie zur Schule gehen, musste ihrem Vater von Anfang an auf einem Feld bei der Getreideernte helfen, aber sie war glücklich. Ihr Vater war ein lieber und geduldiger Mann. Er hat alles für seine einzige Tochter getan. Als die ersten Kandidaten um Adrianas Hand angehalten haben, war sie diejenige, die alle ausgeschlagen hat, weil sie noch nicht bereit war, ihn allein zu lassen.

Über den Tag, als Orlando sie geholt hat, hat sie aber auch Bella nichts berichtet. Bella hat Chico erklärt, dass sie anfangen muss, darüber zu sprechen. Sie muss diese Last von der Seele lassen, sonst wird es sie auffressen.

Die Frauen scheinen die Tür gehört zu haben, denn es wird still. Bevor Adriana Panik bekommt, reagiert er. »Ich bin zurück!«

Rodriguez klappt sein Handy wieder zu und geht mit Hernandez zu seinem Haus. Eigentlich müsste er jetzt das größte der insgesamt drei Häuser auf dem Grundstück besitzen, da er der offizielle Anführer der Les Surenas ist, doch Rodriguez legt keinen Wert darauf. Paco und seine Familie sind in dem großen Haus besser aufgehoben. Die Treffen können weiter dort stattfinden, da Bella nicht die Art von Ehefrau ist, die darüber schockiert ist, dass viele Familiamitglieder in ihrem Haus sind.

Meistens sind Mitglieder aus ihrer eigenen Familie dabei und sie zwingt sie, noch länger zu bleiben. Auch wenn er seine beiden Schwägerinnen sehr mag, er kann sich eine Ehe oder sogar nur eine feste Beziehung niemals vorstellen. Sich so zu binden, Kinder auf die Welt zu setzen, in ihre Welt zu setzen, für ihn kommt das gar nicht in Frage. Er weiß auch nicht, wie eine Frau das aushalten sollte, dieses Leben, was er durch die Familia führt. Er sieht ja an den Frauen seiner Brüder, wie schwer das ist.

Jennifer, die Frau seines ältesten Bruders Ramon, ist ganz neu dazugekommen. Sie hatte keine Vorstellungen, was es bedeutet, zu einer Familia zu gehören. Jennifer kommt aus Schweden, sie war im Urlaub hier und Rodriguez weiß, dass Ramon, als er sie hier kennengelernt hat, für sie nur ein ganz normaler einheimischer Geschäftsmann war. Rodriguez erinnert sich, wie er ihn ausgelacht hat, als sich dieser allerlei schnulziges Zeug einfallen lassen hat, um die Schwedin zu beeindrucken.

Als sie zurückgeflogen ist, war Rodriguez froh, dass es vorbei war, dass sein Bruder wieder der alte wird. Doch schon nach ein paar Tagen hat jeder gemerkt, dass mit Ramon etwas nicht stimmte. Er ist von ihnen dreien immer der Gutmütigste, der Geduldigs-

18

te gewesen, doch plötzlich wurde er unausstehlich. Sie haben alles versucht, um ihn auf andere Gedanken zu bringen, ihm die schönsten Chicas besorgt, die besten Partys gemacht, ihn rund um die Uhr versucht abzulenken, doch es war nichts zu machen. Er hat die anderen Frauen nicht einmal mehr angesehen, seine Gedanken waren immer woanders. Und wenn jemand es wagte, diese zu unterbrechen, hat er seine volle Wut abbekommen.

Es war so schlimm, dass sie alle doch froh waren, als Ramon sich in ein Flugzeug gesetzt hat und nach Schweden geflogen ist. Als er ein paar Wochen später dann allerdings mit Jennifer zurückkam, fingen die Schwierigkeiten an. Ramon hatte ihr nicht die ganze Wahrheit gesagt über seine Tätigkeit. Er hat es als 'Geschäfte mit der Familie abwickeln' beschrieben, um was für eine Familie es sich dabei handelt, hat er lieber erst einmal verschwiegen.

Jennifer liebt Ramon sehr, auch Rodriguez weiß, dass sein Bruder sie vergöttert, doch es war und ist noch immer nicht leicht für sie. Nach und nach hat sie alles kennengelernt, sie alle haben versucht, es so gut es geht von ihr fernzuhalten, doch es ist unmöglich, das ganz auszublenden. Sie hat immer wieder Waffen bei ihnen gesehen und nicht verstanden, warum ständig so viele Männer anwesend sind. Als dann bei einem Deal ein paar Sachen außer Kontrolle geraten sind und Ramon verletzt wurde, blieb ihm nichts anderes mehr übrig, als ihr alles zu sagen.

Rodriguez weiß nicht genau, wie dieses Gespräch abgelaufen ist, er weiß noch, dass Ramon die Tage danach sehr nervös war und sich Jennifer allein ins Haus zurückgezogen hat. Es war die Frage, ob sie zurückfliegt oder bleibt und die Familia akzeptiert, letztlich blieb sie. Doch sie hat bis heute Schwierigkeiten mit diesem Leben. Rodriguez war oft genug dabei, kennt die Probleme. Auch als seine Neffen Miguel und Sammy auf die Welt gekommen sind, wurde es nicht besser, sondern schlimmer.

Sie werden nie wie andere Kinder auf eine normale Schule gehen können, zumindest nicht, bis sie alt genug sind, um sich verteidigen zu können. Sie sind aus den engeren Kreisen der Les Surenas, sie oder Leandro werden die zukünftigen Anführer der größten und gefürchtetsten Familia Puerto Ricos werden. Daran wird sich Jennifer niemals gewöhnen können. Deswegen geht sie all diesen Dingen aus dem Weg.

Wenn Treffen stattfinden, wenn es etwas Neues gibt, setzt sie sich ab, sie versucht, all dem so gut es geht aus dem Weg zu gehen, und sie respektieren das. Rodriguez sieht seinem ältesten Bruder an, dass es ihm nicht leicht fällt, das alles von Jennifer zu verlangen, auf ihr Verständnis zu hoffen. Auch wenn er sich schon sehr zurückhält, er kann es sich nicht aussuchen, keiner von ihnen kann das, sie sind als Anführer geboren worden.

Mit Bella, der Frau von Paco, ist es genau umgekehrt und trotzdem genauso kompliziert. Sie weiß, wie das Leben in einer Familia abläuft. Sie ist die Schwester des Anführers ihrer damals größten Feinde, den Trez Puntos. Sie und Paco hätten sich niemals über den Weg laufen dürfen, doch als sie es dann getan haben, nahm das Schicksal seinen Lauf. Paco hatte immer die gleiche Einstellung wie Rodriguez, nie hätte er sich vorstellen können, dass ihn eine Frau zähmt und dann auch noch so eine Frau wie Bella, eine Trez Puntos.

Rodriguez hat natürlich von Anfang an gemerkt, dass Paco Interesse an der zarten Frau mit dem größten Sturkopf, den er je gesehen hat, gefunden hat, doch er hätte nicht gedacht, dass es so weit geht. Paco hat alles und besonders die Familia in Gefahr gebracht, er hätte sich nie auf eine Trez Puntos einlassen dürfen. Und als dann herauskam, dass es auch noch die Schwester von Juan dem Anführer ist, war es schon zu spät. Wieder hat er einen seiner Brüder gegen die Gefühle ankämpfen sehen, genau wie Ramon, wenn nicht noch schlimmer. Paco durfte man in der Zeit nicht einmal schief ansehen und er ist schon ausgerastet.

Zu der Sache mit Bella kamen die Angriffe auf die Familias. Auch wenn sich das alles eingerenkt hat, eines ist geblieben: Die ständige Sorge um Bella. Paco ist in dieser Hinsicht wie in einem Wahn. Rodriguez kann es zwar etwas verstehen, nachdem er Bella mehr-

20

mals hintereinander ganz knapp verloren hat. Doch er sieht auch, dass es Bella nicht nur stört, sondern es sie belastet. Besonders seitdem Leandro auf der Welt ist, bewacht Paco seine Familie wie ein Adler. Er hat recht, Bella ist der wunde Punkt beider Familias und Leandro nun auch, aber Rodriguez ist sich sicher, Bella wird seine ständigen Sorgen und Bedenken bei jedem Schritt von ihr nicht mehr lange mitmachen.

Er schüttelt den Kopf, niemals würde er sich diesen Stress frei-willig antun. Im Haus setzt er sich sofort an einen der Laptops, die auf dem großen Esstisch im Wohnzimmer immer herumstehen. Don Carlos konnte ihm keine neuen Infos geben, er kennt diese Melissa zwar, hat sie auch schon einige Male getroffen, aber viel weiß er nicht über sie. Es sind nur die üblichen Dinge bekannt, mit wem sie mal etwas hatte, das sie in L.A. lebt und nur für ihre Auf-tritte nach Kolumbien fliegt. Das ist der einzige Punkt, den Rod-riguez interessant fand, sie lebt also nicht in Kolumbien? Er fährt den Laptop hoch, mal sehen, was er noch über diese Melissa Dimengo herausfindet.

Chico wird von einem grellen Schrei wach und fällt fast von der Couch. Im Halbschlaf greift er zu seiner Waffe, die er neben sich auf dem Tisch hat und sieht sich um. Es dauert einen kurzen Augenblick, bis er im Hier und Jetzt landet und sein Herzschlag sich wieder normalisiert. Es ist mitten in der Nacht, er ist auf der Couch eingeschlafen, die ihm als Schlafplatz dient, seit Adriana hier mit ihm wohnt. Doch er kennt diesen Schrei mittlerweile zu gut und seufzt leise auf. Er weiß einfach nicht, was er wegen Adriana machen soll.

Er geht in das Schlafzimmer, wo sich ihm wie fast jede Nacht das gleiche Bild zeigt. Auch jetzt ist das Bett zerwühlt, sie ist schweiß-gebadet, sie muss sich die ganze Nacht gequält haben. Aber Adria-na schläft, der Schrei ist ihrem Traum entsprungen. Chico setzt sich müde zu ihr ans Bett. Er schiebt vorsichtig ihre dunklen

Locken zur Seite, damit er einen Blick auf ihr schönes Gesicht werfen kann.

Er mag es sie anzusehen, manchmal wenn er selbst nachts keinen Schlaf findet, setzt er sich auf den Sessel neben das Bett und sieht ihr beim Schlafen zu. Es beruhigt ihn auf eine merkwürdige Art und Weise, besonders wenn er merkt, dass sie ruhig schläft, dass sie gerade nicht diese schlimmen Erinnerungen quälen.

Bella hat kurz mit ihm geredet, bevor sie vorhin gegangen ist. Sie hat ihm erzählt, dass Adriana, als sie beide im Garten spazieren gegangen sind, ihr anvertraut hat, dass sie oft an ihren Vater denken muss, dass er ihr fehlt. Doch was genau in der Nacht, als Orlando sie geholt hat, geschehen ist, weiß keiner. Ob sie jetzt diese Erinnerungen oder die Sachen, die ihr bei den Roñas passiert sind, quälen, weiß Chico nicht.

Plötzlich wird Adriana wieder unruhiger, sie flüstert ein leises Nein, als würde sie etwas beobachten, was ihr die Luft zum Atmen raubt. Sie beginnt sich herumzuwälzen und bevor ihr wieder ein Schrei entweicht, legt Chico vorsichtig seine Hand auf ihre Schulter und weckt sie. »Adriana!« Es dauert, bis er sie von da wegholen kann, wo sie sich zwar zu fürchten scheint, aber auch nicht loslassen kann, doch irgendwann öffnet sie die Augen und sieht ihn ängstlich an.

»Beruhige dich, es ist alles gut, du bist hier bei uns!« Adriana ist zwar nicht mehr panisch, aber nun fließen dicke Tränen aus ihren Augen, was das ganze für Chico unangenehm werden lässt, normalerweise verzieht er sich spätestens jetzt immer, er kann keine Frauen weinen sehen. Aber als er sie immer noch leicht zittern sieht, nimmt er ihre Hand. »Adriana, du brauchst hier wirklich keine Angst zu haben, du bist jetzt schon zwei Wochen hier und du siehst doch, es will dir keiner etwas Böses, im Gegenteil, wir wollen dir alle nur helfen. Oder stört dich irgendetwas?«

Adriana sieht ihn aus ihren verweinten Augen an und beginnt augenblicklich noch stärker zu weinen. »Nein, ich bin euch auch unendlich dankbar, ich wünschte, ich würde euch nicht so zur Last fallen.« Chico lässt ihre Hand los und setzt sich jetzt ganz zu ihr, was sie dazu bringt, sich ebenfalls im Bett aufzurichten. Er sieht sie forschend an, er ist unsicher, wie weit er gehen kann, aber er will diese Chance nicht ungenutzt lassen.

»Was hat dir gerade im Schlaf so eine Angst gemacht?« Sofort ändert sich ihre Gesichtsmimik und sie will wieder ausweichen, selbst ihr Blick gleitet an ihm vorbei, doch Chico ist fest entschlossen, etwas an dieser Situation zu ändern. »Von was hast du geträumt, Adriana?« Sie scheint mit sich selbst einen inneren Kampf auszutragen, aber Chico lässt nicht locker und hält seinen Blick auf ihr, er will endlich weiter zu ihr vordringen. Dann räuspert sie sich leise, ein kläglicher Versuch, ihre Stimme nicht so schwach klingen zu lassen, doch die Tränen, die vorher geflossen sind, lassen das nicht zu.

»An dem Abend, als sie gekommen sind.« Sie bricht kurz ab und Chicos Herz schlägt schneller, nein, nein, nein, sie muss weiterreden. Adriana holt tief Luft und dann tut sie das auch. »Es war ein ganz normaler Tag. Keiner hat es geahnt, hat es kommen sehen. Ich bin mit meinem Vater von der Feldarbeit gekommen und zu meiner Freundin Alya gegangen. Ihre Familie hatte im Garten einen Ofen, in dem man die besten Brote backen konnte. Ich habe das so gerne getan, mit ihr da gesessen, Brote gemacht und über Gott und die Welt geredet.« Ein kleines Lächeln bildet sich auf Adrianas Gesicht, und Chico kann es sich fast bildlich vorstellen.

»Ich habe mich danach beeilt, um schnell nach Hause zu kommen und das Abendessen zuzubereiten. Alya wohnt nur zwei Straßen weiter und doch war, sobald ich in die Nähe unserer Straße kam, ein ganz anderes Bild. Die kleine Straße war zugeparkt, ich weiß nicht wie viele, aber bestimmt sechs oder mehr Autos standen da. Fremde Männer waren auf der Straße, jeder einzelne sah zum Fürchten aus, sie trugen alle Waffen. Aus einigen der Häuser habe ich Schreie gehört. Ich konnte gar nicht so schnell hinsehen, denn plötzlich wurde ich am Arm zurückgezogen.

Ein Junge aus der Nachbarschaft hielt mich weinend zurück. Er meinte, er wüsste selbst nicht was passiert, aber seine Mutter hat ihn schnell rausgeschickt und gesagt, er soll weglaufen und alle warnen. Er flehte mich an, nicht dahin zu gehen, doch ich ging wieder ein paar Schritte vor und sah, dass einige der Männer gerade unser Haus ansteuerten.« Adriana bricht ab und erneut fließen dicke Tränen aus ihren Augen, sie hebt erklärend die Hände, und Chico zieht sie in seine Arme.

Bei jedem Wort, was sie gequält von sich gibt, würde er am liebsten noch einmal Rache an Orlando nehmen, doch er darf jetzt nicht nachgeben, nicht nachdem sie gerade dabei ist, sich das erste Mal zu öffnen. »Was ist dann passiert, Adriana?« Er lässt sie los, um sie wieder ansehen zu können und sie versucht noch einmal, die Situation zu erklären.

»Weißt du, mein Vater war schon älter, er war gerade 57 geworden, ich konnte nicht zulassen, dass sie ihn bedrängen. Ich dachte in dem Moment noch, dass sie einfach auf Geld aus waren. Und mein Vater war so ein Sturkopf, er hätte ihnen nichts gegeben und ich wollte das verhindern. Ich hätte ihnen alles gegeben, nur damit wir Ruhe haben und sie wieder verschwinden. Ich hatte nie damit gerechnet, wonach sie eigentlich her waren. Ich habe den Nachbarsjungen weggeschickt, gesagt, er soll sich in der Kirche verstecken und alle auf dem Weg dahin warnen. Dann bin ich so schnell ich konnte zu meinem Haus gerannt, doch kurz bevor ich es erreichen konnte, fiel der Schuss.«

Chico ballt seine Hand zu einer Faust, doch versucht er, sie weiter ruhig anzusehen. Sie darf nicht sehen, wie wütend es ihn macht, was sie ihm gerade erzählt. »Ich hatte so eine Angst, doch ich musste sehen, was passiert ist. Sobald ich durch die Tür reingestürmt kam, sah ich das Bild, was mich bis heute noch jede Nacht verfolgt. Drei Männer stehen um den Sessel, in dem mein Vater bestimmt vorher eingeschlafen war. Er saß noch darin, der Kopf war auf seine Brust gesackt, das Blut triefte nur so an ihm herunter. Sie haben ihm direkt in den Kopf geschossen.

Alle Männer drehten sich zu mir um, einer von ihnen hatte das Bild von mir auf dem letzten Dorffest in der Hand. »Siehst du alter Mann, sie kommt doch eh von alleine zu uns«, hat er gelacht und ist auf mich zugekommen. Ich wollte wegrennen, flüchten ... doch ich konnte nicht. Ich konnte meinen Blick nicht von meinem Vater lassen, nicht glauben, was ich da sehe.

Erst als der Mann genau vor mir stand und mir das Shirt hochriss, war ich wieder da und schrie, doch wer sollte mir helfen? Die Männer schien das gar nicht zu stören, der Mann ließ sich nicht stören, begutachtete meine Brust und nickte zufrieden. »Die nehmen wir auch mit, Orlando wird zufrieden sein. Ich dachte schon, er würde uns umbringen, dass wir aus Thailand nur die Hälfte der Frauen mitgebracht haben, aber wie ich gesagt habe, auf unseren Dörfern findet man immer noch die größten Schätze.« Ich riss das Shirt wieder herunter. »Das treiben wir dir auch noch aus! Bringt sie in den Laster.«

Erst habe ich mich versucht zu wehren, aber das war gar nicht machbar. Sobald sie mich aus dem Haus hatten, konnte ich eh nur noch unfassbar auf das sehen, was die Männer angerichtet haben. Verwüstung, viele Häuser brannten, die Nachbarn waren auf der Straße, einige lagen tot auf dem Boden.«

Adriana schließt die Augen und Chico merkt, dass sie nicht mehr bereit ist weiter zu erzählen. Er weiß nicht, ob er erleichtert sein soll, dass sie sich ihm endlich anvertraut hat oder wütend, weil es noch so viel schlimmer war, als er es befürchtet hat. »Bist du die Einzige, die sie aus deinem Dorf mitgenommen haben?« Adriana blickt auf und Chico erkennt, dass dies noch lange nicht das Schlimmste war, was Adriana bei Orlando erlebt hat.

»Ja, wir hatten nicht viele Frauen in unserem Dorf, die ihren Wünschen entsprachen.« Sie wendet sich leicht ab. »Ich bin müde...« Chico nickt, steht auf und weiß, dass er heute nicht mehr erfahren wird, aber er hofft, dass es nicht das letzte Mal war, dass sie sich ihm anvertraut hat und sich jetzt endlich nicht mehr so sehr verschließt. »Ich bin da ... das weißt du!« Er sollte ihr viel mehr sagen, aber das ist das Einzige, was er herausbringt und gerade als er sich umdrehen und gehen will, zögert sie.

»Könntest du bei mir bleiben? Kurz, bis ich eingeschlafen bin, ich weiß, dass ich ..« Chico sieht, wie unangenehm ihr das ist und unterbricht sie schnell. »Natürlich, kein Problem.« Er blickt zu dem Sessel, der allerdings voller neuer Klamotten ist, die Bella regelmäßig für Adriana mitbringt, da diese ja weder welche besessen hat, noch selbst rausgeht, um sich neue zu besorgen. Chico überlegt kurz, doch dann setzt er sich auf das Bett.

Er will Adriana nicht überfordern und legt sich nicht hin, sondern lehnt sich an die Wand, behält aber Adriana, die sich neben ihm einkugelt und die Augen schließt, genau im Auge. Sie fängt an ihm zu vertrauen, das ist gut, er kann nur hoffen, dass es so bleibt. Er ist selbst müde, aber kann nicht schlafen, er ist zu wütend, wenn er daran denkt, was Adriana passiert ist. Er schwört, dass, wenn es noch eine Möglichkeit geben wird, das zu rächen, er es tun wird.

Rodriguez flucht laut auf und schließt mit einem lauten Knall den verfluchten Laptop. Er hasst das Internet, er wird nie verstehen, wie sich manche stundenlang freiwillig damit beschäftigen können. Sie haben es sich aufgeteilt, Hernandez sollte nach auffälligen Bildern suchen, während Rodriguez sich in Artikeln Infos beschaffen wollte. Doch über diese Melissa Dimengo gibt es zigtausende Artikel. Nach drei Stunden weiß er zwar, was ihre Lieblingsfarbe ist, was sie isst, was sie trinkt, was sie über welchen Promi sagt und warum sie nach zwei Treffen einen Footballstar in den Wind geschossen hat, die interessanten Sachen aber, wie es mit ihrer Familie ist, genaueres zu ihrem Privatleben, darüber ist nichts zu finden.

Nach drei Stunden gibt Rodriguez genervt auf, während Hernandez immer noch interessiert auf den Bildschirm starrt. Hin und wieder hat er seinem besten Freund ein 'die ist heiß und wen die alles kennt' zugerufen, aber was Wichtiges hat er auch nicht gefunden. Als sich Rodriguez jetzt hinter ihn stellt, lehnt sich dieser zurück. Er klickt auf eines der vielen Bilder, es wird ein großes Bild geöffnet. Es zeigt eine junge Frau, ähnlich wie all die Stars aufgetakelt. Hellblaues Abendkleid, lange schwarze Haare, gute Figur, perfekter Busen, perfekte Haut, kleine Nase, makelloses Lächeln, eine perfekte Puppe, denen er noch nie etwas abgewinnen konnte. Trotzdem schlägt sein Herz sofort schneller.

Das Einzige was Rodriguez sieht, sind die Augen von Orlando, die ihn durch die Kamera ansehen.

Kapitel 3

Bella steht auf dem Dach ihres Hauses, es ist Sommer in Puerto Rico. Es ist unerträglich heiß, doch sie steckt die Nase in den Himmel und schließt die Augen. Wie oft war sie schon hier auf diesem Dach? Sie liebt die Aussicht auf das ganze Trez Puntos-Gebiet, auch wenn es dieses so ganz gar nicht mehr gibt. Sie sieht zur Seite und zum Punto-Haus. Das Haus, wo sich die Familia trifft. Von hier kann sie ein Stück des Gartens sehen und sie erkennt Miko und Josir zusammen Karten spielen.

Nein, die Trennung zwischen den Trez Puntos und den Les Surenas besteht nicht mehr, die Liebe zu Paco hat die jahrelange Feindschaft besiegt. Ein Umstand, der sie stolz macht, war sie doch diejenige, die noch nie viel von diesem Familiadenken gehalten hat. Doch jetzt, wo es sich alles so geändert hat, vermisst sie diese Zeit auch ein wenig. Nicht alles, aber das positive. Damals, als sie hier mit Juan und ihrer Mutter gelebt hat, ihre Cousins, die hier ständig ein- und ausgegangen sind. Wie oft ist sie sauer auf das Dach gegangen, auch wenn sie wusste, dass einer von ihnen ihr bald folgen würde. Sie hatte hier die schönsten Gespräche mit jedem von ihnen, Juan, Miko, Raul, Tito, Sanchez, als er noch gelebt hat, all das fehlt ihr.

Sie alle leben jetzt ihr eigenes Leben, natürlich immer noch für und mit der Familia, doch sehen sie sich nicht mehr so regelmäßig. Bella beschließt das zu ändern. Sie selbst führt nun ein ganz anderes Leben, in dessen Mittelpunkt Leandro und Paco sind. Miko und Sam, Juan und Sara, Tito und Lucy, sie alle müssen aufpassen, dass sie sich nicht zu sehr verlieren. Bella hat eh gerade das Gefühl viel zu verlieren, sie liebt Leandro abgöttisch, genauso stark ist ihre Liebe noch zu Paco, doch ihr fehlt diese Unbeschwertheit von früher.

Paco und sie geraten in letzter Zeit häufig aneinander, was an sich nicht sehr ungewöhnlich ist, da keiner von ihnen schnell aufgibt, doch es hat sich verändert. Früher hat sie um ihren Willen, ihre Freiheit gekämpft, jetzt muss sie viel zurückstecken, weil ihr klar ist, dass es nicht anders geht. In dem Moment, wo sie neben Juans Schwester auch noch die Frau von Paco geworden ist und jetzt mit Leandro, kann sie nicht einfach mehr so gedankenlos sein. Sie ist diesen Kompromiss eingegangen und es ist so schön, sie kann es nicht bereuen. Doch die Freiheit, die sie sich hier im Haus schon immer hart erkämpfen musste, ist für sie kaum noch zu haben.

»Hier bist du!« Erschrocken dreht sich Bella um und sieht, dass Tito ihr auf das Dach gefolgt ist. Sie hat ihn zusammen mit ihrer Mutter und Leandro in der Küche zurückgelassen. »Hi Princesa, was treibst du wieder hier? Du immer mit deinen Dächern!« Bella muss lächeln, als er sich neben sie hinsetzt und ebenfalls über das Trez Puntos-Gebiet schaut. Kurz sind sie beide still, dann legt Bella ihren Kopf an Titos Schultern und er den Arm um sie. »

Vermisst du es?«, fragt Bella schließlich leise und Tito gibt ihr einen Kuss auf ihre Haare. »Was? Hier zu sein? Zu Hause?« Sie nickt, jetzt erst denkt sie darüber nach, wie es damals für sie war, als sie zum Studieren nach New York gegangen ist. Sie hatte das Gefühl, keine Luft mehr zu bekommen ohne ihre Familie, die Familia, Paco ... einfach Puerto Rico. »Ja, das alles hier!«

Tito sieht zum Punto-Haus. »Schon, es ist anders, aber ich habe in New York viel zu tun, Lucy ist da. Und du weißt ja, dass sich Miko und die anderen nicht davon abhalten lassen, alle zwei Minuten wegen jedem Scheiß anzurufen!« Bella stimmt in sein Lachen ein und nickt. Man kann es niemandem erklären, sie alle sind so viel mehr als eine Familie, eine Familia. Für andere ist das sicher nicht nachzuvollziehen.

Deswegen spürt Bella auch, dass es für Tito nicht so einfach ist, wie er es darzustellen versucht, doch sie belässt es fürs Erste dabei. »Ich vermisse dich schrecklich«, gibt sie zu und Tito lacht erneut. »Ich bin doch alle paar Wochen hier, du musst nur aufpassen, dass Leandro nicht zu schnell wächst, er verändert sich so schnell.« Bella nickt und bekommt augenblicklich Sehnsucht nach ihrem kleinen MiniPaco. Sie steht auf. »Na komm, wir lassen ihn mal das Punto-Haus unsicher machen!«

Bella genießt den Nachmittag in vollen Zügen, das Punto-Haus wird immer voller, spontan schmeißen sie den Grill an und als Sam und Sara noch vorbeikommen, ist alles perfekt. Bella schlägt Raul und Pepo bei einem Kartenspiel, sie essen und lachen. Als Sam das Lied der Sängerin Melissa anmacht, grummelt Juan zwar und macht wieder seine Musik an, doch Bella lässt sich die Laune nicht verderben und genießt ihre Familia. Erst als es langsam dunkel wird, meldet sich Paco, der mit Rodriguez ein paar Sachen in einer anderen Stadt zu erledigen hatte und fragt, wo sie sind.

Bella erklärt ihm, dass sie bei ihrer Familie sind und bald kommen, doch er besteht darauf, dass er sie entweder abholt oder sie sich später fahren lassen. Bella seufzt entnervt auf, sie versteht, dass sie gewisse Risiken nicht eingehen sollte, doch man kann es auch übertreiben. Genau das tut Paco seit der Geburt von Leandro ständig. Anstatt ihm zu antworten und Diskussionen zu entfachen, redet sie sich heraus, dass Leandro gerade Blödsinn macht und legt schnell auf. Sie muss versuchen, etwas von ihrer Selbstständigkeit zurückzubekommen.

Also bleibt sie noch eine ganze Weile, bis sie sich, nachdem Leandro seine Augen nicht mehr aufhalten kann und bei Juan auf dem Bauch einschläft, allein ins Auto setzt und mit ihrem Sohn nach Hause fährt. Für Tausende von Frauen eine normale Sache, für sie im Moment eine ganz neue Situation, doch es fühlt sich richtig an, und Bella wird immer überzeugter, wieder selbst die Zügel in die Hand zu nehmen, je näher sie ihrem Zuhause kommt.

Sie erwartet eigentlich einen tobenden Paco, als sie die Haustür aufschließt, doch es ist niemand da. Also bringt sie Leandro ins Bett. Als sie danach die Treppe wieder herunterkommt, wird gerade die Haustür aufgeschlossen und Paco kommt herein, nur um die Haustür dann mit einem lauten Knall zuzuwerfen. Er kocht vor Wut. Bella sieht ihren wütenden Ehemann an und seufzt leise in sich hinein, noch immer ist sie verrückt nach ihm.

Sie liebt jeden Zentimeter an Paco, doch am meisten seine Augen, sie sind so dunkel und gefährlich, doch nicht bei ihr. Bella und Leandro sehen sie niemals mit der Härte an, die sonst schon fast jeder zu spüren bekommen hat. Auch wenn er jetzt noch so wütend ist, immer, in jeder Sekunde sieht sie trotzdem seine Liebe zu ihr. »Was sollte das, Bella?« Sie spürt, dass er seine Wut zurückzuhalten versucht und muss aufpassen nicht zu grinsen, als er sie so verkniffen ansieht.

»Als ich gekommen bin warst du nicht da, ich wollte gerade anru...« Weiter kommt sie nicht, es hat wohl nicht so gut geklappt mit dem Zurückhalten. »Bella, ich dachte, es bringt dich jede Minute einer vorbei, ich habe die ganze Zeit gewartet. Als ich dann Juan angerufen habe und er meinte, du wärst schon losgefahren, bin ich dir entgegen gefahren. Was denkst du, was ich mir für Sorgen gemacht habe, als ich euch nicht gefunden habe?« Bella geht zur Küche. »Wir müssen uns verpasst haben, ich bitte dich Paco, das ist nur eine Autofahrt, was soll da schon passieren? Du übertreibst es wirklich, ich werde mich doch noch fortbewegen können! Die letzten Tage bist du wieder extrem angespannt.«

Paco folgt ihr in die Küche und hält sie am Arm fest. »Das hat seinen Grund, Bella. Du weißt, dass ich so etwas nicht ohne Grund tue. Und nur eine Autofahrt? Weißt du noch, wie der Typ dich damals von der Schule mitgenommen hat? Das waren auch nur ein paar Sekunden, Bella!« Sie sieht ihrem Mann in die besorgten Augen und kann ihm nicht böse sein. »Was ist los? Es war doch wieder Ruhe. Was ist wieder passiert?«

Paco nimmt ihr Gesicht in seine Hände und gibt ihr einen Kuss. »Nein, es ist nichts passiert und wir wissen auch nicht, ob überhaupt etwas passieren wird. Wir sind noch dabei, etwas herauszubekommen, aber solange wir nichts genaues wissen, müssen wir sehr vorsichtig sein, also bitte mach es mir nicht so schwer.« Bella sieht ihm in die Augen und gibt ihm dann einen leichten Kuss. »Okay, das verstehe ich, denkst du, ich will unseren Sohn in Gefahr bringen? Aber Paco, ich werde bald wieder im Kindergarten arbeiten und Leandro kommt mit. Er braucht langsam den Kontakt zu Gleichaltrigen!«

Paco zieht die Augenbrauen zusammen. Sie kennt ihren sturen Mann, er wird darauf nicht antworten, es überspielen, in der Hoffnung, dass Bella es wieder vergessen wird. »Er hat Chico und Miko, das ist fast dasselbe.« Mit der Aussage bringt er Bella wieder zum Lachen und als er sie gleich danach fester an sich zieht, ist sie seinem Charme schon wieder verfallen.

»Was war das für ein Kuss? Das kannst du doch so viel besser!« Bella stellt sich auf die Zehenspitzen und gibt ihm einen Kuss, der ihr eigenes Herz schneller schlagen lässt. Trotzdem weiß sie, sie wird es machen, sie wird sich ihren Weg zur Freiheit, wie sie es schon bei Juan ständig tun musste, wieder erkämpfen.

Am nächsten Morgen hat Chico einen genauen Plan im Kopf. Auch wenn er die Nacht kaum geschlafen hat, steht er früh auf und wartet ungeduldig, dass Adriana zu ihm stößt. Sie ist noch ruhiger als sonst, bestimmt ist ihr die letzte Nacht unangenehm. Doch Chico lässt sie gar nicht groß darüber nachdenken, sobald sie gefrühstückt haben, steht er auf und sieht sie unschuldig an. »Bleibst du so oder machst du dich noch fertig?«

Adriana blickt ihn fragend an und Chico zuckt die Schultern, er tut einfach so, als wäre es das Normalste der Welt, was es ja eigentlich auch ist. »Ich habe heute den ganzen Tag zu tun, deswegen musst du mich begleiten, wenn du nicht alleine bleiben möchtest, ich dachte, es würde dir gefallen mal hinauszukommen.« Adriana schüttelt sofort den Kopf. »Kann Bella nicht...« Chico unterbricht sie. »Nein, sie kann nicht, aber wir sehen sie auch. Wir gehen erst einmal zu ihr hinüber. Komm schon, Adriana, ich bin die ganze Zeit bei dir, das verspreche ich und etwas frische Luft wird dir mal wieder gut tun, du kannst dich hier nicht die ganze Zeit verstecken.«

Adriana sieht ihn unsicher an, doch letztlich bleibt ihr keine Wahl, sie würde niemals freiwillig lange allein bleiben, dafür hat sie zuviel Angst, also dreht sie sich um und geht sich niedergeschlagen umziehen. Es tut Chico leid sie so zu sehen, aber er ist sich sicher, dass er das Richtige tut.

Keine zehn Minuten später verlassen sie beide das Haus, das erste Mal, seit er sie aus dem Haus von Orlando befreit hat. Chico hat gestaunt, als er gesehen hat, dass sich Adriana sogar etwas von der Schminke aufgetragen hat, die Bella ihr mitgebracht hat. Sie gehen über die Straße zum Anwesen der Surenas.

Adriana sieht sich ständig um, fast schon wie im Wahn. Chico versucht, das alles zu ignorieren, auch wenn es ihn wahnsinnig macht. Was braucht sie noch um zu merken, dass sie ihm, ihnen allen trauen kann, dass sie hier sicher ist. Umso wichtiger ist es, dass sie alles sieht. Sieht, wie es hier ist, dass es nichts gibt, was sie zu befürchten hat.

Sie überqueren den Hof, als gerade Rodriguez aus seinem Haus kommt. Sofort spannt sich Adriana an. Auch wenn sie Rodriguez schon einmal gesehen hat, kann ihr Chico das nicht verdenken. Rodriguez ist schon lange nicht mehr einfach nur Pacos kleiner Bruder. Er hat sich die letzten Jahre sehr verändert. Nicht nur äußerlich hat er seine beiden Brüder eingeholt. Er sieht zwar im Gesicht genauso aus wie Paco, aber er ist mittlerweile noch durch-trainierter als sein älterer Bruder, den Chico schon immer probiert hat einzuholen, doch an Rodriguez wird er sich erst gar nicht her-anwagen.

Paco war und ist immer noch für seine Kälte, seinen tödlichen Blick und seine umbarmherzige Vorgehensweise bekannt. Er wird überall die Kobra genannt. Rodriguez hat nicht nur seinen Platz eingenommen, er ist alles noch viel mehr als Paco, kälter, tödlicher, unbarmherziger. Wenn Paco die Kobra ist, was ist dann sein jün-gerer Bruder? Er war nicht immer so, doch die Jahre, die ganzen Sachen, die er gesehen hat, haben ihn dazu gemacht.

Chico liebt ihn wie einen jüngeren Bruder und er teilt Pacos Sorgen um ihn. Sie denken, dass Rodriguez bei all der Kälte und Härte, sich, den alten Rodriguez verliert. Selten gibt es noch Augenblicke, wo einen die dunklen Augen von ihm noch mit einer gewissen Wärme ansehen. Meistens nur, wenn er mit einem seiner Neffen spielt oder sich mit seinen Schwägerinnen unterhält. Deswegen ist Chico zufrieden, als er sie jetzt entdeckt, auf sie beiden zukommt und Adriana anlächelt.

»Hey, wollt ihr auch zu Paco und Bella?« Chico nickt und deutet zu Titos Wagen, der vor dem Haus hält. »Wie ich sehe, sind wir nicht die Einzigen.« Sie laufen zusammen zur Haustür. »Nein, Tito und Lucy fliegen doch morgen zurück.« Sie treten ein, schon kommt ihnen Sami entgegen und springt Rodriguez auf den Arm. »Miguel will mich hauen!« Der Sohn von Ramon krallt sich panisch an seinem Onkel fest, als sein älterer Bruder mit einem defekten ferngesteuerten Auto auf sie zugestürmt kommt. Chico muss lachen, als er Miguels wütendes und Samis panisches Gesicht sieht. Auch Rodriguez schmunzelt, obwohl er Miguel streng entgegensieht. »Lass ihn runter, tio. Er hat mein neues Auto gegen die Mauer gefahren!«

Rodriguez kniet sich hin und Sami springt gleich von seinem Arm und versteckt sich hinter dem Rücken seines Onkels, was nun auch Adriana zum Lächeln bringt. »Miguel, Sami, hat euer Vater euch nicht beigebracht, dass sich Brüder nicht hauen und immer zusammenhalten?« Miguel stoppt bei dem Versuch, an seinen Bruder heranzukommen. »Also, ich bin einmal mit Papa im Auto gefahren, und da ist ein rotes, ganz schönes Auto an uns vorbeigefahren, ganz schnell und Papa hat gesagt, dass er auch so eins hatte und du es zu Schrott gefahren hast und er dich grün und blau gehauen hat.«

Chico lacht wieder los und klopft Rodriguez im Vorbeigehen auf die Schulter. »Den Abend werde ich nie vergessen!« Er und Adriana steuern die Terrassentür an. »Ich werde dir das nie verzeihen!« Chico lacht noch mehr, als Ramon sich aus dem Garten laut dazu äußert und Rodriguez entnervt aufstöhnt. Er wird nie vergessen, wie sie über eine Stunde hinter den beiden her waren, als Ramon seinen jüngeren Bruder gejagt hat, nachdem dieser, als er das Autofahren gelernt hat, Ramons Ferrari zu Schrott gefahren hat.

Im Garten sitzen Bella, Sara, Lucy, Jennifer, Tito und Ramon an einem sehr gut gedeckten Tisch. An der Art, wie Adriana langsam und enger an Chico geht, merkt er, dass es ihr unangenehm ist, wie alle zu ihnen sehen. Natürlich wundern sie sich, dass Adriana plötzlich das Haus verlässt und umso dankbarer ist er mal wieder Bella, die sofort aufspringt und auf sie zukommt. Sie begrüßt Adriana mit einem Kuss auf die Wange und nimmt sie mit zu Sara, Jennifer und Lucy. Chico setzt sich zu Ramon und Tito, behält aber Adriana im Auge. »Wie hast du das geschafft?«

Tito lehnt sich entspannt zurück und Ramon sieht ihn genauso fragend an. »Ich habe ihr keine wirkliche Wahl gelassen, aber sie muss ja auch mal das Haus verlassen!« Ramon sieht auch zu Adriana. »Ich finde es sehr gut, dass du dich so um sie kümmerst, Chico.« Er hasst diesen Blick, den ihm jetzt immer alle zuwerfen, so nach dem Motto 'das hätten wir nie von dir gedacht'.

»Es ist nicht gut, gar nicht gut. Ich weiß nicht, was ich mit ihr tun soll. Sie braucht garantiert jemand anderen, der ihr viel besser helfen kann. Ich schleppe sie raus und weiß nicht mal, wohin mit ihr. Ich habe keine Ahnung, was ich hier eigentlich tue.« Ramon klopft ihm auf die Schulter. »Ich denke, du tust das Richtige!« Chico beobachtet, wie Adriana zuhört, als Sara über ihre Schwangerschaft und den überfürsorglichen Juan spricht, während sie über ihren immer größer werdenden Bauch streichelt.

Chico fragt sich ernsthaft, wohin das Ding noch wachsen will, unglaublich wie viel Platz so ein Baby braucht. Rodriguez kommt mit Sami heraus und Ramon sieht sich nach seinem anderen Sohn um. »Kasim ist gekommen und mit Miguel zwei neue Autos besorgen gefahren.« Ramon will gerade etwas sagen, als Paco mit Leandro auf dem Arm herauskommt. Hinter ihnen dackelt wie immer langsam Pitty. Als Paco Leandro auf den Boden stellt, läuft Pitty geduldig hinter Leandro auf die Wiese, wo sie sich zu Sami setzen und mit ihm spielen. Paco sieht ebenfalls etwas erstaunt zu Adriana, doch nickt dann nur und kommt zu ihnen.

Chico bemerkt sofort, dass er etwas mitzuteilen hat. Kaum hat er Platz genommen, kann er sich nicht mehr zurückhalten. »Es läuft schlecht mit den Vorbereitungen für die Ankunft von dieser Sängerin. Wir kommen an keine Infos heran. Es scheint so, als habe sie kein Privatleben. Das Einzige, was bekannt ist, ist, dass ihre Eltern bei einem Verkehrsunfall gestorben sind. Sie wird als Waise dargestellt, dass es da noch einen Bruder gibt, wird nirgendwo erwähnt!« Chico sieht, wie besonders Rodriguez sauer auf diese Neuigkeiten reagiert.

Für ihn ist diese Angelegenheit so etwas wie ein persönlicher Rachefeldzug, was gar nicht infrage kommt. Sie arbeiten alle als Familia zusammen und keiner hat Schuld, dass der Deal damals so schief gegangen ist. Auch Tito flucht und lehnt sich zurück. Er ist dabei fast ums Leben gekommen. Saul haben sie verloren, diese verdammten Roña haben ihnen schwer zugesetzt. Weil Paco sich nicht zurückhalten konnte, haben sie natürlich die Neugierde der Frauen geweckt.

»Redet ihr vom Abschiedskonzert von Melissa Dimengo? Wir haben schon Karten dafür, was habt ihr damit zu tun?« Alle Blicke der Männer gehen augenblicklich zu den Frauen. »Ihr macht keinen Schritt in die Nähe der Frau, keine von euch!« Bella, Lucy und Sara sehen erstaunt zu Rodriguez, der an Stelle von Paco dieses Mal etwas gesagt hat. Die Frauen der Familia lassen sich nicht gerne etwas sagen, deshalb überlassen sie das lieber Paco und Juan. Aber das war keine Aufforderung zu einer Diskussion. Das war eine Anweisung als Anführer, mehr als deutlich. Vielleicht geben die Frauen auch deswegen nicht sofort Widerworte, sondern sehen sie alle verblüfft an.

»Was habt ihr gegen die arme Frau, sie ist eine gute Sängerin und scheint auch ein sehr guter Mensch zu sein. Sie setzt sich für viele Projekte ein, besonders wenn es um Kinder geht.« Dieses Mal kommt die Antwort nicht so schnell, jeder von ihnen versucht es immer zu vermeiden, die Frauen in ihre Geschäfte mit einzubeziehen, da sie sich sonst zu viele Gedanken machen. Chico sieht zu Sara und ihrem runden Bauch. Letztlich ergreift Ramon das Wort. »Wir haben herausgefunden, dass Melissa Dimengo die Schwester von Orlando ist und müssen jetzt sehen, warum sie ihr Abschlusskonzert genau bei uns gibt. Es ist nicht sehr bekannt, dass sie die Schwester von ihm ist, es ist ein sehr großer Zufall, dass wir davon erfahren haben, also stellt sich die Frage, ob sie etwas planen. Deswegen werden wir sie und ihre Leute bewachen und versuchen, so alles in Erfahrung zu bringen.«

Bella ist die erste der Frauen, die reagiert. »Aber vielleicht hat sie mit den Geschäften ihres Bruders gar nichts zu tun, was ist, wenn ihr sie umsonst beschuldigt?« Paco schnalzt die Zunge. »Dann ist es eben so, wir werden aber garantiert nicht einfach abwarten und diese Tatsachen ignorieren.«

Da sie jetzt eh Bescheid wissen, können sie auch alles erfahren und Ramon bittet Bella und Sara am nächsten Tag die Villa zu besichtigen, die sie für Melissa zur Verfügung stellen, um zu sehen, ob noch Vorbereitungen getroffen werden müssen. Für die Frauen scheint es fast ausgeschlossen, dass die Sängerin etwas plant.

Adriana hält sich, wie es zu erwarten war, einfach zurück, doch Chico hat gesehen, wie sie bei dem Namen Orlando zusammengezuckt ist. Als die anderen beginnen, weiter darüber zu sprechen, deutet er ihr, dass sie gehen und sie verabschieden sich. Sara muss zu einer Arztuntersuchung und zurück ins Trez Punto-Gebiet zu Juan. Chico nimmt sie gleich mit. Als sie dort ankommen, wird Adriana zwar etwas verwundert aber freundlich begrüßt.

Als Sara allerdings anfängt, ihre Sorgen und Bedenken wegen dieser Melissa an Juan und die anderen weiterzugeben, verabschieden sie sich auch dort schnell wieder. Im Auto ärgert sich Chico. Was hat er sich dabei gedacht? Es war eine blöde Idee, sie mit hinauszunehmen. Als sie an einem Strandabschnitt halten und er bemerkt, wie Adriana sehnsüchtig zum Meer sieht, hält er und sie steigen aus.

Plötzlich übernimmt Adriana das erste Mal selbst etwas und geht schnurstracks zum Meer. Sie zieht die Schuhe aus und bindet ihren langen Rock mit einem Knoten hoch. Ohne weiter auf Chico zu achten, stellt sie sich ans Meer und sieht einfach hinaus auf das Wasser.

Chico lässt sie in Ruhe, er setzt sich in den Sand und beobachtet, wie der Wind ihre Haare nach hinten weht und vielleicht ihrer Seele etwas Gutes tut. Chico hofft es, doch er selbst hat heute erlebt, auch wenn man es will, sie scheint diesen Fluch, den Orlando über sie gebracht hat, nicht loszuwerden.

Kapitel 4

Rodriguez sieht sich genervt in der Flughalle um, er hasst das ganze Theater zwar jetzt schon, gleichzeitig kann er es jedoch kaum erwarten, dass es endlich losgeht. Für ihn waren die letzten Tage reine Folter. Es fällt ihm schwer, untätig auf etwas zu warten, wo er genau weiß, dass von dort Gefahr ausgeht. Er ist kein Mann des Wartens, er ist ein Mann der Taten. Und als die Ankunftsanzeige vermerkt, dass der Flieger aus L.A. gelandet ist, weiß er, dass es endlich losgeht.

Sie haben die Villa hergerichtet und mit Kameras und Abhörgeräten versehen, obwohl es nicht unbedingt notwendig war, weil sie selbst die ganze Zeit als Security in ihrer Nähe bleiben werden. Die Arbeiten an der Bühne gehen allerdings nur schleppend voran. Sie können da noch keine Sachen verstecken oder anbringen, da diese Melissa wohl täglich ihre Wünsche ändert. Miko und Pepo sehen ebenfalls ungeduldig zur Tür, aus der sie kommen müssen, während Hernandez an seiner Securityweste herumfummelt. Es ist viel zu heiß, um in diesem schwarzen Outfit und dann auch noch in einer unnötigen Sicherheitsweste herumzulaufen, aber sie müssen dieses Job so unauffällig wie nur möglich machen.

Hernandez grummelt. »Ich hasse das alles!« Miko nimmt das Stück Pappe hoch, was ihm Bella vorhin in die Hand gedrückt hat und wirft es lachend zu ihm. »Du hasst es? Es hat noch nicht mal begonnen!« Hernandez fängt das Schild und sieht es sich an. »Niemals!« Er wirft es direkt an Pepo weiter. Rodriguez sieht das geschriebene 'Miss Melissa Dimengo' und lacht genau wie Miko los, bis Pepo es zu ihm wirft. Rodriguez fängt es zwar, aber denkt nicht mal in Traum daran, hier Abholservice zu spielen. »Es war von Security die Rede, nicht von Hampelmann spielen!« Er will es gerade an Miko zurückgeben, da er so einen Schwachsinn niemals tun würde, als Pepo zum Sicherheitsbereich nickt. »Die Queen trifft ein!«

Rodriguez' Herz schlägt sofort schneller und sie richten sich alle auf. Es treten fünf Personen aus dem Bereich, wo die Fluggäste herauskommen. Drei Frauen, alle aufgetakelt bis zum geht nicht mehr. Wenn man bedenkt, dass sie gerade mehrere Stunden geflogen sind, findet er ihre riesigen Absätze noch am bequemsten. Zwei Frauen sind grell blond und fast schon schwarz vor Bräune. Die andere ist ohne jeden Zweifel Melissa Dimengo, ihre blauen Augen strahlen förmlich in seine Richtung. Daneben sind zwei Männer, einer mit etwas längerem Haar, grüner enger Hose und Nietenshirt, ohne jeden Zweifel ihr Stylist und ein anderer Mann.

Rodriguez weiß, dass sie neben dem Stylisten nur noch ihren Manager angegeben hat, doch der Mann, der hinter allen läuft, sofort sein Handy anmacht und lostelefoniert, ist niemals ein Manager. Er ist Kolumbianer, das erkennt Rodriguez sofort. Und seine Narbe auf der rechten Wange zeigt ihm trotz seines Anzuges auch, dass er sicher kein Geschäftsmann ist. Wenn nicht das, spätestens die Plaka, die nun, je näher sie kommen, sichtbar wird. LM.

Nicht nur Rodriguez hat die Plaka entdeckt, auch Miko zieht die Augenbrauen zusammen, doch sie haben gar keine Möglichkeit darüber nachzudenken, denn plötzlich kommt, ohne dass sie das vorher bemerkt haben, eine Horde Jugendlicher aus einer Tür gestürmt, die scheinbar vorher abgeschlossen war, direkt auf die eben angekommene Gruppe zu gerannt.

»Melissa, ein Autogramm, bitte ein Foto!« Es geht ein Blitzlichtgewitter los und die fünf sind nicht mehr sichtbar, so eingekreist werden sie. Pepo lacht los, als sie wieder Sicht auf Melissa haben und diese entnervt einige Fotos macht. »Die Queen bekommt schlechte Laune.« Miko lehnt sich wieder entspannt an eine Haltestange und grinst ebenfalls. Sie beobachten das Treiben eine Zeit lang, die Menge wird nicht weniger, es kommen sogar immer mehr Leute, bis der Stylist mit einer, für einen Mann viel zu hohen Stimme und einer viel zu weiblichen Bewegung, sie entdeckt und ihnen zuruft. »Wozu seid ihr Security Leute da?«

Miko lacht noch lauter. »Stimmt ja, hatte ich bei dem Spaß ganz vergessen.« Er und Hernandez schlagen sich den Weg durch die Menge, um fünf da herauszuholen. Das klappt auch ohne Probleme, beim Anblick von Hernandez' genervtem Gesicht machen alle freiwillig Platz und sie kommen zu Rodriguez und Pepo.

Rodriguez beachtet alle anderen kaum, sein Blick ist auf den sogenannten Manager gerichtet. LM. Ihm fällt keine Familia ein, die diese Initialen trägt. Allerdings kennen sie auch keine weiteren Familias in Kolumbien. Der Manager hat sein Telefonat mittlerweile unterbrochen und sieht sich sehr gewissenhaft um. »Man könnte ja wenigstens so tun, als würde man arbeiten. Auch wenn man Muskeln hat, sollte man zumindest lesen können!« Rodriguez wird aus seinen Gedanken gerissen, genau vor ihm hat sich die Prinzessin höchstpersönlich aufgebaut und funkelt ihn wütend an. Er sieht direkt in ihre blauen Augen und wird sofort wütend. »Ich kann lesen!«, gibt er kalt zurück und hört, wie Miko und Pepo nicht mehr aus dem Lachen herauskommen.

»Wirklich?« Melissa nimmt das Schild aus seiner Hand, was er falsch herum gehalten hat und dreht es richtig herum. »Etwas mehr Mühe geben bitte und jetzt, wo ist das Auto? AUUUTOOO?« Sie deutet einen Kasten an und Rodriguez zieht die Augenbrauen zusammen. Die Kleine denkt wohl, sie kann sich alles erlauben, doch bevor er ihr eine bissige Antwort geben kann, verdreht sie ihre Augen und geht weiter, ihr Gefolge hinter ihr her. »Das wird ja aufregend hier!«

Rodriguez sieht sauer zu Miko und Hernandez. »Wow, die Frau hat es drauf!« Er ignoriert ihre blöden Kommentare und wendet sich an die Gruppe, die gerade ihre Gepäckstücke zählen. Alle, bis auf den Manager, der sich immer noch umsieht und Melissa, die aufgeregt zu einem Schalter läuft. »Los, jetzt bringen wir die dorthin, wo wir sie besser unter Kontrolle haben!« Er nickt den anderen zu und die gehen den Freundinnen und Stylisten zur Hand,

Pepo zeigt dem Manager den Weg nach draußen zu den Autos. Sie sind sicherheitshalber mit drei Autos hier, sie haben sich schon gedacht, dass es mit dem Gepäck nicht so einfach wird. Und wenn Rodriguez jetzt auf den riesigen Berg voller Koffer sieht, weiß er, dass die Entscheidung richtig war. Er tritt zu Melissa an den Schalter. »Wir sollten jetzt gehen!« Es fällt ihm schwer, überhaupt normal mit ihr zu reden, doch sie beachtet ihn gar nicht, sondern kramt in ihrer Tasche.

»Das kann doch nicht sein, warten sie. Denken sie, ich mache Spaß, klären sie das bitte, sofort!« Dieses Mal hört sich Melissa nicht hochnäsig oder wütend an, eher panisch, was Rodriguez' Aufmerksamkeit weckt. Sie streckt der Frau am Schalter einen Zettel zu. »Wir müssen jetzt...« Melissa sieht ihn genervt an. »Ich gehe nicht ohne Tequila!«

Die Frau macht ihn jetzt schon fertig. »Was zur Hölle ist Tequila?« Melissa sieht angespannt zu, wie die Frau in ihrem Computer etwas eingibt. »Mein Hund, ein kleiner Welpe.« Rodriguez seufzt genervt auf. »Wieso nennt man seinen Hund Tequila?« Melissa wendet sich nun ganz zu ihm um. Er muss zugeben, dass sie wirklich eine einnehmende Ausstrahlung hat, doch diese blauen Augen sind alles, was für ihn Bedeutung hat. »Weil er eben Tequila Baby ist, deswegen!« In dem Moment klingelt Rodriguez' Handy.

Pepo teilt mit, dass sie alles verstaut haben und los wollen. Rodriguez erklärt ihm, es würde noch etwas dauern und sie sollen schon einmal vorfahren. Als er auflegt und keine zwei Minuten später Pepo mit einer der Blondinen wieder zurückkommt, wird Rodriguez langsam ungeduldig. Normalerweise befolgt man seine Anweisungen. »Ich werde nicht ohne meine zweite Hälfte fahren!« Die Blondine eilt zu Melissa, die auch sie gar nicht beachtet. Pepo verdreht die Augen. »Wir fahren schon mal los!« Rodriguez setzt sich auf eine Bank, die gleich am Schalter steht und lässt die Frauen diskutieren.

Es dauert noch geschlagene zehn Minuten, bis die Frau endlich mit einer Box von hinten wiederkommt. Er steht auf und das erste Mal beginnt Melissa zu strahlen, als sie aus der Box ein kleines schwarzes Etwas zieht, wenigstens können sie jetzt los. Als sie

44

zum Ausgang gehen, lässt Melissa den Hund von ihrem Arm. Rodriguez fällt fast über den Kleinen, der ohne ein richtiges Ziel vor sich her tapst. »Du solltest ihn an die Leine nehmen, ich habe keine Lust, noch weitere Stunden hier zu verbringen, weil dein Tequila abgehauen ist.« Melissa sieht ihn nur leicht von der Seite an, während er auf seinen schwarzen Mercedes zeigt, der auf sie wartet. »Keine Sorge, er ist ein Hund, kein Mann, er weicht nie von meiner Seite.«

Leider liegt der Flughafen fast zwei Autostunden von Sierra entfernt und Rodriguez ist mit den beiden Frauen allein. Ohne nachzufragen setzt sich die Blonde direkt zu Rodriguez nach vorn, während sich Melissa nach hinten setzt. Die ganze Fahrt redet die Blonde, die sich als Toni vorstellt, auf Rodriguez ein. Sie betrachtet die Landschaft Puerto Ricos und stellt ihm Tausende von Fragen. Rodriguez hasst diese Art von Gesprächen, im Allgemeinen redet er nicht sonderlich gerne, nur das, was gesagt werden muss. Toni beweist, das Schweigen öfter als man denkt Gold ist. Doch Rodriguez hört ihr eh kaum zu, sondern behält Melissa durch den Rückspiegel im Auge.

Im Gegensatz zu ihrer Freundin interessiert sie das Ganze so gut wie gar nicht. Sie hat es sich auf dem Rücksitz gemütlich gemacht, liegt halb und sieht einfach nur verträumt aus dem Fenster. Man merkt, dass sie nicht die Landschaft betrachtet, sondern irgendwelchen Gedanken nachhängt. Der kleine Hund kuschelt sich an sie. Wenn Rodriguez sie nicht vor kurzer Zeit ganz anders erlebt hätte, würde man denken, dort sitzt einfach eine junge verträumte Frau. Rodriguez betrachtet ihr Profil von der Seite, er versteht nicht, warum sich Frauen so viel schminken müssen. Man sieht, dass Melissa auch ohne gut aussehen würde, sie hat eine kleine Nase, schön Lippen, all das Make-up verdeckt in seinen Augen diese Schönheit. Sobald seine Gedanken solche komischen Formen annehmen, hört er auf, sie zu beobachten.

Es gibt gerade nichts, was er herausfinden könnte. Ihr Handy klingelt zwar pausenlos, doch sie geht nicht ran, irgendwann schaltet sie es sogar aus. Kurz vor Sierra muss Toni dann ganz dringend auf die Toilette und besteht darauf, dass Rodriguez an einer Tankstelle hält, was der dann auch grinsend tut. Die beiden Ladies haben keine Vorstellung davon, wie die Tankstellen in Puerto Rico sind. Er sieht ihnen belustigt zu, wie sie in ihren High Heels zu den Toiletten klappern. Erst als sie drinnen verschwunden sind, bemerkt er, dass Melissa den Hund im Auto gelassen hat und auch nur, weil der anfängt, an seinen Ledersitzen herumzukauen.

»Lass das!« Rodriguez schubst ihn leicht von der Stelle weg. Sofort knurrt ihn dieses kleine Etwas an. Rodriguez zieht die Augenbrauen hoch. Als er dann auch noch nach ihm schnappt, packt er Tequila im Nacken und hebt ihn vor sein Gesicht. »Du solltest dir überlegen, mit wem du dich da anlegst!« Als der Kleine ihn aus seinen großen Hundeaugen ansieht, legt er ihn wieder zurück auf den Sitz, er hofft wirklich, dass diese Sache schnell erledigt sein wird.

Nachdem die beiden zurückgekommen sind, lässt sich Toni den restlichen Weg über die Toiletten aus und Rodriguez blendet sie ganz aus. Von Melissa kommt nichts, sie scheint sich für nichts zu interessieren, bis das erste Schild auftaucht, wo La Sierra ausgewiesen ist, da setzt sie sich sofort auf. Nun behält Rodriguez sie genau im Auge. Als sie in Sierra einfahren, beginnt sich Melissa das erste Mal genau umzusehen. Alles in Rodriguez schlägt Alarm, er ist überzeugt, dass sie ihre Stadt nicht zufällig gewählt hat, und ihre Reaktion bestätigt das. »Das ist also La Sierra!«

Rodriguez zeigt ihnen die wichtigsten Gebäude, die für sie interessant sind, obwohl er nicht weiß, inwieweit sich Melissa fortbewegen kann. Sie fahren ins das Surena-Gebiet. Kurz bevor sie die Villa erreicht haben, will Melissa, dass er stoppt. »Ich glaube, Tequila muss pullern!« Rodriguez zuckt die Schultern. »Wir sind gleich da.« Melissa tippt ihm während der Fahrt an die Schulter. »Nein, er muss jetzt pullern!« Rodriguez dreht sich zu ihr um. »Dann muss er eben ein paar Minuten warten.« Melissa will was sagen, doch dann hört er das Geräusch und muss aufpassen, dass er nicht auf die andere Spur fährt. »Hat dein Hund gerade auf meine teuren Sitze gepinkelt?«

Ihm ist egal, wer sie ist, als er sie jetzt so angeht, doch Melissa setzt sich nur ein Stück weg von der nassen Stelle und sieht ihn desinteressiert an. »Ich habe es gesagt, er ist noch klein, er kann das nicht kontrollieren.« Rodriguez will gerade richtig loslegen, da winkt sie ab. »Was machst du für einen Aufstand? Ist doch eh ein Auto von eurer Firma, was kümmert es dich?« Rodriguez beißt die Zähne zusammen, natürlich haben sie die Autoschilder getauscht. Er lässt einen wilden Fluch ab und Toni neben ihm ist das erste Mal während der Autofahrt ruhig. Allerdings sind es nur noch zwei Minuten und sie halten an der Villa, wo Hernandez schon gelangweilt am Zaun steht und auf sie wartet.

Als er Rodriguez' wütendes Gesicht sieht, kann er sich ein Grinsen nicht verkneifen. Wie beruhigend, dass alle außer ihm das witzig finden. Melissa und Toni steigen aus. Hernandez zeigt ihnen die Villa, während Rodriguez die Türen des Mercedes auflässt, damit der Gestank nicht unerträglich wird. Als er dann in die Villa kommt, findet er die andere Freundin bereits Zeitung lesend am Pool vor. Pepo beobachtet das ganze angelehnt an eine Tür, und Rodriguez stellt sich zu ihm.

»Jorge, der Vogel von Stylist, räumt gerade die Taschen aus! Der Manager, der sich 'Dios' nennt, sitzt seit unserer Ankunft da und telefoniert, er scheint zu riechen, dass er im Haus abgehört wird, dumm ist er auf jeden Fall nicht! Ich habe Paco und den anderen schon von der Plaka erzählt, aber keiner weiß von LM, sie werden sich aber darum kümmern!« Rodriguez nickt und schaut zu Dios, der ganz hinten im Garten an einem Tisch sitzt und in sein Handy spricht.

»Denkst du, sie ahnen etwas?« Pepo sieht auf seine Hand und schüttelt den Kopf. »Ich habe gesehen, wie er immer wieder auf unsere Hände geguckt hat, aber das Zeug von Bella wirkt wunder.« Rodriguez guckt auch auf seine Hand, wo das Schminkzeug von Bella ihre Plaka versteckt. Er muss zugeben, an solche Kleinigkeiten denken immer nur die Frauen, und dann erweist es sich als großer Segen. »Zumindest wissen wir, dass sie nicht in Frieden gekommen sind.«

Tequila kommt und tapst an ihnen vorbei. Gleich hinter ihm tritt Melissa aus dem Zimmer. »Okay, wir richten uns jetzt ein, sagt eurem Chef, ich bin mit der Villa zufrieden. Es wäre nett, wenn jemand etwas zu essen besorgen könnte, wir haben alle Hunger. Ich hatte ja eine Liste von dem Hundefutter gemailt, was Tequila bekommen soll.« Rodriguez sieht Melissa an, die Frau hält sich wirklich für eine Prinzessin. »Wir sind die Security, für so etwas ist er verantwortlich.« Er zeigt auf den Manager, der noch immer angestrengt telefoniert.

Er registriert, wie Melissa zu Dios sieht und die Stirn kraus zieht, er ist niemals ihr richtiger Manager. »Ok, gut, ich werde gleich mit ihm sprechen, aber gerade seid ihr da und bisher habt ihr euren Job nicht sehr überzeugend getan. Es wäre doch schade, wenn ich die Firma wechseln muss. Was würde euer Chef wohl dazu sagen?« Mit diesen Worten dreht sie sich um und geht in eines der Zimmer.

Erst jetzt bemerkt Rodriguez, dass Tequila die ganze Zeit an seinen Schnürsenkeln gespielt und es geschafft hat, einen durchzubeißen. Doch bevor er nach dem kleinen Biest treten kann, eilt dieser Melissa nach, die, sobald er im Zimmer ist, die Tür hinter sich zuschlägt. Rodriguez zieht das Security-Shirt aus und verlässt fluchend die Villa. »Wohin? Besorgst du Essen?«, ruft Pepo ihm nach, doch Rodriguez dreht sich nur genervt um.

»Nein, ich wasche mein Auto, und danach hole ich Pitty!«

Kapitel 5

Rodriguez gibt sein Auto in einer Waschstraße ab und lässt sich mit einem Taxi zu dem Surena-Anwesen fahren. Als er sauer zu Paco ins Haus kommt, ist es ruhig, zu ruhig, was bedeutet, dass niemand weiter da ist. Doch dann entdeckt er Bella, Leandro und auch Adriana im Garten. Leandro planscht im extra angefertigten Kinderpool, während die beiden Frauen sich unterhalten. Rodriguez tritt raus zu ihnen und schon kommt Pitty auf ihn zu gedackelt. »Dich nehme ich gleich mit!«

Rodriguez geht zu seiner Schwägerin und gibt ihr einen Kuss auf die Wange. Adriana nickt er leicht zu, keiner von ihnen weiß, wie er sich ihr gegenüber richtig verhalten soll. »Tiooo!« Rodriguez geht zu seinem Neffen und kneift ihn leicht in seinen nackten Bauch. »Du wirst ja langsam ein richtiger Mann!« Leandro grinst über beide Ohren und nickt. »Ich bin schon bald zwei.« Nun mischt sich Bella lachend ein und Rodriguez setzt sich an das Ende ihrer Liege. »Naja Schatz, das dauert noch etwas.« Sie sieht zu ihrem Schwager.

»Wie ist es gelaufen, hat alles gut geklappt?« Er zuckt die Schultern. »Es hat gedauert, aber sie sind alle in der Villa.« Bella setzt sich auf. »Und wie sind sie so? Hast du mit Melissa gesprochen? Sie wechseln sich vor den Monitoren immer ab, aber bis jetzt sei wohl noch nichts Interessantes passiert.« Rodriguez sieht zu Adrina, die zwar dem Gespräch folgt, aber nicht mit wirklichem Interesse. »Wie es zu erwarten war, sind sie alle nervtötend und anstrengend, halten sich für etwas Besseres. Wo ist Paco?«

Bella lacht leise auf. »Das glaube ich nicht! Ich versuche Paco schon die ganze Zeit zu überreden, dass ich sie treffen kann, mal sehen, ob das klappt. Er ist mit Chico zu einem Treffen gefahren, es muss neue Ware bestellt werden. Josir ist im Überwachungsraum.« Rodriguez steht auf und pfeift nach Pitty. »Ich nehme Pitty mal etwas mit!«

Er reagiert nicht auf Bellas fragendes Gesicht und schlägt noch einmal mit Leandro ein, bevor er ins Haus zurückkehrt. Auf dem Weg zum Besprechungsraum, der nun auch als Überwachungsraum der Villa dient, geht er zur Küche. Sie alle haben Haushälterinnen, die für sie kochen und die Häuser in Ordnung halten, anders wäre es gar nicht machbar, doch hier kocht meistens Bella. Er sieht in die noch warmen Töpfe und füllt sich einen Teller mit den Nudeln, die Pacos Frau zubereitet hat. Bevor er sich dazu eine kalte Cola nimmt, bekommt er doch ein leicht schlechtes Gewissen und ruft Hernandez an. Als der ihm dann allerdings erzählt, dass sie erst Pizza bestellt haben und Melissa diese dann abgelehnt hat und sie noch einmal extra angefertigte Salate mit gegrilltem Hühnchenfleisch bestellen mussten, verdreht Rodriguez nur die Augen und sagt, dass er bald wieder da ist.

Im Besprechungsraum sitzt Josir gelangweilt und schaut auf die Monitore. Leider ist die Villa so geschnitten, dass sie in den Schlafräumen keine Möglichkeit haben etwas anzubringen, ohne dass es auffällt, weder zum Abhören noch zum Aufnehmen, doch die Küche, die Wohnbereiche, alles andere wird gefilmt und abgehört. Als Josir Rodriguez entdeckt, grinst er ihn frech an. »Ich mag den Hund!« Rodriguez fällt ein, dass er sich die Schuhe wechseln muss und deutet auf Pitty, der sich zu seinen Füßen niederlässt. »Ich auch!« Josir beginnt zu lachen und deutet auf die Monitore.

»Sie haben alle gegessen, Miko ist noch kräftig dabei, nachdem ich ihm gesagt habe, er soll mir ein Stück rüberschicken, ich liebe diese Pizza.« Rodriguez beobachtet, wie Miko genüsslich in der Küche steht, direkt zu ihnen in die Kamera sieht und das letzte Stück einer Pizza verschlingt und ihnen dabei den Mittelfinger entgegenstreckt und muss lachen.

»Der Manager...« Rodriguez unterbricht ihn. »Dios, er ist niemals ein Manager.« Josir nimmt sich Popcorn aus der Schüssel vor ihm und bewirft über den Bildschirm Dios Jacke, die über einer Stuhllehne hängt. »Er ist in seinem Zimmer. Da ist zwar keine Kamera oder etwas anders, aber die Wanzen aus dem Flur davor verraten, was er gerade macht.« Er stellt auf einer Fernbedienung etwas höher, und es ist lautes gleichmäßiges Schnarchen zu hören. »Die beiden Blonden liegen am Pool und versuchen, noch dunkler zu werden, aber zugegeben, die eine hat was.« Er deutet auf den Monitor, der den vorderen Teil des Pools erfasst und die beiden im Bikini auf einer Liege tuscheln zeigt. Leider kann man hier nichts hören. Der Stylist kommt gerade aus dem Haus in einer mehr als engen Badeshorts und springt mit Anlauf in den Pool, sodass er die beiden Blonden nass macht und die sich lauthals beschweren. Um das zu erkennen, braucht man keinen Ton.

Rodriguez sucht die Monitore ab, Josir kommt ihm zu Hilfe. »Melissa war erst eine Weile am privaten Strandabschnitt mit dem Hund spazieren, Hernandez hat sie begleitet. Jetzt ist er platt.« Er zeigt zu einer Kamera, die den kleinen Hund auf der riesigen Couch im Wohnzimmer schlafend zeigt. Dieses Mal wirft Rodriguez Popcorn nach ihm. »Pitty kommt nicht gut mit anderen Hunden klar, wusstest du das?« Josir lacht. »Pitty ist eine zu groß geratene Katze, der tut niemandem etwas!«

Rodriguez lehnt sich zurück. »Ja ich weiß, aber hier hat kaum einer einen Hund. Und wenn wir mal einen getroffen haben, mussten wir Pitty mit den größten Mühen davon abhalten, diesen zu zerfleischen. Er hasst andere Hunde!« Rodriguez zieht die Augenbrauen hoch und Josir lacht laut los. Dann entdeckt Rodriguez Melissa ganz in der Ecke des Zimmers. Sie sitzt auf einem Sessel, die Beine angezogen und einfach nur aus dem Fenster schauend, wie schon im Auto. Sie scheint weit weg mit ihren Gedanken zu sein. »Sie ist da schon länger, sie bewegt sich kaum, vielleicht denkt sie über sinnvollere Lieder als ihr 'Loca Loca' Zeug nach!« Rodriguez sieht sie eine Weile an, dann steht er auf und pfeift nach Pitty. »Wer weiß schon, was bei ihr im Kopf vor sich geht!« Rodriguez geht duschen und wechselt seine Klamotten und die Schuhe.

Nachdem er sein Auto wieder abgeholt hat, macht er sich auf den Weg zur Villa, dabei informiert er Pepo, dass er sich jetzt zurückziehen kann. So entkommt wenigstens immer einer von ihnen diesem Alptraum. Als Pepo aus der Villa fährt, während er ins Tor hineinfährt und ihn glücklich angrinst, weiß er, dass alle so denken. Er betritt die Villa und findet das gleiche Bild vor, was er vor einer Stunde auf dem Monitor gesehen hat. Der Hund schläft, Melissa sieht aus dem Fenster. Hat sie sich nicht einmal hier wegbewegt? Doch dann blickt sie zu ihm und schreckt zusammen, als ihr Blick auf Pitty fällt.

»Was ist das?« Rodriguez sieht zufrieden Melissas gehörigen Respekt vor Pitty, den er als großer breiter Pitbull ja auch verdient hat. »Das ist mein Baby!« Melissa fuchtelt mit den Armen umher. »Der muss hier weg, diese Hunde sind unberechenbar.« Rodriguez zieht die Augenbrauen zusammen. »Das tut mir leid, das geht nicht, er gehört zum Security-Team.«

Sein Blick fällt auf Tequila, der inzwischen wach geworden ist. Der Kleine scheint das Wort Respekt gar nicht zu kennen und sieht mit wackelndem Schwanz und hechelnder Zunge zu Pitty. »Ich hoffe dein Tequila hat kein Problem mit ihm!« Rodriguez macht den unruhig werdenden Pitty von der Leine los und setzt sich zufrieden auf die Couch, als Tequila von dieser herunterspringt und auf Pitty zu tapst.

Rodriguez kennt Pitty, er ist kurz davor loszuknurren, doch als Tequila ihn dann erreicht hat, riecht er an ihm und wird ruhig. Rodriguez traut seinen Augen nicht, als Tequila sich vor Pitty hin und her kullert und der ihn abzulecken beginnt. Er trifft auf Melissas Blick, die ihn aus diesen verfluchten blauen Augen ansieht. Sie zieht eine Augenbrauen nach oben. Ihr ist klar, was er versucht hat, doch dann steht sie einfach auf und geht aus dem Raum. »Wieso sollte er? Tequila ist ein Baby, er genießt Welpenschutz!« Mit diesen Worten geht sie in ihr Zimmer, Tequila folgt ihr auf dem Fuß, und Pitty setzt sich zu Rodriguez. »Was für ein Welpenschutz, du Waschlappen?« Er sieht Pitty sauer an.

Als er aus der Küche ein Lachen von Miko hört, geht er dorthin. Miko sitzt auf einem Stuhl, das Käppi tief ins Gesicht gezogen, einen Zahnstocher im Mund und die Füße auf die Küchentheke gelegt. Er hat garantiert so geschlafen, das schafft nur Miko. »Wolltest du gerade ein Hundebaby töten?« Rodriguez zuckt die Schultern. »Er hat mein Auto vollgepinkelt!« Er wirft einen bösen Blick in die Kamera, er weiß genau, dass die dahinter sich jetzt nicht mehr einkriegen vor Lachen. »Wer Popcorn schmeißt, ist dran!«

Es dauert keine fünf Minuten und die Tür von Melissas Zimmer geht wieder auf und sie kommt mit Jogginghose, Zopf und bauchfreiem Top in die Küche, wo sie sich eine kleine Flasche Wasser aus dem Kühlschrank nimmt. »Ich bin joggen, komm Tequila!« Sie will los, doch Rodriguez ist schneller und stellt sich ihr in den Weg. »Nichts da, du darfst allein das Haus nicht verlassen. Anweisung deines Managers!« Melissa sieht ihn unbekümmert an. »Na dann, versuch mitzuhalten, dein Hund könnte auch etwas mehr Bewegung vertragen!«

In Rodriguez' Kopf beginnt es zu hämmern, diese Frau denkt echt, sie kann machen, was sie will. Er sieht zu Miko, doch der reibt sich genüsslich den Bauch. »Das würde nicht gut gehen!« Hernandez, der draußen bei den Blondinen sitzt, will er nicht fragen, weil der schon die letzte Runde mit ihr zusammen gemacht hat. Also beißt Rodriguez die Zähne zusammen, zieht sich die Weste aus, legt die Waffe auf den Tresen und joggt hinter Melissa her, durch den Garten zum Strandabschnitt. Pitty braucht er nicht zu rufen, er folgt ihm sowieso. Melissa dreht sich kurz zu ihm um, sie denkt wohl, er kann nicht mithalten, dabei ist er in seiner Familia und auch bei den Trez Puntos an Fitness nicht zu schlagen.

Als sie den Strand erreichen, beginnt gerade die Sonne langsam unterzugehen und da dieser Abschnitt eh privat ist, sind sie allein unterwegs. Rodriguez will sich einfach hinter Melissa halten, aber Tequila, der nicht auf Melissa hört und alle paar Minuten in das Meer rennt, hindert ihn daran.

Er bleibt stehen, als Melissa wieder einmal dem Hund hinterher eilt. Pitty neben ihm wird unruhig und Rodriguez seufzt auf. »Na los!« Er holt Melissa ein und schnappt sich das freche Hundebaby.

Im Nacken hält er ihn hoch und trägt ihn stolz vor sich her, Melissa beginnt weiter zu laufen. Kein danke, nichts. Rodriguez holt sie ein.

»Vielleicht solltest du anstatt zu joggen deinen Hund trainieren.« Er will an ihr vorbei ziehen, doch sie beschleunigt ebenfalls. »Wieso sollte ich? Er muss nicht perfekt sein!« Rodriguez stutzt kurz über ihre Aussage, so sehr, dass sie das ausnutzt, um wieder die Führung zu übernehmen. Pitty trägt immer noch Tequila im Maul. Rodriguez will Melissa anweisen umzukehren, da hier ihr Stück Strand endet. Doch sie ist schon längst weitergerannt. »Melissa, stopp, zurück!« Sie dreht sich nicht mal um, Rodriguez muss ganz schön beschleunigen, um sie einzuholen. Er hält sie am Arm zurück. »Das reicht! Zurück, hier sind wir nicht mehr auf Privatgelände!«

Melissa sieht sich verwirrt um, war sie mit ihren Gedanken schon wieder so weit weg? Was hat die Frau bloß im Kopf? »Ich hab das gar nicht gemerkt!«, sagt sie leise und entschuldigend, sie kann also auch anders. Rodriguez nickt nur zu der Strecke und zu ein paar Jugendlichen, die schon zu ihnen herüber gucken. »Lass uns schnell zurück!« Den Rückweg joggen sie schweigend, Melissa knapp vor ihm. Sobald sie in der Villa ankommen, geht Melissa wieder auf ihr Zimmer, und Rodriguez muss erst einmal nach Luft schnappen. »Was geht im Kopf dieser Frau bloß so vor sich?«

Als Chico am Nachmittag ins Haus von Paco zurückkommt, fühlt es sich gut an, Adriana wieder zu sehen. Es hat sich einiges in der letzten Zeit getan. Zwar redet sie noch immer nicht viel mit ihm, aber er hat es geschafft, sie wieder unter die Leute zu bringen. Sie begleitet ihn jetzt mit zu Bella, bleibt bei ihr und hat sogar schon angefangen, sich mit Sara und Sam zu befreunden.

Laut Bella versuchen sie gerade, Adriana zu einer kleinen Shoppingtour nächste Woche zu überreden. Chico bezweifelt zwar, dass das wirklich passieren wird, doch trotzdem hat er jetzt Hoffnungen auf Besserung. Sie lächelt sogar ab und zu, was ihn am meisten freut. Als er sie das erste Mal lächeln gesehen hat, ging ihm das direkt durch sein Herz. Er bringt sie fast jeden Tag zu dem Strand und lässt sie eine Weile auf das Meer sehen. Vielleicht ist es auch das, was sie langsam dazu bringt sich zu öffnen.

Er erinnert sich, was ihm seine Mutter früher gesagt hat, nachdem er sich die Verletzungen zu diesen schlimmen Narben geholt hat, lange im Krankenhaus gelegen und angefangen hat, seinen Körper für diese Narben zu hassen. Sie hat ihm damals gesagt, das Leben an sich ist wie das Meer. Es wird immer eine Welle geben, die dich umhaut, mit voller Wucht trifft, doch es gibt unendlich viele Wellen im Meer. Viele bringen auch Gutes und Heilung. Vielleicht heilt das Meer gerade in diesen Augenblicken Adrianas Seele. Er hofft es.

Sie gehen auch gleich los, Bella erzählt ihnen nur, dass Rodriguez da war und sehr genervt wirkte. Als sie gehen und Bella Adriana noch einmal bittet, über ihren Shoppingtrip nachzudenken, sieht Chico, wie sich Pacos Gesichtsausdruck ändert. Vielleicht sollten die beiden das erst einmal untereinander klären, bevor sie was festes planen. Paco sieht nicht so aus, als würde er die Frauen gerne allein losziehen lassen. Sie verabschieden sich und fahren zum Strand, ohne ein weiteres Wort zu wechseln. Chico fühlt sich in dieses Augenblicken, als wäre er wieder 16. Er denkt den ganzen Weg daran sie einfach zu fragen, wie ihr Tag war, doch es kommt nichts über seine Lippen.

Als sie dann am Strand sind, zieht sich Chico das Shirt aus. Er hat es sich abgewöhnt, sich für seine Narben zu schämen. Sie sind da, und er würde sich immer wieder für diesen Schritt entscheiden. Er läuft auch im Haus oft ohne Shirt umher und da Adriana eh nie besonders auf ihn achtet, hat es ihn nicht gestört. Doch wo er sie jetzt so beobachtet, so schön wie sie aussieht, wenn sie dort am Meer steht, denkt er das erste Mal darüber nach, dass sie ihn bestimmt abstoßend findet.

Er wollte schon den ganzen Tag, nachdem sie in diesem stickigen Café in dieser Hitze ausgeharrt haben, sich heute im Meer abkühlen, doch jetzt weiß er nicht mehr, ob es so eine gute Idee ist. Doch was sollte das ändern? Adriana will zwar in seiner Nähe sein, doch sie sieht ihn nicht so an, nimmt ihn nicht so wahr, als dass sie seine Narben stören würden.

Also steht er auf, zieht seine Jeans aus und läuft in Shorts an Adriana vorbei ins Meer. »Willst du dich nicht auch etwas abkühlen?« Adriana schüttelt zaghaft den Kopf und Chico geht ins kühle Wasser. Diese Abkühlung tut so gut, genau das hat er jetzt gebraucht. Er schwimmt weit hinaus. Er liebt es, gegen den Strom zu schwimmen und erst umzudrehen, wenn er merkt, dass seine Kraft langsam am Ende ist. Das Meer ist ein Gegner, den er nie besiegen könnte. Er ist klug genug, um das zu respektieren.

Je näher er Richtung Ufer zurück schwimmt und Adrians Silhouette deutlicher wird, umso schneller klopft sein Herz. Er flucht vor sich hin, er wird doch jetzt nicht so dumm sein und sich in sie verlieben? Das sollte er sich so schnell wie es nur geht aus dem Kopf schlagen. Er kann mit ihr nicht mal richtig umgehen, er hatte noch nie eine feste Freundin. Für so etwas sind Männer wie er einfach nicht gemacht.

Je näher Chico kommt, desto mehr spürt er, dass Adriana ihn dieses Mal sehr wohl richtig ansieht. Sie sieht nicht wie sonst an ihm vorbei, durch ihn hindurch oder zu Boden. Ihre Augen betrachten ihn und es fühlt sich merkwürdig an. Als er fast bei ihr ist, versucht er sich nichts anmerken zu lassen. »Und, doch anders überlegt? Es tut gut sich abzukühlen.« Adriana hört ihm gar nicht zu, plötzlich macht sie einen Schritt auf ihn zu und fasst über seine Narben. Aus Reflex hätte Chico fast zurückgezuckt, doch er beherrscht sich und hält still, als sie vorsichtig mit ihren Fingern die Narbe entlang streicht.

Verträumt blickt sie ihren Fingern nach, Chico bekommt eine Gänsehaut. Noch nie hat jemand so seine Narben berührt, er erlaubt das sonst keiner Frau. Dann stoppt sie an seinem Herzen. »Du hast so ein gutes Herz, Chico!« Er würde am liebsten loslachen, sie weiß nicht, was er schon alles getan hat. Sie blickt nach oben und direkt in seine Augen. Chico kann nicht anders, als sie ihn so aus ihren großen braunen Augen ansieht. Er beugt sich vor, um sie zu küssen. Es fühlt sich so richtig an, dass er alles andere vergisst. Als er sich ihrem Gesicht nähert und sie die Augen schließt, tobt sein Herz in seiner Brust. Doch als er ihr Gesicht in seine Hände nehmen will, zuckt sie schlagartig zurück.

Chico weicht leicht zurück, er wollte ihr keine Angst machen. »Adriana, es tut mir ..« Sie schüttelt den Kopf und dreht sich um. »Nein, mir tut es leid, ich bin nicht normal, Chico. Es tut mir so leid!« Chico bleibt verdutzt stehen, doch als sie schon fast am Auto ist, geht er ihr schnell hinterher. »Adriana, warte!« Sie wartet nicht, sie setzt sich ins Auto. Chico sieht an ihrem Gesicht, dass sie wieder ihre Maske aufsetzt und flucht laut auf.

Rodriguez, Miko und Pepo sitzen im Garten der Villa. Die Sonne ist schon lange untergegangen, alle Frauen haben sich zurückgezogen. Rodriguez ist aufgefallen, dass Melissa kaum ein Wort mit den beiden Blondinen wechselt, diese hingegen reden Melissa ständig nach dem Mund, doch sie geht kaum darauf ein. Mit dem Stylisten hingegen geht sie anders um, man spürt, dass sie ihm vertraut und ihn gern hat. Die fünf sind leicht zu durchschauen. Rodriguez ist überzeugt, es wird nicht mehr lange dauern, bis sie hinter deren genauen Pläne kommen.

Sie haben Dios und Jorge zu einem Kartenspiel überredet, der Stylist hat sich schon nach zwei Runden und zwei Gläsern Schnaps verabschiedet. Das zeigt ein weiteres Mal, dass Dios kein gewöhnlicher Manager ist, er spielt viel zu gut und verträgt viel zu viel Alkohol. Rodriguez ist der Einzige, der darauf achtet, nicht zu viel zu trinken und einen klaren Kopf zu behalten.

Nach einer Weile merkt man allen den Alkohol an. Sie spielen und Rodriguez beginnt Dios unauffällig in die richtige Richtung zu drängen. Er fragt ihn, ob er schon einmal in La Sierra oder der

Umgebung war. Dios verneint und sagt, es gäbe hier nichts Interessantes, was eine Reise wert wäre. Nur zwei Sachen führen ihn her und wenn das alles vorbei ist, sei Sierra nur irgendein Ort, der in Vergessenheit gerät. Allein bei diesen Worten kocht Rodriguez' Blut hoch, auch die anderen sehen wütend von ihren Karten hoch. Jeder schafft es allerdings, sich einen Kommentar zu verkneifen. Der Alkohol macht Dios mutig, er lehnt sich zurück und verschränkt die Arme hinter seinem Kopf.

»Ich habe gehört, dass jeder Mann hier einer Familia angehört. Wie kommt es, dass ihr keine Plakas tragt?« Rodriguez will antworten, doch Miko kommt ihm zuvor. Egal, wie viel er getrunken hat, mit seinem Käppi, was ihm tief ins Gesicht gezogen ist und dem Zahnstocher kommt er gleichgültig genug rüber. »Wir kommen nicht von hier!« Dios nickt und streckt sich. »Dafür kennt ihr euch hier aber sehr gut aus!« Er zwinkert ihnen zu und gähnt gespielt, bevor er sich zum Schlafen verabschiedet. Nachdem er weg ist, wirft Miko die Karten auf den Tisch. »Der Hund ahnt etwas!«

Rodriguez weiß, dass er recht hat, aber solange er nur etwas ahnt und nichts weiß, können sie noch weiter dieses Spiel spielen, sie müssen nur noch vorsichtiger sein. Er bleibt am längsten im Garten. Als es in der Villa ruhig geworden ist, ruft er Paco an, um ihn über den neuesten Verlauf zu informieren, da die Leute, die sie über die Kamera beobachten, die Geschehnisse im Garten nicht wirklich mitbekommen. Paco sieht die Sache so wie er. Sie versuchen Kontakt zu einem Informanten aus Kolumbien herzustellen, der ihnen wegen der Plaka helfen soll.

Der erste Tag ist vorbei, und Rodriguez geht unzufrieden ins Haus. Er will sich auf sein Zimmer zurückziehen, was er sich mit Hernandez teilt. Sorgen, dass er etwas verpassen könnte, macht er sich nicht. Er weiß, auch nachts beobachten Leute alles, sodass er per Handy sofort verständigt wird. Er geht durch die Küche, als leise eine Tür aufgeht und Melissa in die Küche kommt. Sie sieht ihn nicht und erschreckt sich, als er plötzlich vor ihr steht. Melissa sieht zwar etwas zerzaust aus, so als hätte sie sich im Bett hin und her gewälzt, doch ihr Augen sind zu wach, als dass sie Schlaf bekommen hätte.

Er mustert kurz ihr Gesicht, sie ist ungeschminkt, und wie er im Auto schon vermutet hat, braucht sie keine Schminke. Sie sieht so viel besser aus, als den ganzen Tag über, wo sie selbst beim Joggen perfekt gestylt war. »Was tust du noch so spät hier draußen?« Melissa atmet tief durch. Erst jetzt sieht er, dass sie zittert und räuspert sich kurz. »Habe ich dich etwa so erschreckt?« Melissa kneift die Augen zusammen und sieht ihn wütend an »Ja, das hast du. Du bist hier, um für meine Sicherheit zu sorgen, nicht um mich zu Tode zu erschrecken.« Sie geht zum Kühlschrank, nimmt sich eine Wasserflasche und geht, ohne ihn noch einmal anzusehen, in ihr Zimmer zurück.

Rodriguez sieht ihr nach. Auch das einfache, weite Shirt und die enge, kurze Shorts stehen ihr viel besser als alles andere, was sie sonst anhatte. Er wird nie verstehen, wieso Frauen meinen, sich so extrem auftakeln zu müssen. Als sie die Tür schließt, wendet er sich ab. Sie hat keine Ahnung, dass er nicht im geringsten für ihre Sicherheit da ist. Sein Handy piept, er bekommt eine SMS von Raul. »Starr nicht so auf ihren Po!« Er wendet sich zu einer der Kameras und wirft einen vernichtenden Blick zu allen, die ihn gerade beobachten, bevor er sich auch endlich schlafen legt.

Kapitel 6

Rodriguez schläft unruhig, doch als er gegen Morgen in einen festeren Schlaf verfällt, wird er auch gleich wieder durch ein gleichmäßiges Klingeln geweckt. Er greift nach seinem Handy. Auch Hernandez setzt sich in seinem Bett auf. »Ihr solltet keinen Alkohol trinken, wenn ihr dann nicht aus dem Bett kommt, Melissa ist weg!«

Rodriguez kann noch nicht klar denken. »Wie, weg?« Ramon, sein älterer Bruder seufzt schwer auf. »Richtung Strand, geh einfach mal nachgucken. Wenn sie abhaut und wir sie verlieren und nicht mehr im Auge haben, war alles umsonst!« Rodriguez schnappt sich seine Waffe, die ebenfalls auf dem Nachttisch liegt und springt aus dem Bett. Hernandez kratzt sich am Kopf. »Was ist los?« Rodriguez ignoriert ihn und rennt durch den Garten zu dem Strandabschnitt. Als er dort ankommt und Melissa einfach nur am Meer stehen sieht, Steine hinein werfend, denen Pitty und Tequila nachrennen, flucht er laut. Er hasst das alles hier! Nun hat auch Melissa ihn entdeckt und beginnt zu grinsen.

Natürlich findet sie es lustig, wie er hier nur in Boxershorts verschlafen mit Waffe angerannt kommt und Rodriguez wird wütend, den Hampelmann für diese Prinzessin zu spielen. Pitty kommt angerannt, schüttelt sich freudig neben ihm das Wasser aus dem Fell, sodass er nass wird. Der Tag könne nicht besser beginnen. »Wenn du weggehst, sag Bescheid oder wir müssen die Türen abschließen!«

Hernandez kommt aus dem Haus gestürmt und ruft ihn aufgeregt. Rodriguez dreht sich wütend um und will zurück ins Haus. »Stopp!« Er verdreht die Augen und sieht sich nach Melissa um, die ihn nun ebenfalls sauer ansieht. Die Kleine hat echt Nerven, aber er wartet, als sie auf ihn zukommt. Ihre Blicke treffen sich und er sieht, wie es in ihren blauen Augen aufblitzt. Ohne Scheu baut sie sich direkt vor ihm auf. »Security, ja? Seit wann machen die Les Surenas einen auf Security?«

Es dauert einen Augenblick, bis er begreift, doch dann denkt er an sein Tattoo, was alle engeren Mitglieder der Les Surenas tragen. Den Namen der Familia quer über ihr Schulterblatt eintätowiert. Da er ohne Shirt ist, hat er es ihr gerade schön präsentiert. Rodriguez sieht sie kalt an, am liebsten würde er sie jetzt einfach zwingen zu sagen, was sie hier will, doch er beherrscht sich und nickt. »Du scheinst dich ja gut auszukennen?« Nun ist es Melissa, die leicht zusammenzuckt. »Wenn man nicht hinter dem Mond wohnt, kennt man die Les Surenas und die Trez Puntos. Bevor ich hergekommen bin, hat man mir gesagt, dass ich hier auf euch treffen könnte. Ich wusste nur nicht, dass es so passieren würde.«

Rodriguez kneift die Augen zusammen. »Das ist unsere Stadt und wir behalten gerne alles im Auge. Hast du damit etwa irgendein Problem?« Melissa will gerade etwas antworten, da taucht neben Hernandez, dem jetzt auch klar ist, dass sie aufgeflogen sind, Dios auf. »Melissa, alles in Ordnung?« Melissa sieht schnell zwischen ihnen hin und her und zieht sich ihr Shirt aus. Sie trägt noch immer das weite, welches sie auch zum Schlafen benutzt hat.

Offensichtlich wollte sie selbst baden, denn sie trägt darunter einen Bikini. »Schnell, zieh das über, mein Manager darf das nicht sehen!« Sie wirft Rodriguez das Shirt zu und geht an ihm vorbei in Richtung Haus. »Nein, es ist alles in Ordnung, ich wollte nur baden, aber es ist noch zu kalt.« Verwirrt sieht Rodriguez Melissa nach, sie scheint nicht sauer zu sein, warum darf ihr Manager es dann nicht wissen? Vielleicht haben sie sich doch getäuscht, aber Melissa weiß offensichtlich auch über sie Bescheid, er muss unbedingt mit ihr reden.

Rodriguez zieht sich ihr Shirt über, sofort hat er ihren Duft in der Nase, wundervoller Morgen. Er folgt Melissa ins Haus, wo gerade die zwei Haushälterinnen angekommen sind, die sich für die Tage um das Essen und alles andere kümmern werden. Rodriguez registriert, wie sie begeistert zu Melissa schauen, bevor sie sich gleich ranmachen und das Frühstück zubereiten. Mittlerweile sind alle wach, und Miko, Pepo und Hernandez werfen ihm fragende Blicke zu doch Rodriguez hat jetzt keinen Nerv, ihnen etwas zu erklären, solange er selbst nicht genau weiß, was los ist.

Auch das klingelnde Handy ignoriert er. Er geht schnell duschen. Verflucht, wieder ist ihm ein Fehler unterlaufen, er muss das unbedingt wieder in Ordnung bringen. Wieso passieren ihm solche Sachen immer? Er kann sich jetzt schon die Blicke seiner Brüder vorstellen. Genervt zieht er sich sein Security-Shirt und eine schwarze Hose an. Er steckt sich die Waffe einfach in den hinteren Hosenbund, wozu jetzt noch auf Form achten. Als er herauskommt, sitzen alle schon am Frühstückstisch.

Miko und Pepo stehen an der Theke und essen das Frühstück im Stehen. Er begegnet Melissas Blick, die ihre Augenbrauen hochzieht, als sie auf sein Shirt sieht. Auch er zieht seine Augenbrauen hoch, sie ist gar nicht so aufgetakelt wie gestern. Sie trägt einen einfachen Zopf, ist nicht zu sehr geschminkt und er traut seinen Augen nicht, sie trägt einfach nur Jeans und T-Shirt. »Paco will mit dir reden!« Miko unterbricht seine Gedanken und Rodriguez nimmt ihm sein Brötchen weg. »Ich kriege das schon in den Griff, ich muss nur mit ihr allein reden.«

»Ihr müsst los, soll ich nicht doch mitkommen?« Jorge erlöst ihn und die Frauen stehen auf. »Nein, schlaf du mal deinen Jetlag aus, das wird eh uninteressant!« Melissa steht auf und Rodriguez blickt zu Dios. »Wohin geht es?« Der angebliche Manager ist mit seinen Gedanken ganz woanders. »Sie fahren sich die Bühne ansehen, ihr begleitet sie. Jorge bleibt hier und ich … werde mir einmal die Gegend in Ruhe ansehen.« Sie alle gehen noch einmal in ihre Zimmer und Rodriguez wendet sich an die anderen.

»Ich begleite die Frauen, ich versuche, allein mit Melissa zu reden und alles herauszubekommen. Pepo bleib bei Jorge, achte darauf, ob er telefoniert, mach ihm schöne Augen, vielleicht redet er!« Pepo wirft einen Apfel nach ihm, dem er jedoch geschickt ausweicht. »Ihr beide fahrt unauffällig Dios hinterher. Bleibt an ihm dran, mal sehen, was er hier so zu suchen hat!« Miko nickt. »Und kommst du allein mit den Frauen klar?« In dem Moment kommen die beiden Blonden wieder aus ihrem Zimmer.

»Unmöglich die vielen Mücken, ekelhaft, wie in den Tropen!« Hernandez lacht, Melissa kommt ebenfalls aus ihrem Zimmer, Tequila auf dem Arm. »Du solltest ihn hierlassen!«, weist Rodriguez sie an. Melissa lacht und geht an ihm vorbei. »Hunde gehören nicht den ganzen Tag ins Haus. Wenn du auf mich hörst, wenn ich stopp sage, bleibt dein Auto auch trocken.« Sie geht einfach weiter, die Blondinen folgen ihr auf den Fuß. »Viel Spaß! Also lieber fünf Stunden Verfolgung, als eine halbe Stunde mit denen.« Rodriguez schnappt sich einen Apfel und hebt die Hand. »Ignorieren, man muss einfach ignorieren können.«

Als er aus dem Haus geht, folgt Pitty ihm und er klopft ihm auf sein Fell. »Du bist wirklich eine große Hilfe!« Ohne weiter auf die Frauen zu achten, lässt er Pitty vorn auf dem Beifahrersitz einsteigen und die drei Frauen müssen es sich hinten bequem machen. Sobald sie losfahren und er das Radio anstellt, ertönt das Lied von Melissa, was er schon den ganzen Sommer über gehört hat. Die Blondinen quietschen auf.

Als Rodriguez den Sender verstellen will, haut ihm eine von ihnen sogar auf die Schulter. Die ganze Stadt scheint verrückt zu spielen, es hängen überall Plakate, von denen Melissa herunter lächelt. Ignorieren ermahnt Rodriguez sich selbst und konzentriert sich wieder auf die Straße. Nach dem Lied kommt die Radiomoderatorin und erzählt begeistert von dem Abschiedskonzert, was in vier Tagen stattfindet. Gleichzeitig ist die ganze Welt traurig, dass Melissa der Bühne den Rücken kehrt. Bisher hat Rodriguez nur zwei, drei Lieder von Melissa gehört und die waren jedes Mal nach einem einfachen Muster gestrickt: Sommer Pop ohne Sinn. Als jetzt die ersten Töne eines langsamen Liedes angespielt werden, hört er genauer hin. »Mach das aus!«

Rodriguez ignoriert Melissas Befehl nicht mal, er dreht es lauter, damit er den Text genauer verstehen kann. Bei dem Lied hört man das erste Mal heraus, dass Melissa eine wirklich schöne Stimme hat, doch was Rodriguez noch mehr interessiert, ist der Text. Sie singt von einem kleinen Mädchen, das mit Fesseln aufwächst und fast erstickt bei dem Versuch, sich von diesen Fesseln zu befreien. Wie das Mädchen jede Nacht die Augen schließt und das Leid um sich herum ausblendet und sich weg träumt in die große weite Welt. Rodriguez hört genau zu und sieht danach durch den Rückspiegel zu Melissa, die wie immer aus dem Fenster starrt. Das hätte er nicht erwartet.

»Singst du da von dir?« Melissa reagiert nicht, dafür Toni. »Ach quatsch, denkst du, sie singt ständig von sich?« Sie und ihre Freundin lachen. Melissa reagiert immer noch nicht. Rodriguez fährt auf den großen Platz, auf dem die Bühne ersteht, wo sich schon so einiges getan hat. Als sie ankommen, stehen zwei Männer in Anzügen bereit und der Bauleiter, den Rodriguez schon ein paarmal gesehen hat.

Erst als er aussteigt und sich die Waffe wieder in den hinteren

Hosenbund steckt, erkennt er die beiden Männer. Es sind Geschäftsmänner, die hier leben und die den Surenas Schutzgeld bezahlen, damit sie sie schützen und damit sie hier in der Gegend überhaupt Geschäfte machen dürfen. Sie sehen auch gleich unsicher zu ihm und strecken ihm die Hand hin. »Rodriguez, schön sie hier zu sehen, wir wussten nicht, das ...« Melissa steigt auch aus und die beiden Männer begrüßen sie nun schnell, der eine sogar mit einem Handkuss.

Rodriguez würde am liebsten die Augen verdrehen, fehlt nur noch, dass er einen Knicks macht. Sie geben den Blonden ebenfalls die Hand und wenden sich dann allen zu. »Wir freuen uns, sie hier begrüßen zu dürfen Miss Dimengo, wir kümmern uns um alle Wünsche, die sie haben...«, sie blicken zu Rodriguez. »Wenn das kein Problem darstellt?« Er schüttelt den Kopf und deutet an, dass sie weitererzählen sollen.

Umso besser, wenn diese Arbeit andere übernehmen. Sie führen sie über das gesamte Gelände und wieder erlebt Rodriguez eine ganz andere Melissa. Sie gibt genaue Anweisungen, wie sie was haben will. Was noch geändert werden soll, dass ein Piano auf die Bühne muss. Die Ausstattung für die Band, die an dem Tag ankommt ... alles, bis hin zur Garderobe und was dort alles vorbereitet werden muss.

Rodriguez schaltet nach einer halben Stunde ab und hört nicht mehr hin, auch wenn er immer in der Nähe bleibt. Er beobachtet, wie Tequila und Pitty sich über das Feld jagen. Er kann gerade nicht einschätzen, ob es gut ist, dass Melissa jetzt weiß, wer er wirklich ist, er kann sie gar nicht einschätzen, er muss unbedingt mit ihr alleine sprechen. Kaum hat er diesen Gedanken ausgedacht, kommt Toni zu ihm. »Hey Rodri!« Sie lächelt ihn an und dreht eine ihrer blonden Locken auf ihren Finger. Rodriguez sieht sie gelangweilt an, doch dann lächelt er, sie ist wenigstens nicht so undurchschaubar wie Melissa.

»Toni, setz dich doch zu mir!« Toni sieht auf die etwas schmuddelige Ablage, auf der Rodriguez sitzt und setzt sich dann ohne Hemmungen auf seinen Schoß. »Das ist besser, ich hab eine Armani-Hose an.« Rodriguez nickt und zieht sie enger an sich. »Ja, das ist besser!« Er weiß, was er für eine Wirkung auf Frauen hat, bisher hat er das nur eingesetzt, um Spaß zu haben, wieso nicht einmal einsetzen, damit er ein paar Infos bekommt.

»Ich muss sagen, dass ich dich und deine Freunde von der Security sehr aufregend finde. Ihr habt so etwas gefährliches an euch!« Sie streicht mit ihren Fingern über sein Shirt. Vielleicht sollte er auch noch etwas Spaß mit ihr haben, nachdem er ein paar Infos herausbekommen hat. Etwas Entspannung würde ihm gut tun. »Sag mal Toni, wieso habt ihr vorhin im Auto so reagiert wegen dem Lied, erzähl mir die Wahrheit. Geht es in dem Lied um Melissa, hatte sie etwa keine schöne Kindheit?«

Toni lacht und setzt sich so auf seinen Schoß, dass sie genau seine Reaktion auf sie spüren kann und sofort fängt er auch an zu reagieren. »Ach was weiß ich, sie redet nicht über ihre Vergangenheit. Und ganz unter uns, sie ist merkwürdig, sie grübelt ständig vor sich her, redet generell nicht viel. Wir sind nur dabei, um den Presserummel nicht zu verpassen. Ich und Kendra wollen bald eine Reality-Show machen, dann werden wir uns vor Angeboten nicht mehr retten können.« Rodriguez lächelt mild, ihm war klar, dass sie keine richtigen Freunde sind. Ob in dieser Welt, in der sie leben, so etwas wie den Zusammenhalt wie in ihrer Familia, überhaupt vorhanden ist, ist fraglich.

»Also weiß keiner, wer ihre Familie ist oder wie ihre Kindheit war?« Toni schüttelt den Kopf. »Dass ihre Eltern tot sind, ist ja bekannt. Es hieß, dass es mal ein Lied gab, was sie ganz am Anfang ihrer Kariere gesungen hat, wo sie mit ihrer Vergangenheit abrechnet. Es soll sehr, sehr deutlich gewesen sein und viele Personen sollen sich aufgeregt haben, weil sie sogar Namen erwähnt hat. Das Lied ist sofort vom Markt genommen worden, Melissa hat es nie wieder gesungen. Ob das wirklich stimmt, weiß ich nicht. Wie gesagt, sie redet kaum, sie hält sich für etwas Besseres. Ihr Ex-Freund Luis sieht das genauso. Sie hat ihm aus dem Flugzeug eine SMS geschrieben, dass sie ihn nicht mehr sehen will. Ich wette, er ist ausgeflippt, doch sie kümmern andere Menschen nicht.«

Rodriguez nickt. Okay, an diesem Tratsch hat er kein Interesse mehr. Er sieht aus dem Augenwinkel, das Melissa zu ihnen hinübersieht, vielleicht sollte er weniger auffällig Informationen über sie sammeln. Doch Toni beugt sich zu seinem Hals. »Du riechst wahnsinnig gut, lass uns später sehen, was wir noch so tun können!« Sie lächelt ihn an und steht auf. Rodriguez beißt sich auf die Lippe. »Etwas Entspannung wird nicht schaden!« Er sieht der Blonden hinterher, eigentlich nicht sein Typ, aber zur Entspannung wird es gehen. »Fertig?« Rodriguez erschreckt sich, als hinter ihm plötzlich Melissa steht und ihn ansieht.

»Nein, noch gar nicht angefangen, wieso?« Melissa deutet ihm mitzukommen. »Das werden sicher die aufregendsten zwei Minuten deines Lebens!« Rodriguez muss sich ein Grinsen verkneifen, sie ist wirklich nicht auf den Mund gefallen. »Wenn du wüsstest...« Melissa verdreht die Augen. Sie steuern das Auto an. »Ich bin fertig hier, ich habe den beiden Herren gesagt, sie sollen Kendra und Toni noch die Verpflegungswagen zeigen und sie dann zur Villa bringen.« Sie lächelt, als wäre sie stolz auf ihren Plan. »Und wieso das?« Melissa öffnet die hintere Tür und Tequila und Pitty springen in das Auto. Sie selbst steigt auf der Beifahrerseite an. »Weil du mich jetzt zu eurem Anführer bringst!«

Chico sitzt auf der Couch und reibt sich über das Gesicht, er ist ein Idiot. Wieso hat er versucht sie zu küssen? Er weiß doch am besten, dass sie noch lange nicht für solche Annäherungen bereit ist. Sich allein durch das Reden zu nähern ist schon schwer, doch durch den Versuch, sie zu küssen, hat das Ganze alles zunichte gemacht, was er die letzten Tage aufgebaut hat. Sie hat während der ganzen Rückfahrt immer nur eine Entschuldigung gemurmelt. Chico hat auf sie eingeredet, dass sie sich nicht zu entschuldigen braucht, er hätte daran denken müssen.

Im Haus ist sie direkt in das Schlafzimmer gegangen und nicht wieder herausgekommen. Normalerweise lässt sie die Tür auf, Chico weiß, dass sie ab und zu nach ihm sieht, ob er auch wirklich da ist, sie braucht das zur Beruhigung, aber dieses Mal nicht. Sie hat die Tür geschlossen und ist bis jetzt nicht herausgekommen. Die ganze Nacht konnte Chico nicht schlafen, wollte aber auch nicht nachsehen, ob alles in Ordnung ist. Er will nicht, dass sie sich noch schlechter vorkommt. Aber jetzt ist es schon Mittag, und sie müssen bald zu Paco rüber. Sie wollen dort mal wieder einen Grillnachmittag machen.

Alle waren dagegen, genau jetzt, wo alle angespannt sind wegen dieser Melissa, vier von ihnen weg sind und sie alles rund um die Uhr bewache. Aber Bella hat darauf bestanden, dass die Familias auch mal wieder ein paar gute Stunde zusammen verbringen und nicht nur, wenn es um irgendwelche Probleme geht. Also haben sie nachgegeben, da sie eh dorthin müssen, um die Kameras im Auge zu behalten. Chico steht schwer auf und geht zum Schlafzimmer. Er bleibt stehen, hebt die Hand, lässt sie wieder fallen, es dauert drei Anläufe, bis er gegen die Tür klopft.

Meine Güte, er ist so ein Waschlappen geworden. Er dachte, Adriana schläft, doch die Tür öffnet sich sofort und sie sieht ihn aus ihren großen braunen Augen an. »Ich wollte nur gucken, ob alles in Ordnung ist und Bescheid sagen, dass wir bald los müssen. Ich hab dir doch erzählt, dass sie heute grillen und ich dabei sein muss und du hast gesagt, dass du mitkommen wirst.« Adriana nickt, doch er sieht ihr an, dass sie es vergessen hat. »Ich mache mich gleich fertig.« Chico will sich umdrehen und sie wieder allein lassen, doch dieses Mal wehrt sich sein Herz zu heftig.

Er geht noch einen Schritt auf sie zu und ist froh, dass sie nicht zurückweicht, sondern ihn weiter fest anguckt. »Das wegen gestern Adriana, es tut mir wirklich leid, ich hätte das nie tun dürfen. Ich habe in dem Moment einfach …« Sie unterbricht ihn und senkt die Augen. »Nein, es ist nicht schlimm, es war ja, also ich wollte ja… ich muss es probieren zu trennen. Ich weiß doch, dass du mir nie weh tun würdest.« Chico ist etwas überrascht über diese Aussage. Sie wollte? Sie wollte was? »Es tut mir leid, ich wollte dir nicht das Gefühl geben, dass ich dir nicht vertraue.« Plötzlich kommt sie noch einen zaghaften Schritt auf ihn zu. Chicos Herz rast, als sie sich zu ihm hoch beugt und ganz langsam und ganz vorsichtig ihre Lippen auf seine legt.

Es sind nur Millisekunden, sie gibt ihm einen kurzen Kuss. Als sie dann wieder einen Schritt zurückgeht, lächelt sie zufrieden. Chico sieht sie verwundert an. Noch einmal kommt sie näher und legt für eine Sekundenbruchteil ihre warmen Lippen auf seine Brust. Sie ignoriert die kleine Narbe an der Stelle und küsst genau auf sein Herz. »Ich vertraue dir!« Chicos Herz könnte nicht schneller schlagen, seine Gefühle spielen verrückt.

Noch nie hat er so empfunden wie in diesem Augenblick. Er muss sich sehr zusammenreißen, jetzt nicht wieder eine Dummheit zu machen. Als Adriana dieses Mal einen Schritt zurückgeht, nimmt er einfach nur ihr Gesicht in seine Hände und streicht mit dem Daumen über ihre Wange. Dann gibt er ihr einen langen Kuss auf die Stirn. »Ich schwöre, dass ich dir niemals weh tun werde, es nicht zulassen werde, dass dir jemals wieder einer weh tut!« Und in dem Moment, wo er das sagt, schwört er es nicht nur ihr, er schwört bei seinem Leben vor Gott und sich selbst, dass er auf diese kleine Frau, die sein Herz so sehr berührt, obwohl er manchmal sogar daran gezweifelt hat, ob er überhaupt eines besitzt, dass er immer auf sie aufpassen wird.

Bella rast wie eine Wahnsinnige durch die Stadt zurück zu ihrem Haus. Sie hat die Zeit total vergessen und weiß, dass sie jetzt zu Hause ein Unwetter erwartet. Das war nicht geplant, sie war gerade mit Sara und Jennifer in den Vorbereitungen für den Grillnachmittag, als ihre Kita angerufen hat. Der neue Inhaber der Kita braucht ein paar Unterlagen, die sie hat. Bella fand es ungewöhnlich, dass ein Mann das Grundstück zu solch einem hohen Preis gekauft hat. Er hat zugesagt, die Kita zu erhalten und kümmert sich gerade höchstpersönlich um eine Neugestaltung. Bella als eigentliche Kitaleitung ist wahnsinnig neugierig den Mann kennenzulernen.

Als der Anruf kam, hat sie gesagt, sie fährt schnell die Unterlagen vorbei. Sara war nicht begeistert, weil sie genau wusste, dass Paco ausflippen wird, wenn sie gerade jetzt allein unterwegs ist. Aber Paco war unterwegs und sie muss ja irgendwann einmal anfangen, sich ihre Freiheit zurückzufordern. Außerdem wollte sie nur ein paar Minuten dort bleiben.

Doch es war so schön, wieder in der Kita zu sein, die Erzieherinnen wieder zu sehen, die Kinder sind alle schon so groß geworden. Sie hat das alles so vermisst. Dann wurde ihr der neue Inhaber vorgestellt. Elijas Ben Aman. Bella war sofort angetan von dem hübschen jungen Geschäftsmann aus den arabischen Emiraten. Alles an ihm ist ungewöhnlich, seine Herkunft, sein Akzent. Er ist noch dunkler als die Männer hier, sie war so neugierig auf ihn und hat ihn ausgefragt.

Er hat hier in der Gegend eines seiner zahlreichen Urlaubshäuser und ist mehr durch Zufall auf die Kita gestoßen. Doch er liebt Kinder über alles und wollte sich schon immer so einem Projekt widmen. Elijas hat eine ungewohnt charmante Art, er ist so herzlich zu den Kindern, dass sich Bella schon wahnsinnig auf die Zusammenarbeit freut. Auch er scheint sie zu mögen, doch durch all das hat sie fast zwei Stunden in der Kita verbracht und hatte nicht einmal ein Handy dabei.

Als sie jetzt auf ihr Anwesen fährt und die vielen parkenden Autos sieht, weiß sie, dass es gleich großen Ärger geben wird.

Kapitel 7

Rodriguez' Blick fällt immer wieder auf Melissa, die stur aus dem Fenster sieht. »Ich kann dich nicht einfach dahin bringen, wie gesagt, ich bin der Anführer der Les Surenas, also sprich!« Melissa schüttelt den Kopf. »Nein, bring mich zu den anderen, ich will die ganze Wahrheit wissen, verstehen was das alles soll. Und es tut mir leid, aber ich habe bei dir nicht das Gefühl, dass du unvoreingenommen bist. Du magst mich nicht besonders, ich will mit jemand anderem von euch reden oder ich sage gar nichts!«

Rodriguez flucht auf. »Denkst du es geht hier alles nach deiner Nase?« Melissa verschränkt sauer die Arme vor der Brust. »Von mir aus müssen wir das auch nicht besprechen, ich schweige ab jetzt, bis ich mit jemand anderem als dich eingebildeten Eisklotz geredet habe. Wovor hast du Angst? Das ich eine Bombe bei mir trage?« Rodriguez gibt Gas und schüttelt den Kopf, diese Frau treibt ihn in den Wahnsinn. Von ihm aus, dann wirft er sie eben der ganzen Meute vor.

Er nimmt sein Handy und ruft Paco an, doch bevor er etwas sagen kann, fragt ihn sein Bruder nur, ob er Bella gesehen hat. Als er das verneint, legt Paco auf. Drehen jetzt alle durch? Er ruft bei Ramon an und informiert ihn nur knapp, dass er mit Melissa auf dem Weg ist. Ramon bleibt wie immer ruhig, er habe sich so etwas schon gedacht und sie sind vorbereitet. Rodriguez sieht noch einmal zu ihr hinüber. »Wie du willst, Prinzessin, aber beschwere dich hinterher nicht!«

Chico sieht zufrieden zu Adriana, als sie aus ihrem Zimmer kommt. Sie trägt ein weißes Kleid mit hellen Blüten drauf, es ist nicht zu sexy oder zu auffällig und doch sieht sie darin aus wie ein Engel. Er kann noch immer ihre Lippen auf seinen spüren. Und wüsste er nicht, dass sie es nur als Zeichen ihres Vertrauens zu ihm getan hat und es garantiert nichts damit zu tun hat, dass sie ihn als Mann interessant findet, er würde sich jetzt sicherlich große Hoffnungen machen, dass dieser Engel vielleicht eines Tages mal an seine Seite gehören wird. Doch so lächelt er nur und hält die Tür auf. »Los geht's!«

Sobald sie auf die Straße kommen, verkrampft sich Adriana und Chico legt seine Hand an ihren Rücken. »Wenn es dir zu viel wird, sag einfach Bescheid und wir gehen wieder.« Er weiß, dass es heute sicher nicht so einfach für sie wird, da garantiert viele da sein werden und nicht nur die engeren Kreise. Sie überqueren den Parkplatz, er sieht schon, dass er gut gefüllt ist. Sam steigt gerade aus ihrem Auto und kommt zu ihnen. Sie gibt Chico und auch Adriana einen Kuss auf die Wange. »Na wenigsten ein Mann, der sich nicht freiwillig für diesen Schwachsinn gemeldet hat!«

Chico muss lachen. »Miko will mich die Tage dabei haben, kommt er vorbei?« Sam schüttelt den Kopf. »Nein, als ich ihn angerufen habe, hat er etwas von Beschatten und Verfolgung und 'es fehlen nur noch Donuts' geredet, mehr nicht!« Chico legt den Arm um Sam, und sie gehen alle zusammen ins Haus. »Du hast den Verrückten schon früher wieder, als es dir lieb sein wird!«

Sobald sie in den Garten kommen, rückt Adriana näher an ihn heran, das war vorhersehbar. Es ist wie immer sehr viel los, wenn sie eine Grillfeier machen. Seit die Familias zusammenarbeiten, sogar noch voller. Es wird laute Musik gespielt, mehrere Grills sind an, es laufen ein paar Männer und Frauen auch nur noch in Shorts und Bikinis herum, da sie im Pool waren oder noch hinein wollen. Chico entdeckt Juan und Raul bei Ramon sitzen und die Köpfe zusammenstecken, während Paco unruhig hin und her läuft und immer wieder zum Eingang sieht.

Selbst Maria und Johanna, die Schwestern von Raul und Pepo sind da und gerade auf dem Weg zum Pool. Sam geht gleich zu ihnen. Als Sara mit einer großen Schüssel aus der Küche in den Garten tritt, ist Mano da und nimmt sie ihr gleich ab. Alles wie immer, doch für Adriana ist das sicher nur ein wilder Haufen, deshalb legt er ihr wieder die Hand an den Rücken, als sie zu Ramon gehen. »Gut, dass du da bist! Wir bekommen gleich Besuch!«

Rodriguez hält schlitternd auf dem Parkplatz vor seinem Haus. Es ist voll, was bedeutet, es kann brenzlich werden für Melissa, aber sie wollte es nicht anders. Sie steigen beide aus, Pitty und Tequila laufen vor und schon in den Garten hinein, da die Haustür offen steht. Als sie ihnen folgen, wird es mit einem Mal still. Wie es Rodriguez erwartet hat, sind alle da. Die Trez Puntos und die Les Surenas und außer Tito, Pepo, Hernandez und Miko sind die inneren Kreise komplett anwesend. Sie alle starren auf Melissa, die schockiert stehen bleibt, doch Rodriguez deutet ihr an weiterzulaufen. Er ist sich sicher, mit so vielen hat sie nicht gerechnet.

»Wie du gewünscht hast, Prinzessin, die Familias.« Doch inmitten der angespannten Stimmung ist es Sara, die diese unterbricht und fast schon freudig auf Melissa zukommt. »Hallo, wow, Melissa Dimengo, es freut mich dich kennenzulernen. Ich liebe deine Lieder...« Juan unterbricht sie mit einem geknurrten 'Sara', doch wie immer lassen sich die Frauen der Familie nicht viel sagen, und sie beachtet ihn nicht. »Beachte die Männer nicht, sie beißen nicht. Willst du erst einmal etwas trinken?«

Rodriguez seufzt schwer auf, wieso haben die alle ihre Frauen nicht im Griff. Melissa lächelt freundlich und sagt, sie würde gerne ein Glas Cola haben. Keine zwei Minuten später hat Jennifer ihr eines gebracht und die Frauen begutachten begeistert Tequila. Rodriguez hat genug davon und deutet ihr mitzukommen. Paco, der das Ganze von weitem beobachtet hat, nickt und Ramon, Juan, Mano, Josir, Sammy, Chico und Raul erheben sich ebenfalls. Alle anderen bleiben im Garten zurück, das ist eine Angelegenheit, die erst einmal der engere Kreis zu klären hat. Er sieht die besorgten Blicke, die die Frauen ihnen zuwerfen, als Melissa mit ihnen ins Haus geht.

Rodriguez überlegt einen Moment, er kann sie nicht in den Besprechungsraum bringen, sonst sieht sie die Monitore und Abhöranlagen, also deutet er ihr den Weg zum Wohnzimmer, auch wenn das sicherlich nicht der ideale Ort ist.

Genau in diesem Moment geht die Haustür auf und Bella kommt hereingestürmt. Sie sieht verwundert hin und her, dann zu Paco. »Tut mir leid, ich musste Unterlagen abgeben.« Rodriguez kennt seinen Bruder genau, er bebt vor Wut, doch er beherrscht sich und geht weiter in Richtung Wohnzimmer, ohne ein Wort an seine Frau zu verlieren. Bella hält Rodriguez am Arm zurück. »Was tut sie hier? Habt ihr sie ... gefangen genommen?« Rodriguez muss leise lachen. »Nein, sie hat darauf bestanden herzukommen. Keine Sorge, sie wird sich schon verteidigen können.«

Bella verschränkt die Arme vor der Brust. »Gut, ich werde das mit anhören!« Seine Schwägerin geht an ihm vorbei hinter den Männern her. »Bella.« Doch sie reagiert nicht, sondern gesellt sich zu Melissa. »Hi, ich bin Bella. Es freut mich, dich in meinem Haus begrüßen zu dürfen und ich hoffe, dass dich hier alle freundlich behandeln!« Rodriguez folgt allen in das Wohnzimmer, wo sie sich um Melissa und Bella versammeln. Die beiden Frauen sind die Einzigen, die sich setzen. Paco sieht seine Frau sauer an, erspart sich aber ein Kommentar, auch Juan seufzt laut auf. Alle wissen, dass es nur lange Diskussionen geben wird, wenn sie Bella auffordern würden, sie allein zu lassen.

»Ich würde gerne erfahren, wieso die Les Surenas sich als Security-Team ausgeben.« Melissa kommt direkt zum Punkt. »Ich wusste nicht, dass ihr zusammen mit den Muertas arbeitet und ich verstehe auch nicht, warum ihr das für nötig haltet. Ich habe doch gesagt, dass ich mich an die Vereinbarungen halten werde.« Alle sehen sie gespannt an, das sind mehr Informationen, als Rodriguez erwartet hätte.

»Wer sind die Muertas?« Bella kommt ihnen allen zuvor und sieht fragend zu Paco. Einen Augenblick wechseln die Brüder mit Juan einen Blick. Entweder sie spielen jetzt einfach weiter, was schwer wird, da sie ja keinen Schimmer haben, von was Melissa da redet oder sie sagen ihr, wie es wirklich ist und gucken, was sie noch herausfinden können. Ramon übernimmt und setzt sich ihr gegenüber auf die Couch.

»Melissa, was weißt du überhaupt von den Trez Puntos und den Les Surenas? Und wie ist das mit dir und deinem Bruder Orlando?« Melissa sieht sich im Raum um. »Ihr wisst schon, dass er tot ist?« Rodriguez fährt sich genervt durch die Haare, sie hat keine Ahnung davon, dass sie ihn umgebracht haben. Ramon sieht sie ebenfalls erstaunt an. »Melissa, was genau weißt du über uns?« Melissa wirkt aber auch immer gereizter. »Als ich meine Tournee geplant habe, war die Frage, wo das Abschiedskonzert stattfinden sollte. Für mich war klar, dass es nicht in Kolumbien ist, weil das nur alle Familias angelockt hätte, mit denen Orlando je zu tun gehabt hat. Dann als es hieß, hier in Puerto Rico, stand fest, in Sierra, da es hier die meisten Kolumbianer gibt. Viele, die aus Kolumbien extra herkommen, brauchen nicht einmal ein Hotel, sie können bei Verwandten schlafen. Dios hat mir kurz vorher von den zwei Familias hier erzählt und dass ihr auch Geschäfte mit Orlando gemacht habt. Dass ihr aber anscheinend auch nur dafür da seid um mich zu bewachen, wusste ich nicht. Ich frage mich nur warum, ich habe doch schon gesagt, dass ich mich an alle Vereinbarungen halten werde.«

Es ist still, bevor Ramon, der genauso überrascht wie alle anderen ist, sich räuspert. »Was für Vereinbarungen?« Melissa zieht die Stirn in Falten. »Also wisst ihr nichts davon? Aber wieso sind dann die vier bei uns?« Rodriguez hat schon immer diese kühne, durchdachte Art an Ramon geschätzt, ohne mit der Wimper zu zucken, antwortet er schnell so glaubwürdig, dass selbst Rodriguez es ihm abnehmen würde. »Wir überprüfen es immer, wenn jemand aus einer anderen Familia hier ist, das ist ein normaler Vorgang. Da wir aber nicht wussten, inwieweit die Öffentlichkeit Bescheid weiß, dachten wir, so wäre es angebrachter.«

Melissa nickt. »Okay, das verstehe ich, aber wozu? Euch muss doch bekannt sein, dass ich gar nicht zu dieser 'Familia' gehöre. Ich habe seit Jahren nichts mit meinem Bruder zu tun gehabt. Das letzte Mal, dass ich ihn gesehen habe, war bei der Beerdigung meiner Eltern und das auch nur aus Respekt ihrer toten Seelen gegenüber. Ansonsten habe ich mit diesen ganzen Sachen nichts zu tun!« Rodriguez kann sich nicht mehr zurückhalten. »Von was für Vereinbarungen hast du geredet? Und was ist mit Dios?«

Melissa lehnt sich angespannt zurück, vielleicht ahnt sie, dass sie sehr viel preisgegeben hat. »Wie es scheint, habt ihr damit ja nichts zu tun, es ist auch nichts Wichtiges. Es geht nur um ein Lied, was ich nicht singen darf, weil es vielen schaden kann. Ich dachte, ihr würdet auch deswegen da sein, aber ich habe mich wohl getäuscht. Wie ihr seht, sind eure Bedenken umsonst. Ich habe hier nichts vor oder sonstiges. Selbst die Roña gibt es ja nicht mehr. Das müsst ihr mitbekommen haben, ein Geschäft ist wohl schief gegangen, so genau weiß ich das nicht. Es ist mir auch egal, ich will mit all dem nichts zu tun haben!«

Melissas Ansage war klar, alle überlegen einen Augenblick. Sie kennen sie nicht, wie sollen sie ihr trauen, besonders wenn man bedenkt, wessen Schwester sie ist? Juan nickt. »Okay, aber was tut Dios dann hier? Wie heißt die Familia ... Muertas?« Melissa sieht zu Boden, als würde sie abwägen, wie viel sie noch preisgeben kann.

»Ich werde wegen des Liedes kontrolliert. Schon immer, solange ich keine Auftritte habe, geht es, aber bei jedem Auftritt ist einer von ihnen dabei. La Familia Muertas hat immer eng mit den Roñas zusammengearbeitet und sie haben sozusagen den Auftrag bekommen, mich im Auge zu behalten. Ich dachte, mit dem Tod meines Bruders gehört das der Vergangenheit an, doch sie haben mich sofort wieder bedroht, vielleicht noch stärker als vorher. Ich habe beschlossen, mich ganz zurückzuziehen aus persönlichen Gründen. Und als sie von dem Abschlusskonzert gehört haben hier in Sierra, haben sie mir Dios geschickt. Ich habe ihn davor noch nie getroffen und ich hoffe auch, dass ich ihn, sobald das Konzert vorbei ist, nie wieder sehen werde.«

Rodriguez versteht das ganze immer noch nicht. »Alles wegen eines Liedes? Was ist so schlimm an dem Lied?« Bella legt ihre Hand auf Melissas Knie. »Du kannst ruhig offen sprechen, ich garantiere dir, wenn du nichts gegen die Surenas oder die Trez Puntos planst, wird sich auch keiner von ihnen gegen dich stellen!« Melissa sieht zu Ramon und der zu Rodriguez, Paco und Juan. Alle nicken. Auch wenn sie die Schwester von Orlando ist, hat sie, so wie es scheint, wirklich nichts geplant. Auch er nickt zustimmend und Melissa seufzt leise auf.

»In dem Lied erzähle ich, wie die Männer in Kolumbien vorgehen. Wie die Familias arbeiten, was ich gesehen habe, wie sie mit den Frauen umgehen. Ich erzähle aus der Sicht eines kleines Mädchens. Sie wacht in der Nacht auf, geht durch ihr Elternhaus und sieht die ganzen Verbrechen, die verübt werden. Dabei fallen auch die Namen und das passt ihnen nicht. Nicht direkt wegen des Liedes, sondern die Fragen, die damit aufgewirbelt werden, wenn es an die Öffentlichkeit gerät.«

Gäbe es so etwas über die Les Surenas, Rodriguez würde ebenfalls ausflippen, auch wenn sie nicht solche schmutzigen Geschäfte wie Frauenhandel betreiben. »Was passiert, wenn das Lied an die Öffentlichkeit kommt, womit drohen sie dir?« Melissa zuckt die Schultern. »Wird es nicht, aber sollte es so sein, werden sie verhindern, dass ich jemals Fragen dazu beantworten kann.« Bella sieht sie fassungslos an, alle anderen sind nicht sehr schockiert darüber.

»Dein eigener Bruder hat den Auftrag gegeben dich zu … töten?« Melissa lacht müde auf. »Ich habe schon früh aufgehört seine Schwester zu sein und Orlando kennt so etwas wie Familie nicht, wenn es um seine Geschäfte geht, aber das ist unwichtig. Nur haben die Muertas diese Aufgabe nicht vergessen, aber wie gesagt, das ist mein letztes Konzert, danach ist Ruhe.«

Man sieht Bella an, dass sie das alles schockiert, sie hingegen wissen, wie skrupellos und unberechenbar Orlando war. »Also, da das nun geklärt ist, müsst ihr euch nicht länger als Security ausgeben. Dios ist wegen mir hier, ich habe nie etwas vorgehabt und sobald das Konzert vorbei ist, sind alle verschwunden.« Juan schnalzt die Zunge. »Mag sein, dass du deine Finger nicht im Spiel hast, aber ich traue diesem Dios keinen Millimeter, wir werden jetzt erst einmal so viel wie möglich über die Muertas herauskriegen. Trotzdem sollte alles so bleiben wie bisher und wir behalten Dios im Auge. Es sind nur noch vier Tage.«

Melissa sieht unruhig zwischen ihnen allen hin und her, dann steht sie auf. »Okay, ich werde mich ganz normal verhalten, aber am Tag des Konzerts werde ich mir meine eigenen Sicherheitsleute besorgen, die ab da übernehmen.« Rodriguez nickt. »Einverstanden!« Er hatte nicht vor hinter der Bühne zu stehen, während die Prinzessin ihre Show abzieht. »Wir sollten jetzt gehen, Dios wird sich sicher schon wundern, was ich so lange treibe mit einem Security-Typen!« Als sie an Rodriguez vorbeigeht, verdreht er die Augen, noch ein paar Tage, dann ist das Drama beendet.

Bevor sie das Haus verlassen, gehen sie noch einmal in den Garten, wo Tequila geblieben ist und mit Leandro herumrennt. Zwar liebt Pacos Sohn seinen Hund Pitty über alles und reitet auch regelmäßig auf ihm, doch natürlich ist es für den kleinen viel einfacher, mit Tequila zu spielen. Melissa ruft nach ihm, doch Sara kommt noch einmal auf sie zu. »Melissa, bleib doch noch ein paar Minuten, das Essen ist gerade fertig, wir würden uns freuen!«

Rodriguez muss lachen und geht weg, er steuert den Grill an und tut sich reichlich auf. In der Villa wird ihm sicher der Appetit vergehen. Er braucht sich nicht nach Melissa umzusehen, bei ihnen ist es üblich, dass man einer schwangeren Frau keinen Wunsch abschlägt. Man sagt, sonst bekommt das ungeborene Baby einen braunen Fleck, ein Muttermal, also wird sie etwas essen müssen. Rodriguez denkt an sein kleines braunes Muttermal direkt an der linken Brustwarze. Er hat seine Mutter als Kind bestimmt tausendmal gefragt, welcher Wunsch ihr nicht erfüllt wurde, doch sie wusste es nicht mehr.

Rodriguez setzt sich zu Chico und Juan. Er sieht, dass Melissa sich zu Sara, Sam und Adriana gesetzt hat. »Adriana hat gesagt, sie ist auch ein großer Fan von Melissa.« Rodriguez stellt seinen Teller ab und beginnt zu essen. »Ja ja, die ganze Welt liebt sie.« Ihm geht dieses Getue auf die Nerven, sie ist einfach nur eine eingebildete Prinzessin, die sich für etwas Besseres hält auch wenn ihn ihre Geständnisse von vorhin doch etwas überrascht haben. Er sieht, wie sich in einer Ecke des Gartens Paco und Bella heftig streiten, irgendwann wendet sich sein Bruder einfach ab und lässt Bella stehen. Genau wegen solcher Sachen hält er nichts von diesem Beziehungsding.

»Frauen!« Paco flucht laut auf als er zu ihnen an den Tisch kommt. »Wieso kann deine Schwester nicht einmal hören und vernünftig sein?« Der Hieb ging an Pacos Schwager Juan, der sich entspannt zurücklehnt. »Du wusstest, worauf du dich einlässt.« Paco nimmt sich einen Maiskolben von Rodriguez' Teller und beißt wütend hinein. »Morgen kommt Don Carlos, da können wir wenigstens ein wenig abschalten. Er hat versucht dich zu erreichen, aber du hast ja beschlossen, nicht mehr an das Handy zu gehen. Da wir nicht wissen, ob er beobachtet wird, haben wir gesagt, es ist sicherer, wenn er dieses Mal nicht im Surena-Gebiet wohnt.

Miko hat angerufen, Dios fährt schon den ganzen Tag durch die Stadt, er hält Ausschau. Garantiert sucht er ein Familiamitglied, dem er folgen kann und so erfährt, wo wir zu finden sind. Momentan sind fast alle hier. Es ist richtig, dass wir ihn im Auge behalten und genau beobachten, was er tut. Don Carlos hat sich eine Villa direkt am Strand gemietet und gibt morgen eine große Begrüßungsparty.«

Rodriguez hebt zufrieden sein Glas. »Gut, die Entspannung kommt genau richtig.« Juan nickt zu Melissa, die mit Tequila im Arm schon auf den Weg zur Tür ist und noch einmal den Frauen zuwinkt. Wie schnell ist diese Frau? Rodriguez packt sich ein Steak zwischen zwei Brötchen und grummelt ein. »Bis morgen!« Nur noch ein paar Tage, sagt er sich selbst immer wieder in Gedanken, als sie still nach Hause fahren. Dios erwartet sie schon, doch mit einer Autopanne gibt er sich zufrieden und Melissa verschwindet schnell auf ihr Zimmer.

Auch Rodriguez zieht sich zurück, er legt sich auf das Bett, nachdem er Hernandez mit den ganzen neuen Infos versorgt hat und er es an Miko und Pepo weitergeben wird. Auch wenn er Melissa nicht besonders mag und sie trotz allem Orlandos Schwester ist, diese neuen Infos entlasten sie und er hofft, dass sie sich nicht erneut täuschen lassen.

Kapitel 8

Bella räumt sauer die Überreste der gestrigen Grillparty auf. Sie trägt Leandro, der gerade einen Zahn bekommt und einfach etwas nörgelig auf ihrem Arm bleiben will. Mit der anderen Hand sammelt sie Papierschnipsel und Karten vom Rasen auf. Zwar sind heute die Haushälterinnen gekommen, weil sie das gar nicht alleine schaffen würde, aber sie muss auch etwas zu tun haben, sonst dreht sie durch. Gestern hat sie sich so sehr mit Paco zerstritten, dass sie danach kein Wort mehr gewechselt haben.

Sie versteht, dass er sauer war, aber er übertreibt es mit seiner Sorge. Sie ist ein Mensch, der seine Freiheit braucht, aber er raubt ihr aus Sorge die Luft zum Atmen. Er hingegen hat ihr vorgeworfen, ihr unverantwortliches Handeln langsam nicht mehr ertragen zu können. Er hat das Gefühl, zwei Kinder zu haben, woraufhin Bella nur noch wütender wurde und ihm an den Kopf geworfen hat, warum er sie überhaupt geheiratet hat, wenn er sie so kindisch findet.

Heute Morgen hat er nur Leandro einen Kuss gegeben und ist ohne ein weiteres Wort zu verlieren gegangen. Er kann das, er kann gehen, tun und lassen, was er will. Wenn er nicht an sein Handy geht, ging es nicht, weil er in einer wichtigen Besprechung war. Letztlich weiß sie gar nicht, was er genau macht und tut. Und dass seine Sachen ungefährlich sind, kann man auch nicht gerade behaupten, also was wirft er ihr eigentlich vor? Bella setzt sich einfach auf den Rasen. Leandro setzt sich erst neben sie, doch als er merkt, dass seine Mutter ihre Tränen nicht zurückhalten kann, umarmt er sie mit seinen kleinen Armen.

»Te Quiero, Mamita!« Bella lächelt unter ihren Tränen. Ihr Sonnenschein. Leandro ist ihr Halt, ihr Glück, sie wird niemals zusammenbrechen und aufgeben, allein seinetwegen. Bella will sich gerade aufsetzen, da klingelt es an der Haustür. Die Haushälterin kommt in den Garten. »Ein Mister Aman für sie!«

Bella geht schnell zur Haustür, was macht der neue Eigentümer des Kindergartens hier? Als sie an die Tür kommt, entdeckt sie sein freundlich strahlendes Gesicht, besonders als er Leandro auf ihrem Arm entdeckt. Bella begrüßt ihn und bittet ihn herein. »Es tut mir leid wegen der Störung, aber ich habe gesehen, dass auf einigen Unterlagen ihre Unterschrift fehlt und ich konnte sie telefonisch nicht erreichen.« Bella sieht auf ihr Handy, das auf der Anrichte im Flur liegt und das sie heute Morgen noch gar nicht angemacht hat. »Entschuldigung, das hatte ich ganz vergessen.«

Elijas sieht sie etwas skeptisch an. Bella ist sich sicher, er erkennt, dass sie gerade noch geweint hat und würde am liebsten noch einmal beginnen, doch sie lächelt und bittet ihn in den Garten. Elijas sieht sich begeistert um, Bella kann sich schon denken, was ihm durch den Kopf geht. Das, was viele sie schon gefragt haben, warum sie überhaupt noch arbeiten geht? Dass sie es will, dass sie das braucht, daran hat noch nie jemand gedacht.

Sie setzen sich, und die Haushälterin bringt ihnen gleich etwas zu trinken. Leandro beäugt den für ihn fremden Mann neugierig von Bellas Schoß aus, doch bei Elijas' lieber Art mit Kindern umzugehen und Leandros nie zu stillender Neugier, dauert es nicht lange und er flitzt über den Rasen, um seine neuen Spielfreunde, einen Wuschelbären und eine Ente zu suchen, die er Elijas zeigen will.

»Er ist ein toller Junge!« Elijas zeigt Bella strahlend die Unterlagen, die noch zu unterschreiben sind. Sie setzt ihre Unterschrift. »Ja, das ist er wirklich. Haben sie Kinder, Elijas?« Für Bella ist das eine ganz normale Frage, sie denkt sich nichts dabei, doch als sie von den Unterlagen aufblickt, sieht sie, dass sie diese Frage lieber nicht hätte stellen sollen. Elijas strahlt nicht mehr, sondern sieht traurig zu Leandro. »Das tut mir leid, ich wollte ihnen nicht zu nah treten.«

Bella ist das Ganze sofort unangenehm, doch Elijas winkt ab, auch wenn er noch immer traurig aussieht. Als er sie nun ansieht, entdeckt Bella großen Schmerz in seinen Augen. »Es sollte wohl nie sein, Gott hat es so nicht für mich vorgesehen, aber seine

Wege sind unergründlich. Vielleicht ist es Schicksal, so bin ich dazu gekommen, den Kindergarten zu kaufen und ich hoffe, dass ich damit viel Gutes erreichen kann.«

Bellas Herz zieht sich zusammen, als sie die Trauer in seinen Augen sieht. »Das können sie und ich bin mir sicher, das tun sie. Wissen sie, man muss nicht immer der biologische Vater oder die Mutter sein, um ein Kind zu lieben, ich glaube fest daran. Meine Mutter hat damals einen Jungen aufgenommen, als er gerade acht war. Sie hat ihn immer genauso geliebt wie mich und meinen Bruder, es hat für sie niemals einen Unterschied gemacht. Auch heute noch. Er lebt gerade in New York, und wenn er sich einmal einen Tag nicht meldet, dann wird sie ganz nervös.« Da strahlt Elijas wieder.

»Ihre Mutter ist bestimmt ein guter Mensch und bitte lassen wir das Siezen, da komme ich mir so alt vor. Ich denke auch so, wissen sie, ich hatte eine Frau oder besser gesagt eine Freundin, das ist schon lange her. Ich wollte sie heiraten, sie war die Mutter meiner Kinder, das wusste ich sofort, als ich sie das erste Mal gesehen habe, doch das Schicksal meint es nicht gut. Ihre Familie hat sie verheiratet und mir waren die Hände gebunden. Aber ich habe mir geschworen, keine anderen zu heiraten. Auch wenn es damals sicherlich nicht durchdacht und nur aus dem Gefühl heraus war, habe ich mich lange daran gehalten. Doch es hat mich verrückt gemacht in ihrer Nachbarschaft zu leben, zu sehen, dass sie sich das nicht geschworen hat und glücklich war. Sie hat zwei Kinder bekommen, dann habe ich es nicht mehr ausgehalten und bin weggezogen. Ich habe alles zurückgelassen und habe in einer anderen Stadt neu angefangen. Es hat gut getan, ich hatte viel Erfolg, und ich habe auch eine neue Frau kennengelernt.«

Bella sieht, wie seine Gesichtszüge von traurig zu wütend dann wieder strahlend werden. Sie ist sich sicher, er ist ein Mensch, der mit ganzen Gefühlen an Sachen herangeht. Sie hat schon von Anfang an bemerkt, dass er ein sehr offener Mensch ist, doch dass er ihr jetzt so viel preisgibt, wundert sie zwar etwas, aber sie hört interessiert zu.

»Wieder hatte ich Hoffnungen, wir haben geheiratet, ich war glücklich und Myriam ist schnell schwanger geworden, mit Zwillingen. Alles war perfekt. Weißt du Bella, in unserem Land regnet es so gut wie nie. Doch wenn es regnet, ist es wie eine Sintflut, wenn auch nur kurz, aber dafür sehr heftig. An dem Tag war sie von einen Arzttermin auf dem Weg nach Hause, als der Regen plötzlich einsetzte. Bei dem Massenunfall sind 20 Menschen gestorben, die beiden Babys im Bauch von Myriam haben sie nicht dazu gezählt. Das war vor vier Jahren. Ich bin nicht sauer oder verbittert, wenn man bedenkt, dass alles seinen Grund hat, dann lernt man alles zu ertragen. Ich musste aber wieder daran denken, zum einen hast du genau solche grünen Augen wie Myriam sie hatte, wenn deine auch zugegebenermaßen etwas strahlender sind. Und dann dieser Garten, er ist mit so viel Liebe hergerichtet. Ich habe in all meinen Häusern eine kleine Ecke des Gartens für die beiden Frauen errichtet, die mein Leben so geprägt haben. In ruhigen Minuten ziehe ich mich dahin zurück, dort kann ich am besten nachdenken.«

Bella sieht ihn fasziniert an, Elijas ist so anders als die Männer, von denen sie täglich umgeben ist. Er hat keine Angst zu seinen Gefühlen zu stehen und sie offen zu zeigen, das beeindruckt sie. Dazu gehört ihrer Meinung nach viel Mut. »Ich muss sagen, ich finde die Idee mit dem Garten einen sehr schönen Gedanken, ich bin mir sicher, es sieht wunderschön aus.« Elijas packt die Unterlagen wieder zusammen und lächelt. »Ich würde mich freuen, wenn du ihn dir einmal ansiehst.« Bella nickt. »Das würde ich gerne.« Elijas lächelt. »Wenn du willst und Zeit hast, kannst du gerne gleich mitkommen. Ich muss jetzt eh nach Hause, ich könnte dir gleich die Pläne für einen kleinen Umbau der Kita zeigen, die ich erstellen lassen habe. Deine Meinung als Leitung ist mir natürlich sehr wichtig.«

Bella sieht zu Leandro, sie haben nichts weiter vor. Paco kommt garantiert nicht vor dem späten Abend nach Hause. »Aber mein Sohn...« Elijas lacht. »Ich würde mich freuen, wenn mein Haus durch Kinderlachen erfüllt wird.« Bella beißt sich auf die Unterlippe, sie weiß, dass es nicht so eine gute Idee ist, aber wieso sollte das gefährlicher sein als das, was Paco gerade macht? Zudem weiß sie nicht mal, was er gerade macht.

Sie muss aufhören, sich so von allem beeinflussen zu lassen, sonst wird sie daran ersticken. »Okay, wir kommen gerne mit.« Als sie zusammen mit Elijas das Haus verlassen, sagt Bella der Haushälterin, dass sie für ein paar Stunden weg ist. Sie wirft noch einen unsicheren Blick auf das ausgeschaltete Handy, doch dann geht sie endlich mal wieder ihren eigenen Weg.

Rodriguez sieht sich zufrieden im Spiegel an, endlich mal nicht diese Security-Sachen, in die er sich zwängen muss. Er trägt eine Jeans, ein lockeres Hemd und hat Hernandez seinen Hut geklaut. Heute Nacht wird der ganze Scheiß der letzten Wochen vergessen. Pepo ist nicht der Partytyp, er hat sich freiwillig gemeldet, den Laden hier im Auge zu behalten. Rodriguez steckt sich die Waffe in den Hosenbund und die Zigarre in den Mund, die Don Carlos ihm vorhin mit der Adresse hat zuschicken lassen.

Heute war es anstrengend so zu tun, als wüsste er nichts. Melissa ist es auch sichtlich schwergefallen, sie sind sich den ganzen Tag aus dem Weg gegangen. Dafür hat Toni an Rodriguez geklebt, aber er hatte kein Interesse, sich mit ihr zu vergnügen. Bei den Partys von Don Carlos gibt es immer die hübschesten Frauen, also weshalb seine Energie für so etwas verschwenden? Er geht in den Wohnbereich um Miko und Hernandez einzusammeln, als er auf Dios trifft. Seit er weiß, wer er genau ist und wozu er hier ist, würde er ihn am liebsten sofort zur Rede stellen, doch wenn er nur wegen Melissa da ist, geht sie das alles nichts an.

Er glaubt allerdings nicht, dass Dios nichts von den Trez Puntos und den Les Surenas will. Melissa hat keine Ahnung, dass sie am Tod ihres Bruders beteiligt sind, doch Dios weiß es garantiert. Die Frage ist, ob er etwas vorhat, vielleicht will er das gleich verbinden, vielleicht will sich die Muertas Familia für die Roñas rächen, man muss mit allem rechnen, er wird auch weiterhin jeden hier im Auge behalten.

»Begleitet ihr Melissa etwa in Zivil? Sie hatte doch gesagt, sie will zu dieser Party ohne Security, damit sie kein Aufsehen erregt und da sie eh nur kurz dorthin will.« Miko taucht neben ihnen auf und klopft Rodriguez aufmunternd auf die Schultern. Ohne weiter auf Dios zu achten, geht Rodriguez in Melissas Zimmer. Sie steht gerade vor dem Spiegel, lässt einen Schrei los, als er hineinstürmt und hält sich ein Shirt vor den Oberkörper.

»Auf welche Feier geht ihr?« Rodriguez knallt die Tür hinter sich zu, er hasst es, ständig mit ihr zu tun haben zu müssen. Melissa stemmt wütend die Hände in die Hüften, wobei sie vergisst sich zu bedecken und nur noch im BH vor ihm steht. »Hat dir niemand beigebracht zu klopfen? Es ist mir egal wer du bist, man platzt nicht einfach so in ein Zimmer!« Rodriguez lässt sich eine Millisekunde von ihrem Oberkörper ablenken.

Man sieht bei Melissa, dass sie ist oben herum gut gebaut, sie trägt ja fast immer enge Oberteile, aber noch nie hat Rodriguez so einen BH gesehen, wie Melissa ihn anhat. Anstatt dass sie ihre Oberweite hervorhebt, wirkt es fast so, als schnüre sie diese ab. »Würdest du damit aufhören!« Melissa zieht sich schnell das Shirt an, was sie in der Hand hält.

Statt zu antworten geht Rodriguez zur Tür, hämmert zweimal dagegen und sieht sie genervt an. »Auf welche Feier geht ihr?« Melissa zuckt die Schultern. »Wir brauchen keine Security, das ist eine Privatparty nur für geladene Gäste, ganz davon abgesehen, dass ihr ja gar keine Security seid.« Als wäre das Thema damit beendet, wendet sie sich wieder ihrem Schrank zu. »Auf welche Feier geht ihr?«

Zum dritten Mal wiederholt Rodriguez die Frage, auch wenn er die Antwort ahnt, aber er will sein Unglück nicht wahr haben. »Es ist eine private Feier von einem Sänger Don Carlos, wieso?« Rodriguez flucht und geht aus dem Zimmer. »Weil er zu unserer Familia gehört, macht euch fertig, wir fahren in 20 Minuten!«

Melissa sieht dem aufgebrachten Kerl nach. Wunderbar, jetzt hat sie diese Idioten doch noch am Hals. Sie hatte geglaubt, alles gut durchdacht zu haben, doch wie so oft in ihrem Leben, macht ihr das Schicksal einen Strich durch ihren Plan. Ihr ganzes Leben verläuft so, sie plant, und das Schicksal lacht darüber. Sie zieht sich das T-Shirt wieder aus und nimmt sich ein hellrosa Kleid aus dem Schrank. Während sie sich anzieht, ärgert sie sich immer mehr über diese Situation. Alles läuft so anders als geplant und es hängt so viel davon ab, dass alles genau nach Plan läuft. Dieses eine Mal in ihrem Leben hatte sie das Gefühl, alles im Griff zu haben. Sie hat so lange darauf hingearbeitet, dafür gekämpft, dass sie alles gleichzeitig machen kann, dass sich alles ändert in nur diesen paar Stunden, und jetzt beginnt alles zu wanken.

Schon als die vier sie vom Flughafen abgeholt haben, wusste sie, dass etwas nicht stimmte. Vor allem bei Rodriguez war ihr sofort klar, er ist niemals von einer Security-Firma. Er ist ein Anführer, von Kopf bis Fuß. Er sieht aus, als könnte er einen Mann mit bloßem Blick töten. Er ist ein hübscher Mann, doch in seinem Blick liegt soviel Kälte, dass es Melissa jedes Mal das Herz gefriert, wenn er sie damit ansieht. Obwohl sie auch bemerkt, dass wenn er sich mit ihr abgeben muss, noch mehr Hass als Kälte darin liegt. Ihr war klar, er, sie alle haben etwas mit den Familias zu tun und jetzt nach dem Gespräch hat sie die Gewissheit. Zwar scheinen sie wirklich nichts mit den Muertas zu tun zu haben, doch sie haben Geschäfte mit ihrem Bruder gemacht, das reicht. Sie hassen sie alle abgrundtief und dieser Hass beruht auf Gegenseitigkeit.

Doch Melissa will ihren Plan nicht gefährden, also macht sie einfach weiter und versucht, mit der Situation zurecht zu kommen. Sie schminkt sich schnell, sie ist das schon so gewohnt, sie könnte es ohne Probleme mit geschlossenen Augen tun. Melissa hat keine Lust auf diese Party, auch schon bevor sie wusste, dass sie die Männer der Les Surenas begleiten. Sie würde sich am liebsten hier einschließen und ihren Plan noch einmal im Kopf durchgehen.

Sie kann nicht oft genug jedes Detail durchdenken, es darf nichts schief gehen, es hängt zuviel davon ab. Bevor sie rausgeht, gibt sie Tequila einen Kuss auf sein weiches Fell, er sieht sie traurig an, doch sie kann ihn dorthin nicht mitnehmen. Als sie rauskommt, stehen schon alle im Wohnbereich und warten auf sie. »Die Prinzessin ist auch mal fertig!« Melissa sieht genervt zu Rodriguez, der nun als erster die Villa verlässt.

Wieso muss ausgerechnet er hier den Security-Mann spielen? Keiner scheint so böse wie er zu sein. Jeder der anderen Männer, die sie gestern in deren Haus getroffen hat, sah zwar eben so gefährlich aus, doch sie alle hatten noch etwas Menschliches an sich. Melissa hat Rodriguez' Brüder sofort erkannt, sie alle drei sehen sich sehr ähnlich, besonders er und sein mittlerer Bruder, den alle Paco gerufen haben. Auch wenn Rodriguez breiter und seine Augen viel dunkler wirken, so sind ihre Gesichter auffallend gleich.

Miko und Hernandez sehen Rodriguez ebenfalls nach und folgen ihm dann. »Der ist ja ganz angetan von dir!« Toni lächelt Melissa gespielt an, als würde diese nicht wissen, wie sehr sie mit Kendra hinter ihrem Rücken lästert. »Ihr solltet wissen, dass es mich nicht interessiert, was andere von mir denken!« Der einzige Grund, warum sie zugestimmt hat, dass Toni und Kendra sie begleiten, ist, dass sie gut zur Ablenkung sind. Die beiden ziehen genug Aufmerksamkeit auf sich, und das bedeutet, dass man weniger auf Melissa achtet. Sie hat nicht viele Freunde. Jorge ist einer davon und Emilia, doch beide will sie wenn es so weit ist, nicht hier haben.

Sie müssen so gut es geht in Sicherheit sein und Emilia muss in der Zeit die allerwichtigste Aufgabe übernehmen. Ihr Herz zieht sich vor Sehnsucht zusammen, sie verdrängt all diese Gedanken schnell und verlässt die Villa.

Melissa läuft an den beiden Blonden vorbei zu dem Mietwagen, den sie sich extra gemietet hat. Er parkt genau neben Rodriguez' teurem Auto, doch sie findet ihren roten schnellen Flitzer besser und grinst siegessicher zu den Männern ins Auto, als diese davon brausen. Den ganzen Weg bis zu der Villa am Meer versucht Melissa das oberflächliche Gespräch der beiden anderen auszublenden, besonders als Toni anfängt von Rodriguez zu schwärmen. Von seinen schönen Lippen, dem umwerfenden Lächeln, den gefährlichen Augen, der braunen Haut, dem besten Körper, den Toni jemals gesehen hat, dann sein Tattoo, was er am rechten Unterarm hat.

'El Cangri', das ist dieser typische puertoricanische Slang. Toni wird sich Rodriguez schnappen, soviel steht fest. Und wenn Melissa nicht gerade diejenige wäre, die er noch mehr als alle anderen Menschen zu hassen scheint, kann sie das sogar verstehen. Er ist wirklich sehr attraktiv und wer weiß, wenn er seine kalte Art ablegen würde, könnte er vielleicht sogar ganz nett sein.

Sie halten vor der Villa, wieder neben Rodriguez' Auto. Sie schaltet das Navi aus, ohne das sie den Weg niemals gefunden hätten. Als sie aussteigen, ertönt schon laute Musik. Melissa kommt nicht mal richtig in den Garten, da wird sie schon von zwei halbnackten Frauen um ein Autogramm gebeten. Normalerweise, wenn ein anderer eine Party macht, ist das nicht üblich. Es wird darauf geachtet, dass nur Leute eingeladen werden, die die berühmten Gäste in Ruhe lassen, doch sie war schon einmal in Los Angeles auf einer von Don Carlos' Partys und weiß, dass er immer viele willige Groupies einlädt.

Kaum ist sie im Garten, kommt Don Carlos auch schon auf sie zu und begrüßt sie freundlich. Sie mag ihn eigentlich sehr. Von den vielen Prominenten, die sie bis jetzt alle schon getroffen hat, ist er einer der wenigen, der einigermaßen real geblieben ist. Sein Lächeln ist echt, das spürt man und das ist in der Welt, in der sie leben, viel wert.

Dass er auch zu einer Familia gehört, wusste sie nicht, doch mittlerweile wundert sie gar nichts mehr. »Hey, Melissa, alles klar, wie geht es dir? Willkommen in meiner Heimat Sierra, gefällt es dir hier?« Melissa umarmt ihn und sieht dann zu Rodriguez und Miko, die hinter ihm am Tisch sitzen und etwas trinken. »Es ist ganz nett, die Leute etwas unfreundlich, aber ansonsten passt es schon.« Sie kann sich einen vorwurfsvollen Blick zu Rodriguez nicht verkneifen, der sie mit seinem Blick fixiert. »Ich hab schon gehört, dass ihr euch kennengelernt habt, ich werde mal mit ihm sprechen und ihn bitten freundlicher zu sein. Wir kennen uns schon seit klein auf.« Melissa lächelt über das gut gemeinte Angebot von Don Carlos. »Ach, mach dir keine Mühe. In drei Tagen ist das alles eh vorbei!«

Carlos stimmt eines seiner Lieder an und grinst dann. »Das große Abschlusskonzert, ich habe mir meine zwei besten Lieder rausgesucht, das wird unvergesslich!« Melissa sieht ihn verwirrt an. »Hat deine Agentur dir nicht gesagt, dass ich einen kleinen Part vor deinem Auftritt bekomme? So als Einheizer.« Melissas Magen sackt zu Boden. »Nein, hat sie nicht, ich bin aber auch nicht immer ans Handy gegangen, eine kleine Auszeit, verstehst du?«

Don Carlos lacht und nickt. »Nur zu gut, das Konzert wird das Beste, was die Welt gesehen hat, aber jetzt amüsiere dich erst einmal.« Melissa umarmt ihn nochmals und geht dann mit Toni und Kendra im Schlepptau weiter. Verdammt, wieder etwas neues. Jetzt muss sie ihr eigenes Programm kürzen, damit ihr Zeitplan nicht durcheinander kommt, es ist, als ob ihr nur Steine in den Weg gelegt werden. Melissa grübelt darüber nach, welches der Lieder sie weglassen wird. Sie sieht unruhig zur Uhr, noch zwei Stunden und sie kann ein wichtigen Schritt machen, damit ihr Plan auch perfekt klappt, sie betet, dass ihr dieses Mal nichts in die Quere kommt.

Also versucht sie, die nächsten zwei Stunden so unauffällig wie nur möglich zu überbrücken. Sie lässt sich einfach von jedem vollquatschen, lacht an den passenden Stellen, tut so, als würde sie etwas trinken, aber nippt nicht einmal daran. Sogar auf die Tanzfläche lässt sie sich von Toni ziehen und spielt ihre Rolle. Ja, das hat sie über die Jahre gelernt, eine perfekte Rolle zu spielen.

Sie behält die Surenas im Auge, aber tatsächlich scheinen auch sie zu feiern, hin und wieder begegnet sie dem Blick von Miko, Hernandez oder Rodriguez, aber sie gehen sich alle so gut es geht aus dem Weg. Rodriguez ist für sie die größte Gefahr, er hat zwar ständig eine andere Frau auf dem Schoß und hat auch schon einiges getrunken, doch ein paar Minuten, bevor sie los muss, geht sie ganz auf Nummer sicher und zieht Toni zur Seite.

»Wenn du Rodriguez heute noch für dich haben willst, würde ich mich ranhalten. Ich habe mitbekommen, dass er von vielen gewollt wird.« Toni zwinkert ihr angetrunken zu. »Das wollen wir mal sehen, gegen die richtigen USA-Girls haben diese Latinas doch gar nichts zu melden!« Sie torkelt in die Richtung von Rodriguez, doch erst, als sie sich lasziv auf seinen Schoß setzt, atmet Melissa auf. Sie sieht den beiden noch einen Moment zu.

Als Toni sich vorbeugt und Rodriguez' Hals zu küssen beginnt, kommt ein merkwürdiges Gefühl in ihr hoch. Melissa schüttelt den Kopf und ignoriert es, sie hat sich um Wichtigeres zu kümmern. Um etwas, was die Zukunft aller Menschen betrifft, die sie liebt. Also schleicht sie sich zur Tür und verschwindet zu ihrem Auto.

Kapitel 9

Rodriguez denkt ernsthaft darüber nach, der Frau den Hals umzudrehen. Er geht Melissa hinterher, als sie unauffällig die Party zu verlassen versucht, für wie dumm hält sie ihn? Er hat schon den ganzen Abend bemerkt, dass sie unruhig ist, immer wieder zur Uhr gesehen hat und als sie dann das erste Mal richtig mit Toni gesprochen hat und diese dann zu ihm kam, war klar, dass Melissa etwas vorhat. Rodriguez hat keine Lust mehr, den Babysitter für diese verwöhnte Prinzessin zu spielen, doch seine Neugierde ist zu groß. Kurz vor ihrem Wagen holt er sie ein und hält sie am Arm fest. »Du bist ja nicht sehr feiertauglich!« Er sieht, dass sie sich erschreckt, doch sofort fängt sie sich und sieht ihn gelangweilt an.

»Ich habe einen Termin, der nicht anders gelegt werden kann. Ich mag solche Partys nicht besonders und werde danach direkt zurück fahren, aber dir viel Spaß weiterhin... du Held!« Mit diesen Worten will sie in den roten BMW steigen, doch Rodriguez stellt sich ihr in den Weg. Erst viel zu spät bemerkt er, dass er ihr somit zu nahe ist, ihre blauen Augen bohren sich in seine und einen Augenblick denkt er, wie schön sie ist, doch dann verwirft er diesen Gedanken schnell, er hat einfach zu viel getrunken.

»Und du denkst, ich lasse dich jetzt einfach davon fahren? Was für ein Termin ist das?« Melissa kommt sogar noch einen Schritt näher, sie ist so nah, dass sich fast ihre Nasenspitzen berühren. »Du bist keine Security, das geht dich nichts an!« Sie lächelt und entfernt sich wieder. Wenn sie gedacht hat, dass ihn diese Aktion irritiert, schätzt sie ihn vollkommen falsch ein. »Gut, dann werde ich deinen Manager anrufen und ihm sagen, dass du dich noch mit jemandem triffst und du uns nicht mitnehmen willst.« Rodriguez holt gelangweilt sein Telefon raus, doch Melissa nimmt es ihm schnell aus der Hand.

»Wirklich? Und er wird es garantiert auch sehr interessant finden, aus welcher Familia meine Security besteht.« Rodriguez setzt sich auf den Beifahrersitz. »Schluss mit den Diskussionen, nimm mich mit oder bleib hier, deine Wahl!« Er sieht, dass sie ihm am liebsten tausend Worte an den Kopf schmeißen würde, doch sie wirft ihm nur sein Handy zurück auf den Schoß und steigt wütend ein. Rodriguez ist selbst nicht glücklich über den Zustand, er würde lieber auf der Feier bleiben, als jetzt auf Melissa aufzupassen, er würde so einiges lieber machen, eigentlich alles, doch er wird sie nicht alleine fahren lassen.

Rodriguez traut niemandem mehr, der nicht zu den inneren Kreisen der Familias gehört, niemandem. Als er jetzt beobachtet, wie Melissa wütend versucht das Navigationssystem einzustellen, muss er lachen und nimmt ihre Hand da weg. »Wohin?« Melissa sieht ihn von der Seite an, doch seinen Blick lässt er stur auf das Haus gerichtet, wo er eine Megafeier verpasst. »Hat dir schon jemals einer gesagt, dass du nervtötend sein kannst? Ich muss zu den Platz, wo die Bühne aufgestellt ist.«

Rodriguez fragt erst gar nicht nach, was sie dort um zwei Uhr nachts zu suchen hat, er wird es gleich selbst sehen. Er dirigiert sie dorthin, unterwegs sprechen sie kein Wort mehr, er ist sich sicher, dass sie wieder vor sich hin grübelt. Ihr selbstsicheres Auftreten passt nicht mit dieser nachdenklichen Art zusammen, es passt so einiges nicht zusammen.

Als sie auf dem großen Feld ankommen, sehen sie schon im Scheinwerferlicht die Gestalt eines Mannes. Rodriguez zieht seine Waffe. »Was hast du hier zu tun?« Melissa parkt. »Steck das wieder weg, du brauchst die nicht!«. Ohne auf ihn zu warten, steigt sie aus. Weil der Platz nur schwach beleuchtet ist, dauert es, bis er erkennt, dass es sich bei dem Mann um den Bauleiter ihrer Bühne und allem anderen handelt. Der Mann blickt etwas verängstigt zwischen ihm und Melissa hin und her. »Wir sind immer für sie ansprechbar, aber diese Uhrzeit ist doch etwas ungewöhnlich.«

Melissa lächelt ihn an. »Ich weiß, es tut mir sehr leid, aber mir ist eine Änderung eingefallen und ich wollte sie sofort besprechen, weil sie wichtig ist.« Rodriguez verdreht die Augen. »Das ist nicht dein Ernst oder?« Melissa zuckt die Schultern und geht den beiden Männern voraus. »Es hat dich keiner gebeten mitzukommen.« Rodriguez könnte sich selbst verprügeln.

Anstatt auf der Party zu bleiben, hat ihn seine Neugierde dazu gebracht wie ein Volltrottel danebenzustehen, während Melissa dem müden Bauleiter in ihrer zukünftigen, nur für ein paar Stunden benötigten Garderobe erklärt, dass sie eine extra Sicherheitstür braucht. Sie habe einen Artikel gelesen und will jetzt unbedingt so einen Sicherheitsausgang in ihrer Garderobe. Damit es nicht so ungemütlich wirkt, soll dieser hinter hellem Stoff versteckt werden, ihre ganze Garderobe soll hell sein. Und alle Änderungen und Pläne sollen nur noch mit ihr direkt abgesprochen werden, weil sie durch ihren Manager nicht alles mitbekommt. Wen wundert es, wenn sie einen kolumbianischen Hund dafür hat. Rodriguez spart sich jedoch alle Kommentare und drängt Melissa zum Gehen. Der müde Bauleiter muss ihr noch zehnmal versichern, dass alles so klappen wird, dann können sie endlich in Richtung Villa aufbrechen.

Rodriguez sieht auf die Uhr, es ist erst kurz nach drei, er könnte Melissa zuhause absetzen und dann wieder zur Party, aus Rache nimmt er dafür ihr Auto und könnte bei der Gelegenheit gleich ein paar Kratzer in den Mietwagen fahren. Doch Melissa hat andere Pläne. Sie fahren auf dem Weg an einem kleinen Imbiss vorbei. In Puerto Rico sind die meisten Menschen in der Nacht aktiver, weil es tagsüber zu heiß ist. Im Hochsommer werden die Geschäfte mittags geschlossen und erst abends wieder geöffnet, deswegen ist der kleine Imbiss auch noch gut gefüllt. Melissa hält davor und steigt aus. »Was hast du jetzt wieder vor?« Rodriguez versucht nicht einmal zu verbergen, wie sehr ihn das alles nervt. »Ich habe Hunger, ich habe noch nichts gegessen.«

Rodriguez sieht sie verwundert an. »Ich habe doch gesehen, wie du dich am Buffet bedient hast.« Melissa winkt ab. »Ich habe alles Toni aufgeschwatzt, ich hatte da keinen Appetit, aber jetzt komme ich um vor Hunger!« Rodriguez hält ihr die Tür zum Imbiss auf. Sofort steigt ihnen der Geruch von Fett in die Nase. Es ist ein typisch puerto-ricanischer Imbiss. Es wird alles so fettig und knusprig wie nur möglich hergestellt, er selbst liebt das Essen hier, aber er kann sich nicht vorstellen, dass eine Prinzessin wie Melissa das anrühren wird.

Der Besitzer und alle anderen werden sofort wachsam, als sie Rodriguez sehen, sie begrüßen ihn respektvoll und er nickt ihnen zu. Als der Besitzer einen zweiten Blick auf Melissa wirft, sieht man ihm den Augenblick sofort an, als er sie erkennt. Sie ist jedoch schwer damit beschäftigt, auf der alten Speisetafel etwas zu erkennen. Erst nachdem sie zu Rodriguez' Erstaunen die panierten Scampi mit Pommes und das berühmte Sandwich bestellt hat, wirft sie einen genauen Blick zu den Leuten. Rodriguez bestellt sich das gleiche und beobachtet, wie der Besitzer, nachdem er die Bestellung an einen Mitarbeiter weitergeben hat, all seinen Mut zusammen nimmt und Melissa anspricht.

Er hat eine kleine sechsjährige Tochter, die den ganzen Tag ihre Lieder singt, ob sie etwas dagegen hätte, wenn er sie kurz hole, damit sie einen Blick auf sie werfen kann. Melissa lächelt und sagt, es wäre kein Problem, aber ob die Kleine nicht schon schlafe, da es mitten in der Nacht ist. Der Besitzer ist aber schon in einem Nebenraum des Ladens verschwunden und kommt ein paar Minuten später mit einem kleinen verschlafenen Lockenkopf heraus. Das Mädchen reibt sich die Augen und grinst mit ihrer kleinen Zahnlücke über das ganze Gesicht, als sie Melissa entdeckt.

Rodriguez ist überzeugt, dass so etwas für Melissa nur noch lästig ist, doch zu seiner Verwunderung wird Melissa plötzlich ganz anders. Die sonst so kühne Frau lächelt und nimmt dem Besitzer die Kleine aus dem Arm und auf ihren. Als das Mädchen ihre Haare anfasst und ihr sagt, wie schön sie ist und dass sie jedes ihrer

Lieder singen kann, lacht Melissa aus ganzem Herzen und fordert die Kleine auf etwas zu singen. Rodriguez lehnt sich an die Theke und beobachtet, wie Melissa zu den Klängen der dünnen Kinderstimme und den leicht kreisenden Hüften klatscht. Er traut seinen Augen nicht, diese Melissa hat so gar nichts von dem Superstar, den er die letzten Tage erlebt hat.

Sie unterschreibt dem Mädchen geduldig auf vielen verschiedenen Blättern und als ihr Essen fertig ist und sie den Laden verlassen wollen, fragt sie nach, ob die Kleine zu dem Konzert kommt. Der Vater verneint leicht beschämt und gibt zu, dass sie sich die Karten nicht leisten können. Ohne eine Sekunde zu zögern verspricht Melissa, dass sie jemanden vorbeischickt, der ihnen Karten bringt. Sie sagt, sie kann unmöglich ein Konzert geben ohne ihren größten Fan und dass sie noch ein paar Karten mehr mitgibt, damit sie noch einige Freundinnen mitbringen kann. Rodriguez ist sich sicher, dieses Mädchen wird diese Nacht nicht so schnell vergessen, als er kopfschüttelnd den Laden verlässt.

Er hält die Getränke und die zwei Boxen mit den frittierten Leckereien, während Melissa die Sandwiches zum Auto bringt. Doch statt das Auto aufzumachen, stellt sie sich vor die Motorhaube, zieht ihre High-Heels aus und setzt sich mitten auf die rote Fläche um sofort in ein Sandwich zu beißen und sich dabei gemütlich zurückzulehnen und in den Sternenhimmel zu sehen. Rodriguez weiß nicht, ob er diese Frau erschießen oder zum Psychologen bringen soll, wie viele Gesichter kann ein Mensch haben?

»Hat das einen Grund?«, fragt er nach, als er sich neben sie setzt und sie ihm sein Sandwich hinhält, nachdem er die Boxen in der Mitte platziert hat. »Das Essen riecht zu sehr nach Fett, ich will nicht, dass das Auto so riecht«, gibt sie knapp zurück und sieht wieder zu den Sternen. Rodriguez beschließt, sie gar nicht mehr verstehen zu wollen, wozu auch? In ein paar Tagen ist das alles vorbei, und andere können sich wieder mit ihr herumärgern. »Der Kleine im Garten bei euch, von wem war das der Sohn?«

Sie beide haben eine ganze Weile einfach in den Himmel geschaut, bevor Melissa ihn wieder anspricht. Rodriguez trinkt einen Schluck Cola. »Das war mein Neffe Leandro!« Ein kleiner Seufzer entweicht Melissa, was ihn dazu bringt, sich zu ihr umzuwenden. »Ein sehr süßes Kind. Weißt du, Kinder sind einfach nur Engel, keine Seele ist reiner als die eines kleinen Kindes und kein Lächeln ehrlicher, weil es ohne Hintergedanken und von ganzem Herzen kommt.« Rodriguez denkt an Leandros ansteckendes Lachen. »Das stimmt!« Melissa sieht zu ihm und als sie entdeckt, dass sein Blick auf ihr liegt, zeigt sie zum Himmel.

»Siehst du den Stern, der am dichtesten am Mond ist?« Rodriguez folgt mit seinen Augen ihrem Finger und sieht, welchen sie meint. »Als ich klein war, hat meine Mutter, wenn ich nicht schlafen konnte, mir immer gesagt, dass dies der Stern der Kinder sei. Er strahlt so hell, weil er voller schöner Träume für die Kinder ist.« Rodriguez erkennt Melissas trauriges Lächeln und wendet seinen Blick wieder ab. Es wäre eine gute Gelegenheit nachzufragen, was genau mit ihren Eltern und ihrem Bruder war, doch er verkneift es sich. Das ist nicht der richtige Zeitpunkt dafür. Sie haben gerade aufgegessen, als Rodriguez' Handy sie zum Aufstehen bringt. Sie setzen sich wieder ins Auto. Miko wollte fragen wo er abgeblieben ist und als er ihm erklärt, dass er bereits mit Melissa auf dem Weg zurück zur Villa ist, erntet er nur ein 'Aha' und legt auf.

Sie reden kein Wort mehr miteinander, doch es fühlt sich auf einmal etwas anders an. Er hat eine ganz andere Seite an Melissa gesehen. Als sie sich müde zu ihm umdreht, bevor sie in ihr Zimmer geht und ein leises 'gute Nacht' murmelt, wünscht er ihr ebenfalls eine gute Nacht. Er muss noch eine ganze Weile über die vielen letzten Informationen nachdenken, über Melissa und ihr Verhalten. Als er dann endlich einschläft, beschließt er, nicht mehr ganz so hart zu ihr zu sein. Sie scheint trotz allem ein netter Mensch zu sein, er will zwar noch immer mehr über ihren Bruder und alle Zusammenhänge herausfinden, doch er wird ihr nicht mehr zur

Last legen, dass sie seine Schwester ist, wenn sie selbst schon lange nicht mehr als diese lebt.

Bella sieht in den Sternenhimmel, die Nacht ist so schön, die Sterne funkeln wie tausend kleine Kerzen am Himmel und nur diese Aussicht beruhigt ihr Inneres wieder. Sie sitzt am Fenster in Leandros Zimmer, ihren kleinen eigenen Stern im Arm und versucht, diese innere Unruhe zu vertreiben. Es ist fast vier Uhr morgens, sie hat noch nicht eine Sekunde Schlaf gefunden. Paco hat sich nicht einmal gemeldet, er hat nicht einmal gemerkt, dass sie weg war.

Der Tag war wirklich schön mit Elijas, sein Haus ist ein Traum. Er hat sich so süß um sie und Leandro gekümmert. Bella hat das erste Mal arabisches Essen gegessen und auch so hat sie sich einfach wohlgefühlt. Der Garten in seinem Haus ist wirklich ein Traum. Sie haben bis zum Abend zusammen darin gesessen, sich über die Kita unterhalten und über das Leben. Bella hat allerdings nicht viel von sich erzählt, sondern Elijas reden lassen. Sie will ihm nicht von ihren Familias und ihrem Leben berichten, weil sie nicht weiß, wie er auf so etwas reagiert. Sein Leben kommt ihr vor wie ein Märchen aus 1001 Nacht, er zeigt ihr Bilder seiner Familie, der Wüste, erzählt von Übernachtungen in den schönsten Luxushotels. Bella könnte ihm stundenlang zuhören und wenigstens gedanklich aus ihrer Welt flüchten. Er hat auch ganz lange mit Leandro gespielt, er liebt Kinder wirklich von ganzem Herzen, das spürt man sofort.

Als Bella dann nach Hause gekommen ist, war Paco nicht da, sie hatte schon mit einem weiteren Streit gerechnet, doch er hat nicht einmal angerufen. Erst viel später hat sie dann von Sara erfahren, dass sie abends alle zu der Party von Don Carlos gehen wollten. Sie und Juan wollten auch dorthin, doch Saras Schwangerschaft ist nicht so leicht. Obwohl sie im 6. Monat ist, übergibt sie sich noch ständig und ist auch so sehr erschöpft und müde, sodass sie zu Hause geblieben ist und Juan bei ihr.

Bella ist stolz auf ihren Bruder, er hat sich wirklich zum Positiven verändert, aber sie erinnert sich auch, dass es bei Paco in der Schwangerschaft genauso war. Als Leandro dann da war und der Alltag eingekehrt ist, hat er sich wieder auf die Geschäfte gestürzt. Er vergöttert Leandro zwar, doch die meiste Zeit verbringt Bella mit ihm. Auch haben sie seitdem nicht mehr so viel Sex. Bella ist zwar schnell wieder schlank geworden, doch ihr Körper ist nicht mehr der gleiche.

Sie ist mit Rodriguez jeden Morgen joggen gegangen, jetzt ist alles wieder fest, doch ihre eh schon kleinen Brüste sind noch kleiner geworden, dadurch, dass sie Leandro gestillt hat. Sie schämt sich vor Paco, der das spürt und sie sich beide dadurch immer mehr voneinander entfernen. Genau das führt jetzt dazu, dass sich ihr Magen zusammenzieht bei dem Gedanken, dass er wieder auf diese Partys geht, wo die Chicas ihn nur so umschwärmen. Er hat ihr nicht einmal Bescheid gesagt, dass er geht, warum sollte er in irgendeiner Art noch Rücksicht auf sie nehmen. Bei ihnen ist es nicht üblich sich zu trennen, wenn man einmal verheiratet ist. Man ist vor Gott verbunden, und das trennt nur der Tod, doch Bella hat sich immer geschworen, in keiner unglücklichen Ehe zu bleiben, nur weil sie es muss.

Sie hat gerade das Gefühl, alles, was einmal zwischen ihr und Paco war, die starken Gefühle, die Verbundenheit, verloren geht, und das bricht ihr das Herz. Sie gibt Leandro einen Kuss auf die Stirn, Tränen bahnen sich ihren Weg über ihre Wangen. Sie sieht erneut zum Himmel und betet zu Gott, dass er ihr hilft und dass sich alles zum Guten wenden wird, danach sieht sie zur Uhr und schließt die Augen, als sie bemerkt, dass ihr Mann nicht nach Hause kommt.

Rodriguez ist gleich am nächsten Morgen zu Don Carlos gefahren und hat ihn aus dem Bett geschmissen. Sie sehen sich viel zu selten, er hat den Vormittag mit einem seiner besten Freunde verbracht. Don Carlos wollte sich endlich ebenfalls seinen Spitznamen aus der Jugend auf seinen Arm tätowieren, so wie Rodriguez seinen schon seit einer Weile auf seinem Unterarm trägt. Also haben sie das bei dem Mann machen lassen, der die besten Tattoos sticht und auch alle Plakas macht.

Don Carlos versucht mehr als einmal das Thema auf Melissa zu bringen, doch Rodriguez blockt jedes Mal ab, wo er schon einmal von dem allem weg ist, will er sie auch vergessen. Sie fahren zum Strand und vorbei an dem Ort, wo Selena mit ihrem Freund im Auto verunglückt ist. Noch immer bekommt Rodriguez eine Gänsehaut, wenn er diesen Ort sieht. Sie waren damals schon eine Weile getrennt, Selena war die Einzige, mit der er so etwas wie eine Beziehung hatte, auch wenn er es nicht so ernst genommen hat wie sie. Er hat sie gemocht, sie war anders, besser als die anderen Frauen und er hat sie mehr als einmal getroffen. Doch trotz allem war es für ihn nichts festes. Er hat und hatte nie vor sich zu binden. Als er gemerkt hat, dass Selena immer mehr in diese Beziehung hinein interpretiert hat, hat er ihr das klar gemacht.

Sie war sehr verletzt, es tat ihm leid, als sie damals so sehr geweint hat. Er wollte sie nie verletzen, dafür hat sie ihm zuviel bedeutet. Am Anfang wollte sie nichts mehr von ihm wissen, doch mit der Zeit sind sie so etwas wie Freunde geworden. Als sie dann ihren neuen Freund hatte, wurde der Kontakt weniger, aber Selena wusste, Rodriguez würde immer für sie da sein. Es hat ihn umgehauen, als die Nachricht über ihren Tod kam. Rodriguez hat mehr als einmal über seine Schuld dafür nachgedacht, so wie vieles auf seinem Mist gewachsen ist. Hätte er Selena einfach als Freundin behalten, wäre das nicht passiert, sie ist viel zu früh gestorben, das hat sie nicht verdient.

Don Carlos klopft ihm auf die Schulter, als sie vorbeifahren. Es tut gut, wieder Zeit mit ihm zu verbringen, Rodriguez genießt es.

Mit Carlos ist es so einfach, er muss nicht alles durchdenken, ist kein Anführer, es ist alles so unkompliziert wie damals, als sie noch vierzehnjährige Jungen waren und Blödsinn gemacht haben. Der Unterschied zu normalen Jungs war nur, dass er nach Hause kam und eine Familia vorgefunden hat, vor der er schon jemand sein musste, egal, wie viel jünger er war.

Ramon hat ihm immer gesagt, er soll sich nicht so zeigen, mit Kratzern und Flecken vom Fußballspielen und Paco hat ihm jedes Mal die Ohren lang gezogen, wenn er sich daneben benommen hat. Rodriguez hat das erste Mal mit zehn Jahren gesehen, dass jemand umgebracht wurde, vielleicht war er auch noch jünger. Er kennt es nicht anders.

Sie verbringen den restlichen Vormittag am Meer, reden über die guten Zeiten, lachen viel und sprechen über die neuesten Pläne von Don Carlos. Erst gegen Mittag kommt er in die Villa zurück. Die Blondinen sitzen wie immer am Pool. Melissa, die den Vormittag mit Miko zusammen wieder bei der Bühne war, sieht er in einem Raum Kleider und andere Sachen zusammenlegen und dazu besprechen, wann sie übermorgen welches tragen wird.

Rodriguez und Pepo setzen sich zu Dios, der immer angespannter wirkt. Sie wollen gerade anfangen, ihm etwas auf den Zahn zu fühlen, als es wie wild an der Eingangstür klopft. Die Haushälterin macht sich auf den Weg, aber die Art des Klopfens lässt Rodriguez aufstehen und seine Waffe ziehen. Er deutet der Frau zu warten und öffnet selbst die Tür. Ohne ihn weiter zu beachten, stürmt ein Mann in die Villa. Er rempelt Rodriguez zur Seite und er hat Kraft.

»Melissa!« Rodriguez hält ihn zurück und knallt seinen Kopf gegen die Wand. »Wo kommst du denn her, dass man sich nicht vorstellt, wenn man in ein Haus kommt?« Im gleichen Moment kommt Melissa, durch die Rufe des Mannes alarmiert, ins Zimmer und verschränkt ihre Arme vor der Brust. Sie ist sauer, doch an dem leichten Zittern in ihrer Stimme erkennt Rodriguez auch, dass sie Angst hat.

»Luis? Was tust du hier?«

Kapitel 10

»Sie ist seine Schwester, oder?« Chico blickt von seinem Laptop hoch zu Adriana, die wie er im Garten seines Hauses ist und Wäsche aufhängt. Er hat ihr schon mehr als einmal angeboten, die Haushälterinnen von Paco zu holen. Früher war das nicht so oft nötig, da er kaum im Haus war, doch jetzt könnten sie auch hier was tun. Adriana lehnt das aber ab. Sie scheint so wie Bella lieber selbst etwas tun zu wollen. Sie hat sogar angefangen zu kochen, und Chico genießt es.

Wenn man den traurigen Hintergrund vergisst, könnte er sich daran gewöhnen. Er hat Adriana gerne um sich herum. So wie er ihr offensichtlich die Sicherheit gibt, die sie braucht, beruhigt ihre Anwesenheit ihn. Normalerweise ist Chico ein Mensch, der nicht still sitzen kann, er muss immer etwas zu tun haben, ist immer unterwegs. Ruhe hat ihm nie gut getan, das ist nur zu viel Zeit zum Nachdenken. Doch jetzt hier im Garten, wo er am Laptop versucht, etwas über die Muertas herauszubekommen und sie Wäsche aufhängt, fühlt er sich einfach wohl.

»Was meinst du genau?« Adriana hängt ein Shirt auf und sieht ihn an. »Die Sängerin, Melissa. Ich kenne sie schon lange, aber als ich ihr in die Augen gesehen habe, da habe ich es erst gesehen.« Chico schließt seinen Laptop und reibt sich die Augen. »Ja, sie ist seine Schwester. Wir überprüfen alles, laut ihrer Aussage hat sie schon lange keinen Kontakt zu ihm gehabt und nichts mit der Familia zu tun. Aber wir werden sie weiter im Auge behalten. Ich habe darüber nachgedacht es dir zu sagen, aber ich dachte es wäre besser, wenn du das alles einfach vergisst. Ich wollte nicht, dass du dir unnötig einen Kopf machst.«

Adriana lächelt mild und hängt die Wäsche weiter auf. »Ich denke, sie ist ein guter Mensch, man kann nichts für seine Familie. Ich glaube ihr, dass sie nichts mit ihm zu tun hat. Sie haben zwar dieselben Augen, aber in ihren liegt Gutes, in seinen war der

Teufel.« Adriana nimmt die leere Waschschüssel und will wieder ins Haus, doch Chico steht auf und hält sie am Arm zurück.

»Alles okay, Adriana? Geht es dir gut? Ich denke, du weißt, auch wenn ich dich nicht immer frage, weil ich dich nicht nerven will, du kannst immer zu mir kommen. Egal was ist!« Adriana nickt. »Ich will dir aber nicht zur Last fallen, ich habe schon daran gedacht, dass ich langsam zurück nach Kolumbien sollte. Ich kann euch hier nicht die ganze Zeit belasten. Du nimmst so viel Rücksicht auf mich, bleibst die ganze Zeit zu Hause.« Chicos Magen zieht sich zusammen. »Willst du weg?« Adriana sieht zu Boden. »Um dir nicht auf die Nerven zu gehen. Ich sehe doch, wie du dich manchmal quälst.«

Chico hebt die Hände, verflucht, sie versteht das vollkommen falsch. »Du nervst mich nicht Adriana, du bist keine Last, im Gegenteil. Ich weiß nur nicht, wie ich richtig mit dir umgehen soll. Ich will nichts falsch machen, nichts Falsches sagen, aber ich will … nicht, dass du gehst. Also nur, wenn du es selbst möchtest … ach verdammt!« Chico flucht auf, doch Adriana lässt sich nicht abschrecken und kommt näher.

»Nein, ich will nicht gehen, wenn du mich hier haben willst, bleibe ich!« Dieses Mal macht Chico es einfach aus dem Bauch heraus und umfasst Adrianas Gesicht. »Ich weiß nicht, ob ich es gut mache, aber ich will für dich da sein, wenn du mich lässt.« Als Chico jetzt Adrianas Lippen berührt, fühlt es sich gewollt und richtig an. Als sie seinen Kuss erst schüchtern dann genauso zärtlich erwidert, spürt er, dass er dabei ist, sein Herz an sie zu verlieren. Er hat immer im Hinterkopf vorsichtig zu sein, doch er umfasst sie. Als er seine Lippen von ihren löst, gibt er ihr einen langen Kuss auf die Stirn.

»Ich schwöre, dass dir niemals jemand wieder wehtun wird und dass alles besser wird!« Anstatt zu antworten, legt sie ihren Kopf auf seine Brust und atmet tief ein. Chico hätte ewig so stehen können. Auch wenn sie schon die ganze Zeit über etwas Vertrautes miteinander hatten, war genau diese Nähe das, was gefehlt hat.

Doch sein Handy stört die Ruhe. Adriana sieht zu ihm hoch und lächelt einmal, bevor sie ins Haus geht und er ans Telefon. Miko ist dran. Miko ist einer seiner besten Freunde geworden, wenn sie auch früher Feinde waren. Aber schon vom ersten Augenblick war ihm der Mistkerl viel zu sympathisch, um ihn zu hassen. »Kommst du endlich vorbei, Amigo?« Chico blickt Adriana nach. »Nein, ich bleibe lieber hier, aber wenn du später bei Paco vorbeikommst, sag Bescheid.«

Er hört, wie Miko von einem Apfel abbeißt. »Hier ist grad tote Hose, irgendein Lover von der Kleinen ist vorbeigekommen und Pepo begleitet die Blonden zum Shoppen, dann gehe ich mit und fahre später zu Sam.« Chico sieht zu Adriana, die wieder herauskommt. »Wieso kommst du mit Sam nicht noch vorbei?« Er sieht gleichzeitig fragend zu Adriana, doch sie nickt zustimmend, was er sich gedacht hat, denn er hat gemerkt, dass sie Sam gern hat. »Okay, machen wir, bis später.« Chico legt zufrieden auf, es wird besser, er spürt es.

Rodriguez läuft in Hernandez' und seinem Zimmer auf und ab. Er weiß selbst nicht, warum er so nervös ist. Melissa hat gesagt, sie müsste allein etwas mit diesem Luis klären. Auch wenn der sehr aggressiv gewirkt und Melissa schon fast mit seinen Blicken getötet hat, ist sie mit ihm in Richtung Strand gegangen. Es sollte ihm egal sein, alle anderen hat es auch nicht weiter gekümmert, aber etwas an ihm lässt ihn nicht zur Ruhe kommen. Vielleicht war es der ängstliche Ausdruck in ihren Augen, den sie zwar mit ihrer kühnen Art heruntergespielt hat, der aber trotzdem da war.

Er verlässt das Zimmer und geht in den Garten. Pepo sitzt mit Dios an einem Tisch, er setzt sich dazu. »Wie läuft das bei euch in Kolumbien, Dios? Ich habe gehört, es hat ziemlich viel Tumult gegeben in letzter Zeit!« Pepo ist, genau wie sie alle, ungeduldig abzuwarten, doch sie müssen sich zusammenreißen, um ihn nicht auf sich aufmerksam zu machen.

»Es gibt immer Unruhe in Kolumbien, dafür ist das Land bekannt. Puerto Rico ist ein schönes Land, doch die Leute hier unten wissen nicht, das Potenzial daraus zu nutzen. Der Tourismus steigt und statt das zu nutzen, bleiben die Leute hier lieber auf den alten Gewohnheiten sitzen, anstatt sich zu bereichern.« Rodriguez zieht die Augenbrauen zusammen, er weiß, dass er von den Geschäften der Familias redet.

»Vielleicht gibt es einfach Sachen, wo die Puerto Ricaner mehr Moral haben als die Kolumbianer!« Dios sieht ihn abschätzend an. »Moral ist relativ!« Rodriguez will etwas erwidern, doch in diesem Moment ruft ihn Jorge zu sich. Bis jetzt hat er nicht viel mit dem komischen Vogel geredet, er ist ihm zu schrill, zu bunt, zu abgedreht, doch er sieht sein besorgtes Gesicht und steht auf.

»Merk dir eines, wenn die Puerto Ricaner solche Moral haben, sollten sie in der Kirche arbeiten, man kann nicht seine Hände nur leicht im Schmutz wühlen und denken, man würde so sauber bleiben!« Rodriguez trifft auf Dios' dunkle Augen und erkennt, dass er weiß, dass sie Kontakt zu den Familias haben. Es war so etwas wie ein verstecktes Angebot, um über gemeinsame Geschäfte nachzudenken. Vielleicht plant die Muertas Familia gar keinen Rachefeldzug, sondern will sich mit ihnen verbünden, was nicht mal annähernd zur Diskussion steht. Nie wieder wird er einem Kolumbianer über den Weg trauen.

Er geht zu Jorge, der ihn gleich etwas zur Seite zieht. »Ich war gerade am Strand, aber dieser Mistkerl hat mich wieder weggeschickt. Er ist sehr gewalttätig, ich mache mir Sorgen um Melissa. Sie denkt, sie hat das im Griff, aber er war gerade außer sich vor Wut, weil sie ihre Beziehung beendet hat. Er ist ein sehr erfolgreicher Baseballspieler und will in der Öffentlichkeit nicht zeigen, dass die Beziehung vorbei ist.« Rodriguez nickt, es ist nicht sein Problem. »Wieso kommst du damit zu mir?« Jorge lächelt verschmilzt. »Weil du sie magst und ich denke, sie mag dich auch.«

Rodriguez lacht hart auf. »Und was bringt dich auf diese beschissene Idee?« Jorge wendet sich ab. »Ich bin nicht blind, du harter

Kerl!« Rodriguez würde ihm dafür jetzt am liebsten seine grüne Hose um die Ohren knallen. Doch was würde das bringen, wen interessiert schon seine Meinung? »Du täuschst dich, aber gut, ich werde mal nachsehen, was da unten los ist.« Jorge wendet sich noch einmal um und hält den Daumen hoch. »Ich habe nichts anderes erwartet.« Rodriguez beachtet ihn nicht weiter und geht in Richtung Strand. Es will sich nicht lächerlich machen und dort auftauchen, es reicht, wenn schon einer solche Gedanken hat, also bleibt er ganz am Anfang stehen und hält Ausschau nach ihnen. Weiter entfernt sieht er die beiden.

Melissa sitzt im Sand und sieht nach oben, während dieser Luis vor ihr auf und ab läuft und herumschreit. Tequila steht neben ihr und sieht auch zu ihm hoch. Rodriguez schüttelt den Kopf, was denken sich diese eingebildeten Amis manchmal? Luis tritt auf, als wäre er der Beste, er hat keine Vorstellungen, dass es hier unten niemanden interessiert, wer oder was er ist. Hier herrschen andere Gesetze. Rodriguez' Blick fällt auf Melissa, ihre Haare werden vom Wind nach hinten geweht und sogar von hier sieht er, dass sie wieder ihren 'mir kann niemand etwas' Blick aufgesetzt hat.

Er fragt sich, wie eine Frau wie sie zu so einem Idioten kommt. Er hat natürlich ein anderes Bild von ihr wegen ihres Bruders, aber ansonsten muss sie doch eine Frau sein, die jeden Kerl haben könnte, wieso gerät sie an so einen? Noch während er darüber nachdenkt, wird Luis lauter. Wahrscheinlich kommt er nicht weiter und seine Wut steigt. Das scheint auch Melissa zu spüren und will aufstehen, doch er zeigt sauer auf sie und weist sie an dazubleiben.

Rodriguez geht schon einen Schritt auf sie zu. Auch Tequila scheint zu spüren, dass der Mann Melissa nichts Gutes will und versucht ihn ins Bein zu beißen, was bei diesem kleinen Hund natürlich äußerst lächerlich ist und er ihn mit so einem starken Tritt wegkickt, dass Tequila jaulend weit über den Strand geschleudert wird.

Melissa schreit auf und will zu ihm, doch Luis zieht sie blitzschnell an den Haaren zurück. Rodriguez hat es kommen sehen und rennt zu den beiden. Melissa schreit, aber Rodriguez kann nicht so schnell da sein, da schlägt Luis ihr schon mit voller Wucht in ihr Gesicht. Als sie hinfällt und schützend ihr Gesicht verbirgt, tritt er auf sie ein. Genau in dieser Sekunde trifft Rodriguez ein. Luis ist so im Rausch, dass er ihn gar nicht bemerkt hat. Rodriguez holt aus und schlägt ihn zu Boden, zieht ihn wieder hoch, nur um ihm erneut gezielt eine zu verpassen. Melissa schluchzt schrecklich, Rodriguez riskiert einen Blick zu ihr und sieht, dass sie aus der Nase blutet. Er wird noch wütender. Als Luis einen lahmen Versuch macht sich zu wehren, gehen bei ihm alle Sicherungen durch.

Rodriguez hat das, seit er klein ist. Das ist der Grund, warum seine Brüder ihn oft so besorgt mustern und ihn in bestimmten Situationen nicht aus den Augen lassen. Irgendwann ist bei Rodriguez ein Punkt erreicht, wo er aufhört zu denken und einfach zu schlägt. Es ist ihm dann auch egal, ob der Gegner ein Messer oder eine andere Waffe hat und er unbewaffnet ist, er kann es kaum kontrollieren.

Vor allem kann man ihn dann nicht mehr stoppen, Paco hat sich schon mehrere blaue Augen und blutige Nasen eingefangen, weil er das meistens beenden musste. Auch dieses Mal registriert Rodriguez nichts mehr, er nimmt verschwommen die Rufe von Hernandez und Pepo aus der Ferne wahr und dann, dass Melissa etwas zu ihm sagt. Plötzlich taucht sie bei ihm auf. Er spürt, dass jemand an ihm zieht, ihn hält. Jeden anderen würde er wegschubsen oder beiseite räumen, um weiter an den Gegner heranzukommen. Doch das sind keine starken Männerhände, das sind zarte Frauenhände, die ihn krampfhaft zu halten versuchen.

Es ist Melissa, die so wahnsinnig ist und sich jetzt genau vor ihn stellt. Nicht mal die anderen Jungs wagen das, und sie stellt sich einfach hin und sieht ihn aus ihren blauen Augen an, ihr Gesicht ist blutverschmiert. »Lass ihn, hör auf, du bringst ihn um. Er ist das nicht wert, bitte hör auf!« Tränen vermischen sich mit Blut. Rodriguez konzentriert sich auf ihr verzweifelt blickendes Gesicht und vergisst dabei Luis.

Jetzt kommen auch Hernandez und Pepo an. Hernandez will Melissa wegziehen. »Geh da weg, bleib weg von ihm. Wenn er so ist, ist er unkontrollierbar.« Melissa schüttelt Hernandez' Hand ab und sieht wieder zu Rodriguez. »Er tut mir nichts!« Und da fängt Rodriguez wieder an zu denken, er hat sogar seinen eigenen Bruder angegriffen, als er sich ihm in den Weg gestellt hat. Wieso hat er sich von ihr stoppen lassen? Sein Blick ruht noch immer auf ihrem Gesicht.

Ihre Nase beginnt wieder zu bluten. Er flucht leise und zieht sein Shirt aus. Als er es ihr hinhält, presst sie es sich auf die Nase und schluchzt auf vor Schmerzen. Rodriguez nimmt es ihr wieder aus der Hand und zeigt ihr, wie sie es vorsichtig dranhält, gleichzeitig schmiert er ihr altes Blut ab. Dann fällt sein Blick auf Luis, dem Hernandez aufhilft. »Verdammt Kumpel, da hattest du ja noch Glück, dass du einen guten Tag erwischt hast.« Pepo hilft Hernandez, Luis wegzubringen, der zwar ebenfalls blutet, doch er hat wirklich noch Glück gehabt. Rodriguez wendet seinen Blick wieder zu Melissa, die sich nun panisch umsieht. »Tequila!« Rodriguez hält mit seiner Hand ihre Hand fest, damit sie das Shirt unter der Nase lässt. »Zeig erst mal, was du hast!« Doch sie denkt gar nicht daran. Als sie Tequila immer noch weiter weg im Sand liegen sieht, rennt sie zu ihm.

Tequila ist noch ein kleiner Welpe und Luis hat sehr stark zugetreten, also gibt Rodriguez dem Kleinen nicht viele Chancen, als Melissa ihn vorsichtig auf den Arm nimmt und sein Fell küsst, wobei sie erneut anfängt zu weinen. Rodriguez kommt zu ihr und stellt aber fest, dass der Hund die Augen geöffnet hat und auch noch atmet. »Wir müssen ihn zum Arzt bringen.« Rodriguez wird sauer. »Vielleicht sollten wir uns erst einmal deine Verletzungen ansehen.« Diese Frau wird nie auf ihn hören, schon eilt sie an ihm vorbei davon. »Nein, das geht schon, wir müssen sofort zu einem Arzt!«

Rodriguez folgt ihr kopfschüttelnd, doch sie kommen nicht weit, da eilen schon Toni und Kendra zu ihnen. Anstatt ihrer Freundin zu helfen, beginnen die beiden auf sie einzureden, wie sie es wagen können Luis anzufassen, was sie sich dabei denken. Das erste Mal seit Melissa angekommen ist, mag er sie in diesem Augenblick für ihre Art, als sie die beiden kalt zur Seite stößt und ihnen an den Kopf knallt, dass sie ihre Koffer packen und aus ihren Augen verschwinden sollen. Bevor sie die Treppen zum Grundstück hochgeht, wendet sie sich noch einmal um und ruft ihnen zu, dass sie den Rückflug aus ihrer eigenen Tasche zahlen können. Rodriguez schlendert grinsend an den beiden Blondinen vorbei. Sie haben es nicht anders verdient.

Erst als sie das Grundstück erreichen, kommt Jorge besorgt angerannt. »Luis sieht zum Glück schlimmer aus, oh Gott, Süße!« Er nimmt Melissa lange in den Arm, auch Dios tritt zu ihnen. »Schafft ihn weg, er soll nicht wagen noch einmal hier aufzutauchen!«, ruft Rodriguez Pepo und Hernandez hinterher, die Luis aus dem Haus schaffen. »Es wird uns ein Vergnügen sein!« Pepo grinst und Rodriguez weiß, sie werden dafür sorgen, dass er ab jetzt einen gewaltigen Abstand zu allen Beteiligten halten wird. »Tja, so kommt das manchmal, siehst du, dass Orlando nicht so falsch gelegen hat mit José!«

Er spuckt das Melissa fast ins Gesicht und geht uninteressiert davon. Rodriguez würde am liebsten sofort bei ihm weitermachen, doch er reißt sich zusammen, auch wenn er gesehen hat, wie sehr Melissa bei dem Wort José zusammengezuckt ist. Das erste Mal tut sie ihm wirklich leid. Wer weiß, was sie schon alles mitgemacht hat. Melissa befreit sich aus Jorges Armen, auch er begutachtet den kleinen Welpen. »Ich bringe ihn zu einem Arzt, bitte Jorge, tu mir den Gefallen und sorge dafür, dass Toni und Kendra weg sind, wenn ich wiederkomme.« Jorge nimmt ihr Gesicht in die Hand und gibt ihr einen Kuss auf die Stirn. »Endlich kommst du zur Vernunft und vorher werde ich noch ihre Kleider durchwühlen und alles was dir gehört zurückholen.«

Melissa nickt »Danke.« Sie will schnell davon eilen, bevor sie sich noch einmal umdreht und Rodriguez ansieht. »Wo gibt es hier einen Arzt?« Er will Jorges Theorie nicht bestätigen, aber als er sie so da stehen sieht, immer noch mit Blut im Gesicht, den Welpen mittlerweile in sein blutiges Shirt eingewickelt, schnappt er sich ein Shirt, was über einem Stuhl hängt und zieht seinen Wagenschlüssel aus der Jeans, dabei ignoriert er Jorges Zwinkern und geht zu Melissa. »Komm!«

Zwei Stunden später sitzen sie im Wartebereich der kleinen Tierarztpraxis am Rande des Surenas-Gebietes. Rodriguez kennt die Praxis nur wegen Pitty, doch er weiß, dass der Arzt gut ist. Der untersucht Tequila auch gleich, er hat eine verstauchte Rippe, aber ansonsten großes Glück gehabt. Er macht ihm einen Verband und empfiehlt, dass Tequila die nächsten Tage viel liegen soll, dann heilt das alles gut ab. Nachdem er fertig ist, wäscht sich auch Melissa das Gesicht. Der Arzt lässt es sich nicht nehmen, auch wenn er Tierarzt ist, einen Blick auf ihre Nase zu werfen. Außer einer kleinen Schwellung und einigen roten Flecken, die schon leicht blau werden an der Wange, ist bei ihr nicht mehr passiert. Melissa murmelt etwas von mehr Make-up als sonst und sie verlassen die Praxis wieder.

Rodriguez hat Hunger, will richtig duschen und braucht neue Klamotten, also fährt er nicht zur Villa, sondern zu seinem Haus. Melissa redet auf dem Weg nicht, auch nicht, als sie merkt, dass sie woanders hinfahren. Erst als sie vor seinem Haus parken, sieht sie zu ihm. »Vielen Dank, Rodriguez. Ich weiß, du hättest mir nicht helfen müssen. Danke auch, dass du uns zum Arzt gefahren hast. Das ist wirklich sehr … aufmerksam von dir!« Rodriguez weiß, es ist gut gemeint, doch er fühlt sich eher ertappt und murmelt nur leise ein »kein Problem«, bevor er aussteigt und die Tür zuknallt.

Melissa steigt ebenfalls aus, in dem Augenblick tritt Paco aus seinem Haus, mit Leandro auf dem Arm. Pitty stürmt zu Melissa. Sie versteht zuerst nicht so ganz was er will, doch als sie dann Tequila herunter hält, schleckt der große Hund traurig über den kleinen Welpen. »Was ist bei euch passiert?« Paco kommt auf sie zu und sieht seinen Bruder misstrauisch an. Er weiß, dass Rodriguez wieder einen Ausraster hatte, das ist sicher. »Nichts, was ich nicht im Griff hatte!« Rodriguez hat keine Lust auf Diskussionen mit seinem Bruder und nimmt ihm Leandro aus dem Arm, um seinem kleinen Neffen einen Kuss zu geben. Paco kommt näher zu Melissa und begutachtet ihr Gesicht ebenfalls. »Wart ihr beim Arzt?« Melissa nickt und sieht zu Rodriguez.

»War die Haushälterin bei mir, ich sterbe vor Hunger?« Rodriguez will vom Thema ablenken, zudem hängt ihm sein Magen wirklich sonstwo vor Hunger. »Nein, aber kommt rüber, sie hat eine große Paella gemacht!« Pacos Blick wandert von Rodriguez zu Melissa. Rodriguez ahnt, was im Kopf seines Bruders vor sich geht. Wieso können seine Brüder nicht irgendwann mal aufhören, sich um ihn Sorgen zu machen? Aber Pacos warnender Blick trifft ihn schon. Rodriguez ignoriert diesen, als hätte er jemals vor, etwas mit ihr anzufangen und nickt.

»Wir kommen gleich, wo ist Bella?« Sein Bruder wendet sich ab. »Die hat irgendeinen Blödsinn zu tun, also kommt, ich sage Bescheid, dass sie das Essen noch einmal warm macht!« Rodriguez sieht seinem großen Bruder nach, irgendetwas stimmt mit ihm und Bella nicht. Er deutet Melissa mitzukommen und bringt sie in sein Haus. Er zeigt ihr eines der Gästebäder, wo sie sich frisch machen kann und gibt ihr eine Decke für Tequila, bevor er sich selbst unter die Dusche stellt. Er muss an den Blick von Jorge und von Paco denken und schüttelt den Kopf.

Unmöglich, dass er jemals etwas anderes als Hass für einen aus der Dimengo Familia empfinde könnte.

Kapitel 11

Melissa steht unschlüssig vor dem Zimmer, worin Rodriguez vor einer Weile verschwunden ist. Sie hat sich gewaschen und etwas frisch gemacht. Duschen wird sie erst, wenn sie in die Villa zurückkehren, doch sie will sich unbedingt dieses blutige Oberteil ausziehen, also klopft sie an seine Tür. Es dauert kurz, doch dann ertönt wie immer ein kaltes »Ja?«. Melissa tritt ein und sofort fällt ihr Blick auf Rodriguez, der sie fragend, mit nur einem weißen Handtuch umgebunden, ansieht.

Seine Haare sind noch nass und sie muss zugeben, er sieht wahnsinnig sexy aus, wie er sie jetzt aus seinen dunklen Augen ansieht. Aber sie ruft sich in Erinnerung, wer er ist und wendet den Blick verlegen ab. »Ich wollte fragen, ob du irgendetwas hast, was ich anziehen kann, ich würde das Shirt gerne wechseln.« Rodriguez betrachtet ihr mit Blutflecken übersätes Oberteil. »Ich denke nicht, dass dir etwas passen wird, aber bediene dich!« Er deutet auf seine Kleiderschränke.

Melissa öffnet sie und ist verwundert. Sie hätte ihm nicht zugetraut, dass er auf so etwas wie Mode wert legt. Sie hat ihn bisher ja fast immer nur in den Security-Sachen gesehen, aber hier im Schrank findet sich alles, von feineren Sachen bis hin zu Nike-Shirts und Schuhen. Sie hält sich einiges davon an, doch sie würde darin eher schwimmen, er ist wirklich gut gebaut. Sie sieht in einer Schublade ein paar Unterhemden und greift schließlich zu einem von den einfachen weißen. »Danke, ich werde es mir schon zurecht fummeln.«

Rodriguez kommt auf sie zu und als er genau hinter ihr steht, greift er über sie in den Schrank und zieht sich einfach blind ein Shirt heraus. Sie riecht seinen Duft. Ihr ist die Nähe zu ihm zwar nicht mehr unangenehm, doch sie hat das Gefühl, er will sie extra in Verlegenheit bringen. Das kann sie viel besser, sie dreht sich um und steht nun ganz nah vor ihm. Sie war noch nie eine Frau, die extra mit ihren Wimpern klimpert oder einen Schmollmund zieht, aber sie kennt ihre Wirkung auf Männer und schaut ihm direkt in die Augen.

»Wieso hasst du mich so?« Damit hat sie ihn. Rodriguez blickt zu ihr hinunter, da sie ungefähr einen Kopf kleiner als er ist, wenn sie keine Absatzschuhe trägt. Er scheint nicht zu wissen, was er sagen soll. Doch dann kneift er leicht die Augen zusammen, als passe ihm seine Antwort selbst nicht so ganz. »Ich hasse dich nicht, es sind halt … blöde Umstände!« Melissa sieht ihn herausfordernd an. »Erkläre sie mir!« Er wendet sich ab und zieht sein Shirt über. »Das ist nicht so einfach zu erklären, denn um das zu können, muss ich noch genauere Sachen über dich erfahren.«

Das war klar, er versucht aus allem einen Deal zu machen, doch Melissa fragt sich schon die ganze Zeit, was dahinter steckt und geht auf sein Spiel ein. »Okay, was willst du wissen?« Sie setzt sich bereitwillig auf das große Bett, sie wird ihm niemals alles sagen, aber mal sehen, was er wissen will, um selbst seinen Mund aufzubekommen. Doch in diesem Moment klingelt sein Handy kurz und er schaut auf das Display. »Das Essen ist fertig, aber ich werde heute noch darauf zurückkommen.« Melissa nickt. »Okay, abgemacht.«

Sie geht schnell in das Zimmer zurück und ins Bad. Selbst das Unterhemd ist noch etwas weit. Sie knotet es am Saum ihrer Hose zusammen, sodass es dann doch ziemlich sexy aussieht. Ihn zu fragen, ob er zufällig etwas Schminke hier hat, lässt sie, sie ist heute eh zu fertig, um darauf noch Wert zu legen und geht wieder hinaus ins Zimmer. Zu ihrer Verwunderung sitzt Rodriguez auf dem Bett, wo sie Tequila drauf gebettet hat und sieht nach ihm. Auch bei ihm hatte sie schwer den Verdacht, dass Rodriguez ihn hasst, aber nun begutachtet er den Kleinen. Als er Melissa entdeckt, nimmt er ihn sogar hoch und gibt ihn ihr.

»Lass uns gehen.« Melissa fühlt sich immer noch komisch, auch wenn sie jetzt weiß, dass die Surenas nicht mit den Muertas zusammenarbeiten und nur beobachten wollen, was auf ihrem Gebiet geschieht, hat sie ein mulmiges Gefühl im Bauch, als sie im Garten bei Rodriguez' Bruder sitzt und sie zusammen um einen großen Tisch essen. Neben dem kleinen Leandro, der ihr als Einziger kein komisches Gefühl gibt, sondern sie alle zwei Minuten zuckersüß angrinst, ist nun auch noch ein weiterer Mann bei ihnen. Mano, ein im Vergleich zum Auftreten der beiden Brüder relativ nett wirkender Mann. Sie alle essen Paella, die wirklich gut schmeckt.

Die Männer diskutieren über den Auftritt von Don Carlos und wie viele von ihnen dorthin sollen. Sie sehen zwar gelegentlich zu Melissa hinüber und Rodriguez nickt zu ihrem Teller um ihr anzudeuten, mehr zu essen, doch sie stören sich ansonsten nicht weiter an ihr. Dass es zufällig ihr Konzert ist und Don Carlos nur einen kurzen Auftritt hat, scheint für sie genauso unwichtig. Melissas ungutes Bauchgefühl wird noch verstärkt. Es wäre so viel besser, wenn sie nicht kommen würden. Je weniger Leute, die etwas mit diesen Familia zu tun haben, desto besser.

Die Brüder sehen das offensichtlich nicht anders. Paco und Rodriguez wollen, dass alle dem Konzert fern bleiben, was Melissa am liebsten wäre, doch Mano meint, viele, einschließlich der Frauen, haben sich schon längst die Karten besorgt, was dann Paco sauer werden lässt. Schließlich einigen sie sich darauf, dass ein Paar und wirklich nur ein Paar mitgehen, um das Konzert im Auge zu behalten. Was mit den Frauen ist, bekommt Melissa nicht mehr mit, Paco sagt, er klärt das später.

Kurz danach brechen Rodriguez und sie auch wieder auf. Sie müssen zurück zur Villa, Jorge und Dios gehen garantiert schon davon aus, dass sie und er etwas zusammen haben, aber besser sie denken das, als wenn sie die Wahrheit kennen. Auf dem Rückweg will Melissa wieder auf ihre Vereinbarung zurückkommen, doch Rodriguez bekommt einen Anruf und redet ohne Unterbrechung mit einer Frau. Melissa bekommt nur Bruchteile mit, es geht wohl um Geld, was er geben will, doch sie lehnt es ab.

Plötzlich wendet er. »Wir müssen noch kurz woanders hin!« Melissa sieht zu ihm und will etwas dagegen sagen, weil sie eigentlich nur noch in die Villa und schlafen möchte, doch dann lässt sie es sein, heute ist eh schon alles egal.

Sie halten ein paar Minuten später vor einem einfachen Haus im Vergleich zu denen, die sie bisher in Sierra kennen gelernt hat. »Ich warte hier!« Melissa hat keine Lust mir rein zu gehen, Rodriguez schüttelt den Kopf und steigt aus. »Du bist hier nicht in L.A., ab einer gewissen Uhrzeit sollte man nicht mehr alleine irgendwo sein!« Melissa bleibt erst sitzen, doch als sie sich dann umsieht in der dunklen Straße, steigt sie grummelnd aus. Rodriguez wartet vor der Tür auf sie. Er verkneift sich einen Kommentar, doch sie sieht es in seinem Grinsen.

Die Tür wird von einer älteren Frau mit langen grauen Haaren und tiefen Falten im Gesicht geöffnet. Sie lächelt, als sie Rodriguez erblickt und er nimmt die Frau in den Arm. Hinter ihr taucht ein Mann auf, der ihnen beiden freundlich zunickt. Die Frau bittet sie herein. Rodriguez räuspert sich. »Mona, das ist Melissa.....« Die Frau streckt die Hände nach ihr aus und unterbricht ihn »Melissa Dimengo! Meine Tochter hat deine Musik sehr geliebt.« Melissa lächelt die Frau an. »Komm, ich zeig es dir.« Sie nimmt Melissas Hand und führt sie durch das schlicht eingerichtete Haus. Wer sind diese Leute, es können nicht seine Eltern sein, nicht nachdem sie gerade in seinem Haus war.

Rodriguez will sie aufhalten. »Mona, wir müssen gleich wieder...« Doch die Frau will Melissa unbedingt in den hintersten Raum des Hauses bringen. Sie öffnet ihn, Melissa sieht auf ein aufgeräumtes Mädchenzimmer. Die Mutter bringt sie zu einem Regal, wo viele CDs gestapelt sind. Melissa entdeckt ihre gesamten Alben und lächelt. »Schön, das freut mich, kommen sie auch zum Konzert übermorgen?« Sie sieht sich die Bilder an, die ebenfalls auf dem Regal stehen und sieht ein lachendes hübsches Mädchen mit Freunden.

Eines ist vor zwei Jahren in einen Freizeitpark aufgenommen worden mit ihren Eltern, das Datum steht da und Melissa sieht zweimal hin. Ist das ein und dieselbe Frau, die Mutter kann doch unmöglich in zwei Jahren so gealtert sein? Da entdeckt sie ein Bild mit dem Mädchen und Bella, Sam und Sara.

Sie dreht sich um und erst da bemerkt sie, dass die Frau ihr nicht geantwortet hat und jetzt sieht sie, wie sie krampfhaft versucht, ihre Tränen runterzuschlucken. »Selena wäre sicher gekommen, es hätte sie nichts davon abhalten können, aber sie ist nicht mehr bei uns. Sie ist bei einem Unfall ums Leben gekommen.« Jetzt erklärt sich alles, Melissa kämpft selbst mit den Tränen, als sie die Trauer der Mutter erkennt. »Das tut mir so leid, ich ..« Melissa fehlen die Worte. »Es ist okay, sie ist an einem besseren Ort. Und ich weiß, dass sie jetzt vom Himmel heruntersieht und sich freut, dass du hier bei uns bist.« Melissa nimmt die ihr eigentlich fremde Frau in den Arm, sie kann ihren Schmerz so gut nachvollziehen. Als sie sich wieder löst, lächelt sie. »Was war ihr Lieblingslied?« Die Frau lacht. »Dieses Liebeslied 'Ich habe die Engel weinen gesehen, als du gegangen bist'.« Melissa drückt ihre Hand. »Ich werde dieses Lied singen, nur für Selena.«

Nachdem die Mutter ihr gedankt und noch ein weiteres Bild gezeigt hat, sieht Melissa zur Tür, wo Rodriguez angelehnt steht und sie beobachtet. Dann tritt er ein. »Mona, wir müssen leider gehen!« Er gibt der trauernden Mutter einen Stapel Scheine in die Hand. »Bitte, wenn etwas ist, sagt mir schneller Bescheid, ich bestehe darauf.« Die Mutter küsst die Stirn von Rodriguez. »Gott segne dich, aber wir können das nicht..« Rodriguez gibt ihr einen Kuss und greift plötzlich nach Melissas Hand und zieht sie aus dem Raum. »Nein nein, die Diskussion hatten wir schon zu oft, ihr sollt nicht noch mehr Sorgen haben. Sobald ich mehr Zeit habe, komme ich wieder vorbei.« Er dreht sich noch einmal um, die Frau lächelt. »Passt auf euch auf, Gott möge euren Weg schützen.« Rodriguez lächelt ihr auch zu, und Melissa winkt mit der freien Hand. Auch der Vater verabschiedet sich leise und sie verlassen das Haus.

Melissa wischt sich eine Träne weg, die ihr doch aus den Augen entflohen ist und bemerkt, dass Rodriguez noch immer ihre Hand umfasst. Im selben Moment muss er es auch bemerken und lässt sie blitzschnell los. »Lass uns zurück fahren.«

Paco sitzt im Garten seines Hauses. Leandro hat er gerade ins Bett gebracht. Er war heute den ganzen Tag mit seiner kleineren Ausgabe zusammen. Es war wirklich schön, so viel Zeit mit ihm zu verbringen, auch wenn ihn der Grund dafür noch immer sauer macht. Er versteht seine Frau einfach nicht. Er liebt Bella über alles, mehr als alles andere auf der Welt, doch er kommt gerade mit ihrer Art nicht zurecht. Sie muss doch irgendwann einmal einsehen, dass sie nicht so unvorsichtig sein kann. Er dachte, dass sich mit der Geburt von Leandro ihre sture Art legen würde, doch gerade fragt er sich einfach nur, ob sie das aus Prinzip macht oder ob sie wirklich so uneinsichtig ist.

Jetzt, wo dieser Dios hier ist, diese ganze Geschichte so unklar ist, wenigstens da könnte sie einsichtiger sein, aber Bella macht genau jetzt das größte Theater. Jennifer, Sara, sie alle verstehen den Ernst der Lage. Er will nicht, dass es zwischen ihnen so schlecht läuft wie gerade, es tut ihm weh, Bella so wie heute morgen zu sehen.

Er ist von der Feier nach Hause gekommen und hat sie mit Leandro im Arm auf ihrem gemeinsamen Bett vorgefunden. Die beiden wichtigsten Menschen in seinem Leben haben dort gelegen, er hat sich in einen Sessel gesetzt und sie beobachtet. Irgendwann muss Bella aufgewacht sein und hat ihn wach gemacht, sofort ging es los. Sie war gar nicht zu bremsen. Wo er war, was er sich denkt so lange wegzubleiben ohne Bescheid zu geben, ob er Spaß mit den Chicas hatte. Das war der Punkt, wo auch Paco ausgeflippt ist,

Bella sieht noch immer nicht wie sehr er sich geändert hat. Er hat alles für sie, ihre Familie aufgegeben, alles, was er nie vorhatte. Er ist kein Anführer mehr, geht nicht mehr feiern, nimmt nicht mehr an den gefährlichsten Aktionen teil, doch sie traut ihm noch immer nicht. Egal, was er tut, sie sieht es nicht.

Er hat die halbe Nacht mit Don Carlos und Samir im Garten gesessen und geredet, keiner von ihnen hatte eine Chica. Paco hat es einfach genossen, mal wieder unter den Jungs zu sein und einen freien Kopf zu haben. Dass sie noch immer so von ihm denkt nach allem, macht ihn wütend.

Dann ist sie einfach gegangen. Sie hat ihm Leandro in die Hand gedrückt, gesagt, heute ist ihr Tag und ist gegangen. Er muss mit ihr reden, so geht es nicht weiter, er will nicht, dass sie sich so voneinander entfernen. Sie ist sein Leben. Er wählt Bellas Nummer doch ihr Handy ist aus.

Melissa öffnet die Augen, es ist der letzte Tag vor ihrem Konzert. Der letzte Tag vor dem Moment, der ihr Leben für immer entscheiden wird. Ihr Magen spielt verrückt, auf der Uhr erkennt sie, dass sie diesen letzten Tag auch noch halb verschlafen hat. Wenigstens hat sie gerade mit Emilia reden können. Bei ihnen in L.A. laufen die Vorbereitungen wenigstens ohne Komplikationen. Tequila scharrt an der Tür, weil er raus muss. Melissa steht auf. Gestern muss sie auf dem Rückweg eingeschlafen sein. Sie wollte noch alles mit Rodriguez besprechen, den Grund für seinen Hass erfahren und wieso das alles so eine lange Geschichte sein soll. Aber Pepo hat angerufen um zu fragen, wo sie bleiben, da muss sie eingeschlafen sein. Sie weiß noch, dass jemand sie hochgenommen hat, aber sie war zu müde, um ihre Augen zu öffnen. Der Schlag von Luis hat wohl seine Nachwirkungen gezeigt.

Sie hat sich nur ein paar Mal mit ihm getroffen und schnell seine aggressive Ader gespürt. Für die Presse waren sie das perfekte Traumpaar, doch sie ist ihm schnell aus dem Weg gegangen. Im Flugzeug hat sie Luis dann mitgeteilt, dass sie keinen Kontakt haben will, sie wusste, dass sie ihn eh niemals wiedersehen wird. Dass er so austickt und herkommt, hätte sie nicht erwartet.

Als sie die Tür öffnet, registriert sie eine ungewohnte Stille in der Villa. Melissa sieht sich verwundert um, bevor sie Tequila in den Garten lässt. Es ist niemand zu sehen, keine Spur von Jorge, Dios oder einem der Surena-Männer. Haben sie sie etwa allein gelassen? Sie geht zurück in ihr Zimmer und versucht Jorge zu erreichen, doch er geht nicht an sein Handy. Sie läuft durch das Haus und bleibt vor dem Zimmer von Rodriguez und Hernandez stehen. Melissa nimmt ein Geräusch wahr und klopft. »Wieder da?«, ertönt es verschlafen, sie erkennt Rodriguez. Melissa öffnet beruhigt die Tür, sie ist nicht ganz allein. Der Raum ist komplett abgedunkelt, also schaltet sie das Licht an. Er liegt noch im Bett und blickt sauer auf.

»Wo sind alle hin?« Rodriguez legt sich wieder hin. »Schalte das Licht aus!« Melissa wirft ein herumliegendes Kissen nach ihm. »Wo sind sie alle hin?« Er setzt sich jetzt ganz auf. »Melissa ich schlafe, Jorge musste noch Sachen besorgen für deine Bühnenklamotten und Dios wollte auch mit, weil er auch noch was weiß ich besorgen soll, Pepo und Hernandez begleiten sie, Miko ist bei seiner Freundin und pennt wahrscheinlich gerade, was ich auch gerne würde!«

Melissa fällt ein, dass Jorge noch ein paar Sachen besorgen wollte. »Warum hat er mich nicht wach gemacht?«, murmelt sie leise zu sich selbst. »Du solltest dich ausruhen nach gestern.« Melissa geht schnell zum Spiegel am Kleiderschrank und sieht sich die Erinnerungen von gestern an. Ihre Nase ist zum Glück nicht mehr geschwollen, nur etwas gerötet, ihre Wange etwas blau, aber nichts, was man nicht mit gutem Make-Up wegbekommen würde.

»Zeig mal her!« Melissa dreht sich zu Rodriguez um, der sich mittlerweile zum Aufstehen an die Bettkante gesetzt hat. Sie wundert sich zwar über seine plötzlich etwas freundlichere Art, aber sie geht zu ihm und setzt sich neben ihn. Er sieht sich ihre Nase genau an, dann berührt er sie vorsichtig mit seinem Finger. »Tut das noch weh?« Melissa schüttelt den Kopf, obwohl es noch weh tut, aber bevor irgendetwas morgen noch geändert wird, lebt sie lieber mit den Schmerzen.

Rodriguez zieht die Augenbrauen zusammen und sieht ihr in die Augen. Warum hat sie bei ihm das Gefühl, dass er ihr sofort in die Seele sehen will? Dass er am liebsten jedes ihrer Geheimnissen hervorholen würde, obwohl sie ihn erst ein paar Tage kennt? Ihr fällt wieder ein, dass sie noch etwas zu besprechen haben, vielleicht ist es sogar ganz gut, wenn sie allein sind. Aber erst einmal muss sie etwas essen, die Haushälterin hat angefangen das Frühstück zu machen. Sobald sie aus ihrem Raum raus ist, duftete es nach gebratenen Eiern.

»Ich gehe etwas essen, kommst du auch?« Rodriguez sieht zur Uhr an der Wand und nickt. »Ich muss eh gleich los.« Also wird wieder nichts daraus, dass sie sich die Fragen beantworten. Melissa sieht noch einmal in seine dunklen Augen, steht dann auf und geht in die Küche. Wahrscheinlich ist es besser so, sie sollte sich jetzt niemandem anvertrauen und schon gar nicht jemandem aus einer Familia. Wenn sie eines in den Jahren gelernt hat, dann das.

Melissa setzt sich hin und wartet auf das Essen, sie würde gerne einige Fragen beantwortet haben, aber letztlich spielt das alles bald sowieso keine Rolle mehr. Sie wird dann diese ganzen Geschichten vergessen und ein anderes Leben führen. Wenn Rodriguez weg muss, fährt sie gleich nach dem Frühstück noch einmal zum Platz, wo die letzten Vorbereitungen getroffen werden, noch einmal prüfen, ob alles stimmt.

Melissa driftet wieder ab, sie geht jedes Detail haargenau durch, sie überlegt, ob sie etwas vergessen, übersehen hat. Was passieren kann, wenn auch nur eine Sache nicht nach Plan läuft. Und es ist dieses Mal anders. Die ganzen Wochen war es noch so weit weg, jetzt ist es plötzlich nur noch einige Stunden entfernt. Die Haushälterin stellt ihr einen Teller hin, in dem Melissa gedankenverloren herumstochert. Ein Fehler und sie verliert alles, wirklich alles.

Ihr Magen dreht sich um, sie rennt ins Bad und übergibt sich.

Kapitel 12

Adriana versucht sich zu konzentrieren, sie atmet ein und aus, versucht ihren Pulsschlag zu kontrollieren, doch es gelingt ihr nicht. Sie sieht den vielen Menschen ins Gesicht, hört die vielen Stimmen. Und plötzlich ist es wieder da, dieses taube Gefühl, was über ihren Körper herrscht. Als wäre er eingeschlafen, sie bekommt Angst, ihr Pulsschlag verdoppelt sich noch einmal. Sie würde sich am liebsten verstecken, weg von hier, dann hakt sich Bella bei ihr ein und streicht über ihren Arm. »Wir entspannen uns jetzt alle einmal etwas!« Adriana lächelt leicht und nickt.

Sie konzentriert sich beim Betreten des Einkaufszentrums auf die Gesichter von Sara und Bella, ihre Stimmen. Und es hilft, sie beruhigt sich wieder etwas. Sie hat Panikattacken, so hat Bella ihr es beschrieben, was sie erlebt, wenn sie unter Leute geht. Doch noch nie war es so schlimm wie jetzt, wo sie mit den beiden Frauen die Einkaufsläden entlang läuft. Sie wusste, es war keine gute Idee. Sie hat das auch nur gemacht, um Chico zu zeigen, dass es ihr besser geht. Sie sieht, wie ihn jeder Fortschritt beruhigt. Sie will ihm auch einmal etwas Gutes tun, wenn es auch das Einzige ist, was sie machen kann und es im Gegensatz zu dem, was er alles für sie tut, nicht gerade viel ist.

Sie laufen an einigen Geschäften vorbei und steuern einen Laden an, den Bella und Sara wohl bevorzugen. Sara hat sie heute morgen mit dem Wagen abgeholt, Leandro haben sie zu Bellas Mutter gebracht. Ihr ist aufgefallen, dass Bella müde und geschafft aussieht, Sara musste während der Fahrt die Seiten mit Bella tauschen, weil ihr wegen der Schwangerschaft schlecht wurde. Sie hat Panikattacken, also bezweifelt Adriana, dass einer von ihnen wirklich diesen Tag genießen wird, aber sie wird sich alle Mühe geben es zu probieren.

Chico hat ihr beim Hinausgehen Geld zugesteckt, was sie zuerst nicht nehmen wollte, doch er hat darauf bestanden und hat gesagt, er wird enttäuscht sein, wenn sie nicht den letzten Cent ausgegeben hat. Sie sieht sich im Laden um, hier gibt es massenweise schöne Anziehsachen. Sara und Bella gehen die Reihen durch und nehmen sich von fast jeder Stange etwas, auch wenn Sara dabei immer meckert, dass sie da eh nicht mehr hineinpasst. Adriana folgt ihnen und fasst vorsichtig die schönen Oberteile an. Wo sie herkommt, gab es nur einen Wochenmarkt, auf dem sie sich Anziehsachen gekauft haben. Es gab nicht viel Auswahl bei den Farben, sie mussten es meistens selbst einfärben.

Doch schon bei Orlando hat sie gesehen, dass es anders geht. Den Frauen wurden immer Kleider reingebracht und sie mussten diese anziehen. Sie waren zu kurz und zu freizügig, nicht zu vergleichen mit dem, was es hier so gibt. »Wieso probierst du es nicht an? Es würde dir bestimmt gut stehen!« Bella lächelt Adriana ermutigend an,. Erst da bemerkt sie, dass sie verträumt vor einem hellblauen Kleid steht und den weichen Stoff befühlt, sie muss sich mehr konzentrieren, sie driftet viel zu sehr ab.

Sie nimmt das Kleid und sieht auf das Preisschild, nur um es erschrocken zurückzuhängen. Bella lacht und hebt den Finger. »Denk daran, du sollst jeden Cent ausgeben!« Adriana kramt in der Tasche, sie hat nicht gesehen wie viel Chico ihr mitgegeben hat. Es reicht garantiert, wenn sie sich eine Sache hier aussucht, doch als sie den Stapel Scheine durchgeht, wird ihr schlecht, sie müsste sich zehn solcher Kleider kaufen. Was denkt Chico sich dabei, ihr so viel Geld mitzugeben? Bella bemerkt schnell, dass Adriana die Sachen zwar schön findet, sich aber nicht traut und nimmt sich ihrer an.

Eine Stunde später steht sie in der Umkleidekabine und betrachtet sich fasziniert im Spiegel. Was ein paar neue Klamotten alles ausmachen können. Trotzdem hat sie kein gutes Gefühl, als sie anschließend zwei neue Hosen, zwei Kleider und einige schöne Oberteile an der Kasse bezahlt. Es wird auch nicht gemildert, als sie auf die Stapel von Bella und Sara blickt. Sie gehen noch in ein Schuhgeschäft und mit ein paar schönen neuen Schuhen hat

Adriana fast ihren Auftrag ausgeführt. Als sie sich anschließend in ein gemütliches Restaurant setzen, an einen Tisch in der Ecke, geht es Adriana besser. Hier kann sie durchatmen, sie fühlt sich nicht mehr so beobachtet, als würde ihr jeder Mensch ansehen, dass etwas mit ihr nicht stimmt. Sie hat das Gefühl, als wäre auf ihrer Stirn geschrieben, dass sie gestört ist, nicht mehr zu retten, ihre Seele so vernarbt, dass sie sich nur noch verstecken will.

Sie bemerkt die Blicke der anderen Leute der Familia von Chico, sie sieht, wie sie zwischen Mitleid und Unverständnis wanken und sie hasst es so sehr, dass sie nur um ihm einen Gefallen zu tun, mitgeht. Ihn, sie muss lächeln, als sie an Chico denkt. Er war von Anfang an ihr Anker, vielleicht war es genau diese hilflose Art von ihm, die sie gebraucht hat, genau wie sie wusste er nicht mit der Situation umzugehen, war überfordert. Doch sie hat bei ihm von Anfang an gesehen, dass er ihr helfen wollte, aus ganzem Herzen helfen wollte. Bei ihm hatte sie nicht das Gefühl, ihre Ängste verstecken zu müssen, sie hat sich sicher gefühlt, fühlt sich immer noch sicher in seiner Nähe und dafür ist sie ihm dankbar.

Mit der Zeit sind noch andere Gefühle dazugekommen, als er sie geküsst hat, hat es sich schön angefühlt. Sie dachte, dass sie so etwas nie wieder haben will, nie wieder in die Nähe eines Mannes kommen will, aber seine Nähe fühlt sich gut an. Doch seit dem Kuss hat er sie zwar ab und zu umarmt und ihr auch einen kurzen Kuss gegen, ihre Hand genommen, aber so eine Nähe ist nicht noch einmal vorgekommen.

Es hat ihm bestimmt nicht gefallen, sie hat keine Erfahrungen und wurde dann durch Orlando verschmutzt. In ihrem Dorf in Kolumbien ist so ein Leben, wie Bella und alle anderen es hier führen, nicht üblich. Adriana hatte nie einen Freund, so etwas macht man bei ihnen nicht. Erst wenn der Junge mit den Eltern zu ihnen nach Hause kommt und den Vater um Erlaubnis fragt, darf man sich mit einem Mann treffen. Sie hatte auch nicht die Zeit für so etwas.

Zwei Männer waren bei ihrem Vater, doch sie hat abgelehnt, weil sie sich um ihren Vater kümmern musste, er hatte ja niemand anderen. Natürlich war sie schon verliebt und hat gefallen an einigen gefunden, aber geküsst hatte sie noch niemanden. Dann kamen Orlandos Männer, haben alle getötet, die sie liebt. Er hat ihr das genommen, was einen so großen Wert für sie hatte und sie für immer beschmutzt.

»Alles okay?« Wieder ist es Bella, die sie aus ihren Gedanken befreit, sie muss sich das abgewöhnen. Adriana nickt und widmet sich der Pizza, die sie bestellt hat. Bella und Sara reden über das morgen stattfindende Konzert. Bella erzählt davon, dass sie gestern Nacht einen der im Moment täglichen Streits mit Paco hatte. Es war so schlimm, dass sie danach bei Leandro geschlafen hat. Es ist Bella anzusehen, wie traurig sie das alles macht. Er wollte ihr den Konzertbesuch verbieten. Doch Bella ist auf seine Vorwürfe und Diskussionen gar nicht eingegangen und hat ihm gesagt, dass Sara, Sam und sie gehen werden, auch wenn er platzt. Auch Sara scheint besorgt wegen Bella und Paco und schlägt vor, dass, wenn etwas Ruhe ist, sie beide einfach mal wieder etwas allein machen sollen, zusammen wegfahren. Doch Bella schüttelt den Kopf, sie hat die Befürchtung, alles wird dann nur viel schlimmer und sie schlagen sich die Köpfe ein.

Sie sagen, dass von den Männern, Rodriguez, Miko, Paco, Juan und Chico dabei sein werden. Einige andere werden sich um den Platz postieren, um alles abzusichern. Bella wendet sich an sie und fragt, ob sie nicht auch mitkommen möchte, doch Adriana schüttelt schnell den Kopf. So viele Menschen auf einmal schafft sie wirklich noch nicht, auch wenn sie daran glaubt, dass Melissa Dimengo eine gute Person ist und nichts mit den Machenschaften ihres Bruders zu tun hat. Das bedeutet, dass sie morgen Abend allein ist, ganz allein, wenn Bella auch weg ist. Sie nimmt sich fest vor das durchzustehen, Chico nicht noch einmal davon abzuhalten, das zu tun, was er muss und bei ihr zu bleiben. Morgen Nacht wird eine schwere Prüfung für sie.

Bella und Sara beginnen zu schmunzeln, als sie von Melissa und Rodriguez reden. Sie haben beobachtet, dass sich Pacos Bruder doch mehr als er müsste um die Sängerin kümmert und er in manchen Situationen seine kalte Art ablegt. Bella freut sich besonders darüber, da sie ihren Schwager sehr ins Herz geschlossen hat. Als Adriana vorsichtig nachfragt, ob sie denken, dass zwischen ihnen etwas wird, verneinen beide allerdings sofort. Auch wenn es sie freut, dass er sich etwas öffnet, glauben sie nicht daran, dass eine Frau es schafft, Rodriguez' Mauer einzureißen.

»Wir freuen uns aber, dass es dir etwas besser geht und du mit uns mitgekommen bist!« Sara nimmt über den Tisch Adrianas Hand und streichelt darüber. Adriana lächelt, es ist sehr nett, wie viel Mühe sich alle geben, etwas zu retten, was nicht zu retten ist, sie ist zu kaputt, sie kann nicht einmal allein auf die Straße gehen.

Bella lächelt ebenfalls. »Weißt du, ich habe nicht das gleiche erlebt, Adriana, aber Sara und ich sind entführt worden. Wir sind damals mehrere Stunden in einem Auto festgehalten worden, es waren die schlimmsten Stunden meines Lebens. Wir dachten, das war es, wir würden die nächsten Stunden nicht überleben. Ich hatte mich gedanklich schon damit abgefunden zu sterben, hatte schon fast mit dem Leben abgeschlossen. Dieses Gefühl, eine Waffe am Kopf zu haben und zu denken, er könnte jede Sekunde abdrücken, werde ich niemals mehr vergessen. Zum Glück wurden wir gerettet, bevor noch Schlimmeres passiert ist, aber es war auch danach die Hölle. Ich konnte nicht schlafen, nicht essen, dieses Angstgefühl hat mich so lange verfolgt.«

Sara nickt, und Adriana reißt ihre Augen auf, sie beschreiben genau, wie es ihr geht. »Mich auch, manchmal träume ich immer noch davon. Es war die Hölle!« Sara streichelt ihren Babybauch. »Was ich sagen will, Adriana, es geht nicht weg, es wird dich dein Leben lang begleiten. Aber es wird besser, das musst du uns glaube. Und wir alle, wirklich alle werden dir dabei helfen.« Sie lächelt und Adriana steigen die Tränen in die Augen.

Melissa hat sich zurückgezogen. Hier in der Villa hat sie nicht viele Möglichkeiten dazu. Sie war den ganzen Tag bei der Bühne, hat noch einmal jeden Millimeter überprüft. Es ist alles vorbereitet, jetzt kann sie nichts mehr tun, nur noch abzuwarten und beten. Als sie zurückkam, waren Jorge und Dios schon wieder da. Miko, Pepo und Hernandez ebenfalls. Sie ist mit Hernandez losgefahren und hat die Karten zu der netten Familie vom Imbiss gebracht, die sich so sehr darüber gefreut haben.

Für sie tut es Melissa leid, sie würde solche Sachen noch so gerne weiter erleben, ihre Musik weitermachen, aber so wie es ist, kann sie das nicht mehr. Das, was dagegen spricht, wiegt zu viel, sodass sie sich zu diesem Schritt entschlossen hat. Dann kann sie vielleicht wieder frei atmen, in den Spiegel sehen und sagen, sie hat das Richtige getan, wenn alles gut geht.

Sie haben ganz viel Essen mitgebracht, als sie zurückgekommen sind. Rodriguez war noch immer nicht da, er hat ihr nicht gesagt, wohin er gegangen ist. Er muss mitbekommen haben, dass sie sich übergeben hat, hat an ihre Tür geklopft und gefragt, ob alles in Ordnung sei. Doch als sie raus kam, war er schon weg. Während des ganzen Essens lag Dios' Blick abschätzend auf ihr. Er ahnt etwas, sie fühlt, dass er etwas ahnt. Aber solange er nichts weiß, wird sie dieses Risiko auf sich nehmen. Er hat noch mitgeteilt, dass er morgen einige Sachen zu tun hat und dann direkt zum Konzert kommt, dabei hat er sie warnend angesehen.

Miko hat sie nach dem Essen noch einmal zur Seite gezogen und gefragt, ob die Sicherheitsleute, die sie ab morgen organisieren wollte, schon da sind. Sie hatte ihnen ja mitgeteilt, dass ab morgen andere für ihre Sicherheit sorgen. Sie hat nur genickt und gesagt, sie kommen direkt zum Konzert. Es gibt keine anderen Sicherheitsleute. Melissa will keinen weiteren Menschen da mit hineinziehen. Keinen der Surenas, der anderen Familia, keinen Menschen, es ist ihre Sache, ihr Risiko und es könnte ihr ohnehin niemand helfen.

Um Dios' Blicken und denen der anderen zu entfliehen, hat sie sich in der Villa genau umgesehen und ist jetzt hier auf dem Dach gelandet. Von hier hat man einen schönen Blick auf das Meer. Sie setzt sich an die Kante und lässt die Beine herunterfallen. Tequila, den sie mitgenommen hat, seufzt zufrieden und fährt mit seinem heilenden Schlaf fort. Sie genießt den Blick über das Meer. Aber als sie anfängt sich zu fragen, ob sie die richtige Entscheidung getroffen hat, zwingt sie sich umzudenken, es ist jetzt nicht mehr zu ändern.

»Hier bist du!« Melissa sieht sich um und entdeckt Rodriguez mit einer Dose in der Cola in der Hand auf sie zukommen. Sie atmet erleichtert auf, nur um sich zu fragen, weshalb. »Von hier kannst du aufs Meer sehen!« Sie zeigt in die Richtung, in die sie schon so lange schaut und er setzt sich neben sie. »Du solltest aufpassen, dass du nicht runterfällst.« Melissa lächelt, das wäre wahrscheinlich die einfachste Lösung. »Was war heute morgen, hast du Lampenfieber? Das ist doch sicher nicht dein erstes Konzert.« Melissa beobachtet, wie die Sonne in das Meer eintaucht, das letzte Mal vor morgen.

»Nein, das ist es nicht, aber dieses ist das Entscheidende!« Rodriguez sieht zu Tequila. »Wieso hörst du auf? Du bist doch noch jung, oder hast du schon zu viel Geld verdient?« Das werden sie alle denken, Melissa hat genug Geld und keine Lust mehr, sie alle haben so ein oberflächliches Bild von ihr, das hat sie schon immer traurig gemacht, aber es ist auch nicht zu ändern. »Nein, es hat andere Gründe.« Rodriguez scheint jetzt die Unterhaltung führen zu wollen, die sie schon gestern hätten haben sollen. »Als Dios letztens diesen Kerl erwähnt hat, José, wieso hat dich das so schockiert? Wieso hattest du die ganzen Jahre keinen Kontakt zu deinem Bruder? Ich meine, Blut ist doch letztlich dicker als Wasser?«

Wie oft sie das schon gehört hat. Sie beginnt Tequila zu kraulen und erzählt etwas, einen Teil des Horrors, den sie unter ihrem Bruder erlebt hat, wieso sie so geworden ist, in der Hoffnung danach, selbst Informationen zu bekommen. »Das ist eine lange Geschichte, Rodriguez, es ist viel, viel passiert. Ich glaube, alles hat angefangen, als ich ungefähr dreizehn war. Davor habe ich zwar viel gesehen und mitbekommen, aber als Kind stellt man solche Dinge nicht infrage. Man kennt es nicht anders. Doch je älter ich wurde desto mehr habe ich mich dagegen aufgelehnt.

Ich weiß nicht, wie viel du über die Geschäfte meines Bruders weißt, aber er ist ein Teufel gewesen. Ich habe angefangen, heimlich die Frauen zu befreien, die er gefangen genommen hat. Ich habe ihnen nachts Essen und Trinken gebracht, ich konnte all das Leid nicht mit ansehen. Ich habe angefangen ihn zu hassen, meine Eltern wussten davon, doch außer dem Geld, was das alles eingebracht hat, hat sie nichts interessiert, also habe ich angefangen, auch sie zu hassen. Ich konnte das nicht akzeptieren.« Sie stoppt und sieht zu Rodriguez, dessen Blick auf ihr ruht. Sie schämt sich, es ist nicht üblich zu sagen, dass man seine Eltern hasst, aber bei ihr war es so.

»Ich weiß, sie sind meine Eltern...« Rodriguez hebt kurz die Hand. »Nein, ich verstehe das, erzähl weiter.« Melissa wendet den Blick wieder ab, noch immer schämt sie sich für ihre Familie. »Ich wollte auch nicht von seinem Geld leben, deswegen habe ich früh mit der Musik angefangen. Natürlich hat mein Bruder mitbekommen, wie ich mich auflehne. Ich habe sehr viel Schläge von ihm bekommen, jeden Abend. Doch es hat mir nichts ausgemacht, wenn ich wusste, ein paar Frauen waren frei oder sie hatten etwas im Magen, ging es mir besser und ich habe die Schläge dafür ertragen. Es wurde schlimmer, als sie mit anderen Familias neue Geschäfte abgewickelt haben. Sie haben angefangen Leute zu entführen, Männer, Frauen, Kinder aus wohlhabenden Familien. Sie haben sie gefangen gehalten, bis die Familie eine hohe Summe an Lösegeld gezahlt hat.

Das waren die zwei Haupteinnahmequellen. Ich habe entdeckt, wie viele Familias da mitmachen und wurde machtlos, ohnmächtig. Es war so viel Leid, ich konnte nichts mehr dagegen tun. Ich hatte nicht die Macht zu helfen, das hat mir die Luft zum Atmen genommen. Ich habe gesehen, wie kleine Kinder aus reiner Geldgier in einen Holzschuppen gesperrt wurden. Ich werde das alles nie wieder vergessen.

Mein Bruder hat mich nicht mehr in den Griff bekommen. Seine Lösung: Ein anderer sollte das tun. Er hat mir einen Mann vorgesetzt, der Anfang dreißig war. Ein schrecklich brutaler Kerl namens José, ich war damals gerade sechszehn geworden. Er hatte alles schon geplant, die Hochzeit war vorbereitet, ich hatte nichts zu sagen. In dieser Nacht wollte dieser José sich seine Braut genauer ansehen, ich habe mich mit Händen und Füßen gewehrt. Ich hatte wegen meines Bruders schon immer ein Messer unter meinem Kopfkissen und habe ihn bedroht. In der Nacht bin ich geflohen mit nichts in der Hand. Ich habe es gerade mal geschafft, eine Jeans und eine Jacke anzuziehen.

Ich hatte zum Glück schon Kontakte nach Amerika durch die Musik. Zwei Jahre bin ich dort untergetaucht, habe gekellnert, bis mein Durchbruch kam. Jede Nacht hatte ich Angst, dass sie mich holen, doch Orlando war wahrscheinlich froh mich los zu sein. Doch dann mit der Musik hatte ich plötzlich selbst Macht. Ich wurde gehört. Ich habe immer noch jede Nacht von diesen Frauen geträumt, ihrem Leid. Ich wusste, mir war es gelungen zu fliehen, aber ihnen nicht. Jede Nacht dachte ich daran, wie viele gerade leiden müssen, und dann habe ich dieses Lied geschrieben.

Ich wollte der Welt sagen, was da unten passiert, was da vor sich geht. Dann haben sich mein Bruder und die anderen wieder gemeldet, mich bedroht, mich bewacht … bis heute!« Melissa wird ruhiger, sie hat noch lange nicht alles erzählt, doch es reicht und es tut gut, sich selbst noch einmal in Gedanken zu rufen, für was sie das alles tut. Sie sieht zu Rodriguez, er sieht sie ebenfalls an, doch sie kann seinem Gesicht nicht entnehmen, was er denkt. Er ist wie ein Stein, was sie wieder auf die Frage zurückbringt, die sie stellen will.

»Und jetzt hätte ich gerne Antworten, wieso hasst du mich so?«

Kapitel 13

Rodriguez sieht Melissa an, sie war ehrlich zu ihm, dass sie so offen darüber spricht, hätte er nicht erwartet. Er glaubt ihr und es tut ihm leid, dass sie so viel mitmachen musste, auch wenn er sich sicher ist, dass sie ihm noch nicht alles gesagt hat. Also haben sie nicht nur Frauenhandel betrieben, sondern auch die für Kolumbien so typischen Entführungen gemacht. Eigentlich will Rodriguez Melissa nichts sagen, er wollte nur ein paar mehr Infos herausbekommen, doch wo sie ihn nun so ansieht, tut es ihm leid und er beschließt, ihr den Grund zu nennen.

Er erzählt ihr, wie er Orlando getroffen hat, dass sie angefangen haben, Geschäfte zusammen zu planen. Natürlich nur über den Waffenhandel, kein Surena, kein Trez Punto würde jemals solch dreckige Geschäfte wie Orlando betreiben. Er erzählt, wie sie in Kolumbien waren und hereingelegt worden sind. Als er ihr davon berichtet, kommt die Wut wieder hoch. Er erzählt ihr von Tito und Saul und dass sie sich dafür gerächt haben. Aber dann stoppt er, denn auch wenn sie ihren Bruder gehasst hat, er war ihr Bruder. Also sagt er ihr nicht, dass sie die Roña ausgelöscht haben und er es war, der ihren Bruder getötet hat.

»Okay, ich verstehe, also dachtet ihr natürlich, ich hätte etwas damit zu tun und plane etwas oder so ähnlich.« Rodriguez nickt. »So ähnlich.« Rodriguez will aufstehen, doch Melissa scheint noch mehr wissen zu wollen. »Wer war Selena? Hat sie zu euch gehört?« Rodriguez seufzt leise auf, er hatte nicht vor, hier alles preiszugeben. »Sie war eine Freundin, alle kannten sie. Sie ist mit Bella zusammen an der Uni gewesen und ich … war damals mit ihr zusammen, wenn man das so nennen kann. Sie hatte einen Unfall, und ich helfe den Eltern, so gut es geht. Die Mutter hat sehr getrauert, tut es immer noch, sodass sie ihre Arbeit verloren hat. Der Vater hat solche Angst um seine Frau, dass er seine Arbeit aufgegeben hat.«

Rodriguez weiß, dass die Trauer der beiden niemals enden wird. »Ich hätte das nie von dir ... also so hätte ich dich nie eingeschätzt, das tut mir leid, das muss schwer für dich gewesen sein.« Rodriguez muss lachen, denkt sie jetzt, er wäre ein Held? »Ich denke, du hast mich schon ganz gut eingeschätzt.« Melissa sieht ihn forschend an. »Du tust so, als wärst du eiskalt, als wäre dir alles egal, aber das bist du nicht.«

Rodriguez hasst das, es kommt ihm so vor, als würde Bella vor ihm sitzen. »Du kennst mich erst ein paar Tage und willst mich schon einschätzen können? Ich bin nicht eiskalt, mir ist nur vieles egal. Es gibt nicht viel, was mir etwas wert ist, an solchen Kram wie Beziehungen und Liebe habe ich noch nie einen Gedanken verschwendet. Wenn du das kalt nennst, bitte, ich nenne das realistisch.«

Melissa lächelt zu seiner Verwunderung. »An die Liebe glaube ich auch nicht. Also zumindest nicht an dieses für immer und ewig.« Rodriguez hält ihr seine Cola hin und sie nimmt sogar einen Schluck. »Dafür hören sich deine Lieder aber ganz danach an.« Melissa winkt ab. »Die meisten werden für mich geschrieben, es ist selten, dass ich ein Lied selbst schreibe, ich habe es irgendwann aufgegeben, weil ich es nicht schaffe, meine Vergangenheit da heraus zu halten.« Sie gibt ihm die Cola wieder.

»Aber von solchen Typen wie Luis solltest du lieber die Finger lassen.« Rodriguez ist klar, dass es ihn nichts angeht, aber er kann sich diesen Kommentar auch nicht verkneifen. »Ich weiß, das tue ich auch, aber man schätzt die Leute leider am Anfang falsch ein. Hast du bei mir ja genauso getan.«

Rodriguez muss lächeln. »Na ja, also eine verwöhnte Prinzessin bist du trotzdem.« Melissa sieht ihn verärgert an und er muss noch breiter grinsen. »Bin ich nicht, ich bin bodenständiger als viele andere Menschen, Mister 'mein Kleiderschrank ist so gross, wie der einer Frau'.« Nun sieht er sie böse an. »Das meiste davon habe ich nicht mal selbst gekauft, ich kaufe mir selten Sachen.« Melissa scheint in Fahrt zu kommen, nun ist sie diejenige, die lacht. »Also lässt der Herr auch noch einkaufen?«

Rodriguez gibt sich geschlagen. »Verwöhnte Prinzessin und frech.« Melissa lacht und sieht ihn an. »Du bist nicht wirklich kalt, nicht wenn man es schafft zu dir durchzudringen.« Rodriguez wird ernst. Sobald eine Frau solche Töne anschlägt, geht bei ihm ein Alarm los. Er steht langsam auf. »Du solltest auch reingehen, du hast morgen deinen großen Tag.« Melissa nickt und erhebt sich ebenfalls.

Melissa kommt nicht zur Ruhe, sie findet keinen Schlaf, es ist schon zwei Uhr früh und sie hat alles probiert: Gebadet, gelesen, heiße Milch getrunken. Sie braucht Kraft für morgen, um einen klaren Kopf zu behalten, doch je mehr sie sich bemüht einzuschlafen desto weniger klappt es. Sie zittert am ganzen Körper, es sind nur noch wenige Stunden und sie beginnt durchzudrehen. Als sie das Gefühl bekommt, in ihrem Zimmer nicht mehr atmen zu können, wandert sie im Haus umher. Sie erschreckt sich fürchterlich, als Rodriguez und Hernandez einige Zeit später lachend das Haus betreten, sie hatte gar nicht gemerkt, dass die beiden weg waren.

»Die war so scharf auf dich, schade, dass wir nicht mehr Zeit hatten.« Melissa steht am Kühlschrank und flucht leise, sie müssen in der Küche vorbei. »Sobald der Mist hier vorbei ist, nehmen wir uns wieder mehr Zeit für solche Sachen.« Melissa treffen Rodriguez' Worte. Also hat sie sich nur eingebildet, dass er sie mittlerweile gern hat? Beide betreten die Küche. »Was machst du noch hier?« Melissa ist sauer und ignoriert die beiden einfach, sie hat keinen Grund mit ihnen zu sprechen. »Ich bin dann mal weg.« Melissa sieht stur in den Kühlschrank, als sich Hernandez in deren gemeinsames Zimmer zurückzieht.

»Ich habe dich etwas gefragt? Ist irgendetwas passiert?« Melissa nimmt sich ein Wasser und schlägt die Kühlschranktür laut zu, dann geht sie an Rodriguez vorbei ohne ihn anzusehen. »Was interessiert dich das? Du kannst es doch gar nicht abwarten hier wegzukommen, um dich wieder um deine Schlampen kümmern zu können. Übrigens zu deiner Information, es zwingt dich niemand deine Zeit hier zu vergeuden.«

Melissa geht in den Garten, die frische Luft tut gut und auch, dass sie sich soeben selbst Luft gemacht hat. Sie sieht nicht zurück zum Haus. Trotzdem hört sie, wie Rodriguez ihr folgt. Er stellt sich genau vor sie hin und funkelt sie sauer an. »Was sollte das gerade? Ich habe dir eine ganz normale Frage gestellt.« Melissa sieht genervt weg, sie sollte ihre Wut nicht an ihm auslassen, er hat ihr nichts getan. Doch dann tritt er näher an sie heran und grinst frech.

Er weiß, dass er gut aussieht und was er für eine Wirkung auf Frauen hat, das spürt man genau. »Du bist doch nicht … eifersüchtig?« Melissa zieht die Augenbrauen hoch, hat sie sich gerade verhört? Eigentlich sollte sie diesen unsinnigen Kommentar ignorieren und gehen, doch sie weiß etwas Besseres. Nicht nur er ist sich seiner Wirkung auf das andere Geschlecht bewusst. Sie legt ihre Hand an seine Wange und hat das Gefühl, er würde wieder versuchen mit seinen dunklen Augen direkt in ihre Seele zu schauen. Sie nähert sich seinem Gesicht und küsst ihn.

Melissa hatte vor, ihn stürmisch und leidenschaftlich zu küssen, ihn aus dem Konzept zu bringen, doch als sich ihre Lippen treffen, schafft sie das nicht. Es breitet sich ein Kribbeln in ihrem Bauch aus, sodass sie selbst irritiert ist. Sie will sich schnell zurückziehen, doch Rodriguez erwidert genau in diesem Moment den Kuss, und das Kribbeln nimmt Besitz von ihrem ganzen Körper. Rodriguez umfasst ihren Nacken, aber auch er küsst sie langsam und vorsichtig. Vielleicht kam das viel zu spontan, doch es gefällt Melissa, sie genießt diesen Kuss.

Als Rodriguez den Kuss allerdings ausdehnen will und noch enger an sie tritt, bricht sie den Kuss aber lächelnd ab. Sie küsst noch einmal kurz seine Lippen und wendet sich zurück zum Haus. »Eine richtige Frau ist nicht eifersüchtig, sie kennt ihren Wert und hat keinen Grund dazu.« Mit diesen Worten geht sie siegessicher in ihr Zimmer, dieses Gefühl hilft ihr sich zu beruhigen und sie legt sich ins Bett. Auch morgen wird sie siegen, für sich und alle, die sie liebt.

Rodriguez sieht beeindruckt auf die Rasenfläche vor der riesigen Bühne, die sich zunehmend füllt. Er hätte nicht gedacht, dass sie es schaffen, so etwas Gigantisches hier entstehen zu lassen, doch es ist wirklich gut geworden. Sie sitzen an den Seiten auf VIP-Sitzen, ansonsten sind fast alle Menschen auf dem Rasen vor der Bühne versammelt. Rodriguez sieht sich um, es gibt einige Ordner, die vor der Bühne stehen und für einen ausreichenden Sicherheitsabstand der Leute sorgen, die restlichen Security-Männer werden sicherlich bei Melissa hinten sein. Er hat sie seit dem Kuss nicht mehr gesehen. Sie ist schon seit morgens hier. Er weiß auch gar nicht so wirklich, wie das passiert ist und wieso er das zugelassen hat.

Es war gut, es hat sich gut angefühlt, aber er sollte von so einem Blödsinn Abstand halten, besonders nachdem die Prinzessin danach so siegessicher abgehauen ist. »Entspann dich endlich mal, jetzt kümmern sich andere um sie.« Chico grinst ihn an und Rodriguez setzt sich, natürlich haben die anderen den Kuss durch die Kamera gesehen, er musste sich schon einige dumme Sprüche anhören. »Sagt genau der Richtige, wie viel mal hast du Adriana schon angerufen?«

Paco lacht und auch Juan sieht von seinem Handy auf. Es ist gut, mal wieder mit allen zusammen zu sein, die Frauen sitzen ebenfalls da und unterhalten sich angeregt. Jennifer ist mit den Kindern in Schweden bei ihren Eltern. Das macht Ramon immer, wenn er das Gefühl hat, dass eine Gefahr für sie bestehen könnte, doch mit Sam, Sara und Bella wäre so eine Aktion unmöglich. Um die drei zu bändigen braucht man mehr als zwei der mächtigsten Familias Puerto Ricos. Und das sie das sind, spürt man überall. Zwar waren am Eingang zwei Ordner, die nach Waffen gefragt haben, doch würde sich niemals einer an sie heranwagen, sodass sie sofort durchgewunken wurden, auch wenn jeder weiß, dass sie bewaffnet sind.

Auch spürt und sieht man die Blicke der anderen Menschen, hört das Getuschel 'die Surenas und die Trez Puntos sind da'. Rodriguez genießt es, sie haben sich diesen Respekt hart erarbeitet, den Frauen ist das eher unangenehm. Es wird schon langsam dunkel, als das Konzert beginnt. Scheinwerfer gehen an und in dem Moment sieht Rodriguez Dios kommen. Er ist nicht alleine, er hat insgesamt vier Männer dabei, die ohne Zweifel ebenfalls zur Muertas gehören. Man sieht Dios seine Verärgerung an, als ihn die Ordner Plätze ganz hinten im VIP-Bereich zuweisen. Rodriguez nickt zu den anderen, doch sie haben ihn schon entdeckt.

»Der eine Kerl, der mit der Glatze, gehört zur Roña, einer der wenigen, die überlebt haben, ich habe ihn auf Bildern gesehen.« Rodriguez sieht genau hin und trifft auf Dios' Blick. Er nickt ihm warnend zu und beobachtet, wie der Typ der Roña Dios wahrscheinlich schnell steckt, wer da alles auf der Tribüne sitzt und mit wem er die Tage zu tun hatte. Rodriguez kann sich ein Grinsen nicht verkneifen, jetzt ist es vorbei mit dem Versteckspielen.

Sobald das Konzert zu Ende ist, wird er sich Dios und die anderen Männer noch einmal höchstpersönlich zur Brust nehmen und ihnen sagen, dass sie nicht einmal im Traum daran denken sollen, nochmals einen Fuß auf Puerto Ricos Boden zu setzen.

Die Show beginnt und Don Carlos erobert die Bühne, Rodriguez sieht einem seiner besten Freunde zu, wie er mit den Frauen flirtet, seine Show abliefert und allen am Ende seiner zwei Lieder die Plaka hinhält und sagt, dass er froh ist wieder zu Hause zu sein. Bella muss lachen. »Das erinnert mich an sein Konzert in der Halle der Uni.« Rodriguez zieht zu Paco, der seinen Blick zu seiner Frau wendet.

»Ihr beide habt doch eh nichts mitbekommen, ihr wart plötzlich verschwunden und seit erst Stunden später wieder aufgetaucht.« Juan flucht leise. »Ich will so etwas gar nicht hören, damals hat das schon angefangen?« Bella zwinkert ihrem Bruder zu. »Keine Sorge, wir haben uns gut benommen.« Rodriguez bemerkt, wie Paco nach Bellas Hand greift und sieht wieder zur Bühne, als es laut wird und Melissa erscheint. Es fängt mit den typischen Sommersongs an, Rodriguez hat noch nie ein Video von Melissa gesehen und was sie zu diesen Liedern trägt, aber sie sieht sexy aus. Sie zeigt viel Haut, ihre Haare sind zu langen Locken gedreht.

»Sie sieht so schön aus«, bringt Sara es auf den Punkt. Rodriguez fühlt sich komisch, als er beobachtet, wie sich Melissa so gekonnt auf der Bühne bewegt. Der Kuss gestern hätte nicht sein sollen, wenn sie jetzt schon so in seinem Kopf herumschwirrt. »Wow, das nenn ich mal einen Hüftschwung.« Miko wackelt mit den Augenbrauen und erntet gleich einen bösen Blick von Sam. Rodriguez sieht, wie die Männer bei Dios Melissa ganz genau beobachten. »Sollen wir die Frauen lieber weg bringen?« Juan, der neben ihm sitzt, sieht ebenfalls immer wieder zu ihnen. Rodriguez schaut zu Saras Babybauch. »Sie sollten zumindest ein paar Lieder vor Schluss gehen, ich werde mir die noch einmal vorknöpfen, wenn das Konzert zu Ende ist.« Miko und Paco nicken.

Als das Konzert schon eine Weile läuft, gelingt es plötzlich einem männlichen Fan, zu Melissa auf die Bühne zu gelangen. Zwar bringen die Ordner vor der Bühne den Mann schnell wieder runter, doch Rodriguez fragt sich, wo ihre Security ist.

Das Konzert ist gut, sie wechselt von schnellen zu langsamen Liedern, die Rodriguez besser gefallen, weil man ihre Stimme wirklich hört und weil sie am meisten über Melissa aussagen. Das letzte Lied wird gespielt, es ist ein Abschiedslied. Paco wendet sich an die Frauen und will, dass sie schon langsam mit Miko losgehen, doch die Frauen denken gar nicht daran. Bella und Sam haben Tränen in den Augen, Sara weint sogar leicht. Rodriguez verdreht die Augen, als er auch Melissa auf der Bühne mit den Tränen kämpfen sieht. Er holt sein Handy heraus und versucht trotz der Lautstärke, den anderen, die vor dem Gelände warten, Bescheid zu geben, dass sie aufpassen sollen und dass auch jemand von den Roñas hier ist.

Als er auflegt, wollen sie eigentlich schon aufstehen, doch die vielen Zugabenrufe lassen sie und auch Melissa auf der Bühne noch etwas warten. Sie räuspert sich und sieht in die große Menge.

»Als ich angefangen habe Musik zu machen, war eines meines ersten Lieder 'Los mundos del Odio'. Ich habe es damals geschrieben und meine Seele entlastet, doch ich konnte es nie singen. Deswegen war mein Herz niemals frei, doch heute werde ich das ändern. Ich will wieder atmen können und ich schulde es den vielen Frauen, die so sehr leiden und die keine Stimme haben.« Sofort fängt eine ruhige Melodie an und Melissa beginnt ein Lied, bei dem Rodriguez schon nach den ersten Sätzen das Blut gefriert.

Ist sie wahnsinnig? Er sieht zu den anderen, auch die starren verblüfft auf die Bühne. »Das ist Selbstmord!« Miko flucht leise auf. Jeder Satz, den sie singt, nagelt die Roñas und viele andere an die Wand und das vor der wahrscheinlich größten öffentlichen Aufmerksamkeit, die sie jemals hatte.

Rodriguez sieht schnell zu Dios. Sie alle stehen und sehen wütend in Richtung Bühne. Dios zieht eine Waffe, sie machen sich auf den Weg. Deswegen hat sie ihn so weit hinten platziert, sie hat das alles verdammt nochmal geplant. »Oh nein, das darf nicht wahr sein. Wieso tut sie das? Was passiert jetzt? Paco, sag doch was!« Auch Bella hat den Ernst der Lage begriffen, Rodriguez zieht ebenfalls seine Waffe, doch sein Bruder und auch Juan bleiben sitzen. »Das ist nicht unsere Angelegenheit, sie hat das selbst entschieden. Sie hat sicherlich für ihre Sicherheit gesorgt, auch wenn ich bezweifle, dass es etwas bringen wird. Wir können uns nicht in alles einmischen, solange es um niemanden aus der Familia geht!«

Er sieht warnend zu Rodriguez. Der weiß, dass Paco Recht hat, wegen ihres dummen Verhaltens können sie keinen neuen Krieg anfangen für eine Sache, die sie gar nichts angeht und riskieren, dass ihre Leute verletzt werden oder in Gefahr kommen. Er sieht Dios und die anderen Männer die Treppen herabsteigen, um hinter die Bühne zu gelangen, wo Melissa das Lied gerade beendet und schnell von der Bühne eilt. Er weiß, dass es ihn nichts angeht »Aber ihr könnt sie doch nicht einfach den Männern überlassen.« Bella sieht panisch hin und her. Rodriguez flucht laut auf. »Bringt die Frauen hier raus!«

Mit diesen Worten eilt er selbst die Treppe hinunter. »Rodriguez, stopp, lass den Scheiß!« Er hört seinen Bruder hinter ihm herrufen, doch er reagiert nicht und rennt auf dem schnellsten Weg zur Kabine von Melissa, die er zum Glück schon oft genug gesehen hat. Da er weiter vorn gesessen hat, erreicht er sie früher als Dios, aber es wird nicht lange dauern und sie sind auch da. Er sieht keinen einzigen Security-Mann da stehen und verflucht Melissa, sie ist wahnsinnig. Er stürmt in die Kabine und sieht, wie Melissa den Vorhang zur Seite schiebt und die Sicherheitstür zu öffnen versucht. »Bist du verrückt geworden? Was soll der Scheiß?« Rodriguez würde sie am liebsten stundenlang anschreien, doch erst muss sie hier weg.

Er versucht die Tür zu öffnen, doch erkennt schnell, dass sie von außen abgeschlossen zu sein scheint. Was für eine Organisation, jetzt müssen sie aus der Vordertür heraus, er hört schon die Schritte von Dios und den Männern. »Duck dich!« Er schiebt sie hinter einen Sessel. Die Tür wird aufgerissen. »Wo ist sie?« Rodriguez hebt selbst seine Waffe. »Verschwinde Dios, du weißt genau, wer ich bin, also sei nicht so dumm.« Dios lacht auf. »Die Surenas und die Trez Puntos. Ich hatte den Verdacht, aber was soll's, das geht euch nichts an. Wir sind nicht hier, um euch für den Verrat und Hinterhalt an den Roñas verantwortlich zu machen, das können wir ein anderes Mal besprechen, das hier geht euch nichts an!«

Rodriguez wird noch wütender. »Unser Verrat? Ihr seid der letzte Abschaum und wie ich sehe, haben wir nicht gründlich genug gearbeitet.« Er nickt zu dem Roña-Mann. Melissa beginnt leise zu schluchzen und Dios grinst. »Na los Melissa, du willst doch nicht, dass andere deinetwegen verletzt werden, komm raus und wir reden darüber!« Rodriguez sieht sie warnend an und sie ihn flehend. Er sieht die Angst in ihren Augen, doch er sieht auch, dass sie nicht will, dass er jetzt da steht. »Dann nicht!« Ohne Vorwarnung beschießt Dios das Sofa. Melissa schreit auf, die erste Kugel geht daneben. Ohne zu zögern wirft sich Rodriguez schützend vor sie und beginnt ebenfalls auf die Männer zu schießen. Er trifft Dios und als die anderen ihre Pistolen ziehen, beginnt ein anderer Kugelhagel. Miko, Paco und Juan tauchen hinter ihnen auf. Doch Dios hatte schon geschossen und dieses Mal ging es nicht daneben. Rodriguez fühlt einen brennenden Schmerz an der Brust, dann schreit Melissa auf. Er schießt zurück, doch trifft Dios nicht, der sich über einen Seitenausgang den Weg ins Freie sucht. Alle anderen sind schon lahmgelegt durch Paco, Juan und Miko. Rodriguez will aufstehen und hinterher, da bemerkt er erst, dass sich Melissa hinter seinem Rücken befreit hat und vor ihn gekrochen ist und weinend seine Brust befühlt. Ihm wird schwindelig, als er das viele Blut sieht. Ihm ist kalt.

»Nein, Rodriguez, nein!« Melissa nimmt sein Gesicht in ihre Hand, als er zu Boden geht. Ihre Tränen spürt er noch auf seinem Gesicht, er sieht in ihre blauen Augen, die er am Anfang so gehasst hat. Er will sie beruhigen, sagen, sie soll aufhören zu weinen, doch er kann seine Augen nicht mehr aufhalten. Er sieht noch, wie Paco das Sofa wegschiebt und zu ihm gestürzt kommt, dann wird alles schwarz.

Kapitel 14

Chico schließt todmüde die Tür auf, als gerade die Sonne wieder untergeht. Die letzten Stunden waren die Hölle. Er möchte sich nur kurz umziehen und sofort wieder ins Krankenhaus, doch er musste wenigstens nach Adriana sehen, sie ist die ganze Zeit nicht an das Telefon gegangen, vorher konnte er allerdings nicht weg.

»Adriana!« Keine Antwort, Chico sieht sich im Haus um, sieht, dass in der Küche etwas gekocht wurde, doch Adriana ist nirgends. Er geht in den Garten. Nichts. Ein ungutes Gefühl überkommt ihn. »Adriana!« Er geht ins Schlafzimmer, auch da ist sie nicht. Als er hinausgehen will, vernimmt er ein leises Geräusch aus dem Schrank. Er öffnet diesen und findet Adriana zitternd und weinend auf dem Boden kauernd vor.

Chico greift nach ihr und zieht sie heraus, erst da blickt sie ihn an und beginnt noch mehr zu weinen. Er hält sie im Arm und sie hört auf, so stark zu zittern. »Adriana, beruhige dich. Was ist passiert?« Adriana sieht auf, erst kullern ihr noch Tränen aus den Augen, dann schlägt sie plötzlich auf Chicos Brust und windet sich aus seinen Armen. Chico geht ihr verwundert nach und hält sie am Arm zurück. »Kannst du mir jetzt endlich sagen, was los ist?« Adriana wirbelt wütend zu ihm um.

»Ich habe mir solche Sorgen gemacht und ich hatte die ganze Zeit Angst. Ich dachte, ich kann mich auf dich verlassen und wollte dich nicht nerven, aber du bist einfach weggeblieben. Ich habe gedacht, es ist etwas passiert, dir ist etwas passiert. Etwas mit Dios, ich weiß es nicht genau, aber ich habe mir Sorgen gemacht.« Chico muss sich zurückhalten, um nicht zu lachen. »Ich habe doch angerufen, aber du bist nie rangegangen.« Adriana fuchtelt mit den Armen, sie kann nicht so wütend sein, so süß dabei aussehen und denken, dass Chico das ernst nehmen kann. »Ich habe gedacht, sie haben euch was angetan. Dass sie es sind und wenn ich rangegangen wäre, wüssten sie, dass jemand hier ist. Ich weiß auch nicht, was ich gedacht habe, aber ich habe mir einfach Sorgen gemacht.«

Chico nimmt ihr Gesicht in seine Hände, als er erkennt, dass sie wirklich Angst hatte, auch wenn sie jetzt so wütend ist. »Es tut mir leid, es ist etwas passiert, mir geht es gut, aber Rodriguez wurde angeschossen. Es tut mir leid, ich konnte nicht weg.« Adriana reißt die Augen auf. »Oh mein Gott, was ist passiert?« Chico erzählt ihr in kurzen Worten was geschehen ist, er erwähnt nicht, dass Dios entkommen ist und sie ihn noch lange gesucht haben.

Sie haben danach alle im Krankenhaus gewartet. Rodriguez hat einen Schuss in die Brust abbekommen. Es wurden aber keine Gefässe oder Arterien getroffen. Zwar hat er viel Blut verloren, doch Paco hat ihm sein Blut gegeben, und nachdem die Patrone entfernt wurde, haben sie alle aufgeatmet. Chico stand selbst unter Schock, doch noch nie hat er Paco und Ramon so blass gesehen. Sie waren kaum ansprechbar.

Bella hat die ganze Zeit versucht, dass sie etwas essen oder trinken, aber keine Chance. Da hat man gespürt, wie sehr sie ihren kleinen Bruder lieben. Sobald Entwarnung gegeben wurde und Rodriguez zum Aufwachen in das normale Zimmer gebracht wurde, haben sie ihren Platz an seinem Bett eingenommen. Chico ist den anderen helfen gefahren Dios zu suchen, doch er war nicht mehr auffindbar. Er, sie alle sind sich sicher, das wird ein Nachspiel haben. Dios wird das nicht auf sich sitzen lassen.

»Ich muss gleich wieder hin, ich wollte nur nach dir sehen, weil ich mir auch Sorgen gemacht habe.« Er lächelt über ihr immer noch wütendes Gesicht und beugt sich zu ihr hinunter. Eigentlich will er ihr nur einen kurzen Kuss auf den Mund geben, aber Adriana dehnt den Kuss aus. Chico ist erst überrascht, doch dann umfasst er sie fordernd. Sie bedeutet ihm schon viel, zu viel, als dass er seine Gefühle im Griff hätte. Adriana schmiegt sich auch so an ihn, dass Chico sie zum Bett führt und darauf niederlässt.

Doch dann weiß er nicht weiter. Er löst den Kuss und sie sieht ihn schwer atmend an. Chico hatte schon Hunderte von Frauen im

Bett. Mit jeder war es anders, aber Chico wusste immer, was er zu tun hatte. Doch nun sieht ihn diese kolumbianische Frau aus ihren großen Augen an, Chicos Herz schlägt um ein zehnfaches höher. Er will ihr nah sein, aber er weiß nicht wie. Was kann er tun, ohne sie zu erschrecken und zu weit zu gehen? Er sieht ihre Erwartungen und beugt sich erneut zu ihr hinunter. »Ich liebe dich.«

Fast traut er seiner eigenen Stimme nicht, als er ihr das an ihre Lippen sagt. Noch nie hat Chico diese Worte einer Frau gegenüber benutzt und nun kommen sie, ohne dass er darüber nachdenkt. Adriana sieht ihn ernst an, dann legt sie ihre Hand an seine Wange und gibt ihm einen zarten Kuss. »Ich dich auch!«

Chico liebt die Art wie Adriana riecht, er liebt ihre Haut, ihren Geschmack, alles. Als er ihren Hals küsst, ihr Shirt langsam hochschiebt und vorsichtig über ihre Brüste streicht, muss er sich alle zwei Sekunden bremsen. Sie wirkt aber nicht verängstigt und sie merkt, dass er extra vorsichtig mit ihr umgeht. Sie streift sein Shirt ab und küsst über seine Brust. Dabei berührt sie auch mit ihren Lippen seine Narbe, ganz ohne Scheu, sie sieht sie nicht als störend an. Als sie wieder zu seinen Lippen kommt, hält sie ein.

»Ich habe mir immer vorgestellt, wie mein erstes Mal sein würde, wie alle Frauen habe ich mir gewünscht, dass es mit dem Mann sein würde, den ich liebe...« Adriana senkt die Augen. »Doch es war nicht so ... aber wenn ich das vergessen kann und nicht als mein erstes Mal ansehe.« Sie lächelt leicht und Chico nickt, obwohl sich sein Herz zusammenschnürt. Orlando hat ihr bei seinen kranken Taten auch noch die Unschuld genommen. »Du wirst das schönste erstes Mal haben«, verspricht er ihr und hält sein Versprechen. Er übernimmt die Führung und weiß dann auch genau, wie er mit ihr umzugehen hat, denn er schaltet seinen Verstand aus. Er liebt sie, er liebt sie vorsichtig und langsam, aber ohne Scheu, denn er liebt sie auch aus vollem Herzen.

Paco legt den Kopf in den Nacken und lässt ihn kreisen. Er hat jegliches Zeitgefühl verloren, seit sie im Krankenhaus angekommen sind. Die Tür geht auf und zu, es kommt Bella, es geht Juan, Miko kommt, Mano geht, er nimmt das alles nur nebenbei wahr. Er sieht auf das Bett, in dem sein kleiner Bruder liegt. Auch wenn er kaum in das schmale Krankenbett reinpasst, ist er sein kleiner Bruder.

Paco rückt etwas näher und gibt einen Kuss auf die Stirn von Rodriguez. Es ist ihm egal, wer es sieht, wer es mitbekommt, für ihn war es heute das schlimmste Gefühl, was er nach Bellas Entführung hatte. Er dachte für einen Augenblick, er verliert ihn. Als er wieder nach oben sieht, trifft er auf Ramons Blick, der ihn genauso sorgenvoll und gequält ansieht. Sie beide lieben ihren jüngsten Bruder über alles. Er hört das Schluchzen aus der Ecke, was seit Stunden nicht aufhören will. Melissa.

Seitdem Rodriguez angeschossen wurde, ist sie nicht von seiner Seite gewichen. Bella bringt ihr gerade etwas zu trinken und setzt sich zu ihr. »Es geht ihm besser, der Arzt hat gesagt, dass er morgen schon wieder richtig ansprechbar sein wird. Es ist alles noch einmal gut gegangen.« Bella versucht Melissa zu beruhigen, doch Paco ist sauer. Sauer auf Rodriguez, dass er nicht auf ihn gehört und sich eingemischt hat, warum hat er sein Leben für sie riskiert. Und das hat er. Er hat sich vor sie gestellt, ihm war klar, dass er die Kugel abfängt, die für sie bestimmt war. Was ihn gleich zum nächsten Grund bringt. Er stellt fest, dass niemand außer seiner Frau und seinen Brüdern gerade im Raum ist.

»Wieso hast du das gemacht, Melissa? Wolltest du sterben?« Melissa schüttelt schnell den Kopf. »Nein, das wollte ich nicht. Ich wollte nicht, dass Rodriguez … das war alles anders geplant.« Paco sieht den warnenden Blick seiner Frau und reißt sich zusammen, Melissa nicht den Kopf abzureißen. »Aber dir war doch klar was passiert, wenn du dieses Lied singst, du wusstest doch, dass sie alle da sind. Dir ist doch bewusst, dass sie dich jetzt jagen werden, sie werden dich suchen!«

Melissa wischt sich eine Träne weg. »Ich wusste das alles, es war anders geplant. Wir hatten es so gedacht, dass ich schnell mit einem Auto verschwinde. Auf einem kleinen Privatflugplatz stand ein Flieger für mich bereit und hätte mich an einen Ort gebracht, wo ich in Sicherheit gewesen wäre. Es war alles geplant, doch dann ging die Tür nicht auf und Rodriguez kam und ... das war so nicht vorgesehen. Ich weiß, dass ich jetzt gejagt werde, ich konnte nur nicht ... Ich musste wissen, dass es ihm gut geht, dass er es geschafft hat.«

Sie zeigt auf Rodriguez und Bella seufzt leise auf. »Ich kann sie verstehen, ich hätte das gleiche getan. Ich könnte auch nicht damit leben, mit diesem Wissen über die Frauen. Das war sehr mutig, Melissa, aber natürlich musst du dir jetzt genau überlegen, was du tun willst. Du musst so schnell wie möglich dahin verschwinden, wo du sicher bist.« Paco blickt sauer zu den beiden Frauen. Er weiß, dass seine Frau das Gleiche getan hätte.

»Ich muss ein paar Tage warten, bis ich dahin kann, aber ich muss jetzt erst einmal von hier weg. Sie wissen, dass ich hier bin, die Gefahr ist zu groß. Ich will nicht, dass noch jemand verletzt wird.« Paco sieht Bella an, dass sie ihr am liebsten widersprechen würde. Wahrscheinlich will sie ihr sagen, sie soll bei ihnen bleiben, doch wenigstens dieses eine Mal versteht auch Bella, dass das nicht geht. Auch für Melissa ist die Gefahr zu groß, wenn sie hier bleibt, jeder Schritt kann der letzte sein, sie wissen, dass sie hier ist. Zudem hat Bella seine Meinung und die der anderen vorhin gehört, es ist nicht ihre Angelegenheit. Er versteht nicht, wieso sich Rodriguez dagegen gestellt hat.

Melissa erhebt sich und atmet tief ein. »Könnt ihr ihm sagen... oder gibt es hier etwas zu schreiben?« Paco greift nach einem Block und einem Stift, die auf der Ablage bei Rodriguez' Bett liegen und reicht es ihr. Melissa überlegt hin und her, doch dann schreibt sie einige Sätze auf und gibt den Zettel Paco. »Könntest du es ihm geben, wenn er wach ist? Ich weiß nicht, ob ich mich noch einmal melden kann, das würde zu riskant werden.« Paco nickt und sie lächelt die beiden Brüder noch einmal an. Dann beugt sie sich zu Rodriguez hinunter und gibt ihm einen Kuss auf die Wange. Sie flüstert ihm etwas ins Ohr, bevor sie sich abwendet und niedergeschlagen den Raum verlassen will. Paco hat Mitleid mit Melissa, aber es gibt keine andere Lösung.

»Warte, ich ruf ein Taxi zum Hintereingang des Krankenhauses. Ich zeige dir den Weg.« Das gesamte Krankenhaus wird bewacht, es kommt hier niemand rein oder raus. Sie bewachen alle Türen. »Aber bleib im Haus, Bella.« Sie nickt. »Ich bin in fünf Minuten wieder da.« Wenigstens scheint sie dieses Mal den Ernst der Lage verstanden zu haben, beide Frauen verlassen das Zimmer und Paco und Ramon werfen sich einen beruhigten Blick zu, bevor sie sich wieder ihren jüngeren Bruder ansehen.

Damit ist das Kapitel Melissa Dimengo endlich abgeschlossen.

Kapitel 15

Rodriguez versucht müde seine Augen aufzubehalten. Seit zwei Tagen dämmert er mehr oder weniger hier im Krankenhaus vor sich hin. Seit er wach geworden ist, hat er alle wieder gesehen. Jeder ist ihn besuchen gekommen. Paco und Ramon haben es sogar schon fertig gebracht, ihm eine Strafpredigt zu halten. Sie wollten wissen, warum er das getan hat, warum er sich in etwas eingemischt hat, was die Surenas nichts angeht. Wieso er sich vor Melissa gestellt hat, doch er konnte ihnen keine Antwort darauf geben, er weiß es selbst nicht. Er musste es einfach tun.

Rodriguez steht auf und geht zum Fenster, es tut nicht mehr weh, wenn er sich bewegt oder er spürt den Schmerz nicht mehr. Er rückt den Verband, der ihm über die Brust gelegt wurde, zurecht und sieht auf die Straße, wo Miko und Chico gerade an ein Auto lehnen und sich wahrscheinlich wieder über die Frauenwelt unterhalten. Chico schlägt Miko freundschaftlich auf den Hinterkopf und lacht dabei, Rodriguez muss lächeln. Sie wissen nicht, was nun passiert, ob Dios sich noch einmal rächen wird oder nicht, aber keiner der anderen scheint beunruhigt. Eher abwartend, denn diejenigen, die von Orlandos Familia übrig sind und die Muertas wären verrückt sich mit ihnen anzulegen.

Das ist das, was Rodriguez beunruhigt. Dios ist ein Feigling, er würde sich, wenn, dann auf hinterhältige Art rächen und das ist viel gefährlicher, als wenn sie einen offenen Krieg führen. Gerade sind sie aber ziemlich sicher damit beschäftigt an Melissa heranzukommen. Rodriguez' Schmerz in der Brust nimmt plötzlich zu und er greift nach dem Zettel, den Paco ihm am ersten Tag gegeben hat. Er hat die Zeilen schon 100 mal gelesen:

'Warum hast du das getan? Ich wollte niemals, dass du verletzt wirst. Ich hoffe, du kannst mir verzeihen, vielleicht eines Tages sogar verstehen. Meine Gedanken werden immer bei dir sein, ich werde nie vergessen, was du für mich getan hast, egal was passiert. Pass auf dich auf, Melissa'.

Sie haben sie gehen lassen. Rodriguez hat sich beinahe auf Paco und Ramon gestürzt, als er das erfahren hat. Sie ist in einer solchen Gefahr und sie haben sie sich selbst überlassen. Keiner weiß wo sie ist. Vielleicht lebt Melissa nicht einmal mehr. Rodriguez weiß nicht, warum ihn das so sehr kümmert, es sollte ihm egal sein. Er mag sie nicht einmal, aber vielleicht ist es auch einfach nur, weil er ihr am Anfang so viel Hass entgegengebracht hat, der nicht gerechtfertigt war. Sie jetzt diesen Wichsern auszuhändigen, fühlt sich falsch an.

»Hey, du sollst nicht so viel aufstehen!« Rodriguez dreht sich um und entdeckt seine Schwägerinnen Bella und Jennifer. Jennifer ist gestern erst mit den beiden Kleinen wiedergekommen. Beide umarmen ihn und Bella weist ihn an ins Bett zurückzukehren, wo sie ihm zwei Teller mit Essen hinstellt. Sie verwöhnt ihn schon die ganzen Tage, da sie weiß, er bekommt den Krankenhausfraß nicht herunter. Als er anfängt zu essen, legt er den Zettel aus der Hand, und Bella sieht traurig dorthin.

»Ich hoffe, sie hat es geschafft!« Rodriguez sieht von seinem Essen hoch, Ramon meinte, keiner weiß, wohin sie ist. »Hast du noch einmal mit ihr gesprochen?« Bella schüttelt den Kopf. »Nein, es ist zu gefährlich, sie versucht sich aber zu melden, wenn etwas Zeit vergangen ist. Sie muss erst einmal etwas abwarten und dann in ihr sicheres Versteck gehen, was sie geplant hatte.« Rodriguez legt die Gabel weg, sein Appetit ist vergangen. »Und keiner weiß, wohin sie so lange ist?« Er hat einen Verdacht und als Bella anfängt, unruhig auf ihrem Stuhl hin und her zu rutschen, bestätigt sich dieser. »Bella, wenn du etwas weißt, musst du mir das sagen!«

Rodriguez sieht seine Schwägerin ernst an. Sie seufzt auf. »Ich sollte mich da nicht einmischen, und ich weiß auch nichts genaues nur ...« Rodriguez setzt sich auf. »Nur?« Bella sieht ihn abschätzend an. »Sie wusste nicht wohin, und ich habe ihr auf dem Weg zum Taxi von den kleinen Ferienhäusern am Meer erzählt, du weißt schon, in Loiza. Es ist nicht zu weit weg, doch lebt dort kaum ein Menschen. Die Häuser sind schön, sie könnte dort Ruhe finden. Ich habe ihr das nur vorgeschlagen, ob sie dahin ist, weiß ich nicht.«

Rodriguez steht auf, ohne weiter auf seine Schwägerinnen zu achten, geht er zu dem Schrank, in dem sie ihm schon einige Klamotten hineingelegt haben. Er hat eine graue Jogginghose an und sieht sich ein einfaches weißes Shirt über. »Was hast du vor, Rodriguez?« Jennifer tritt neben ihn, er nimmt die Trainingstasche und schmeißt die restlichen Klamotten rein. »Ich werde sie nicht den Idioten zum Fraß vorwerfen! Außerdem brauche ich noch Antworten!« Bella ist nun auch neben ihm. »Du weißt doch nicht genau, ob sie da ist, außerdem bist du verletzt, du sollst dich noch ausruhen.« Rodriguez gibt seinen beiden besorgten Schwägerinnen einen Kuss und holt sich aus der Schublade seine Waffe. »Sagt meinen Brüdern, ich melde mich!« Bella schlägt die Hand vor die Stirn. »Sie werden durchdrehen und dich zurückholen!« Rodriguez flucht und sieht Bella flehend an. »Sag ihnen noch nicht, wo sich Melissa vielleicht aufhält. Ich melde mich morgen Abend spätestens bei euch, dann könnt ihr es machen, sagt einfach, ich bin gegangen, nicht wohin.« Jennifer setzt sich. »Wir sollen sie anlügen?« Rodriguez grinst. »Ihr gehört doch wirklich schon lange genug dazu, ihr sollt nicht lügen, nur verschweigen, dass ihr einen Verdacht habt, genau wissen tut ihr eh nichts. Sagt einfach, ich bin gegangen und ihr wolltet mich aufhalten.«

Bella nickt und umarmt ihn. »Viel Glück und pass auf dich auf!«

Als Rodriguez an den Schwestern vorbeigeht, sehen sie zweimal hin, bevor sie hinter ihm her stürmen. »Sie dürfen das Krankenhaus nicht verlassen!« Rodriguez dreht sich wütend um. »Und wer will mich davon abhalten?« Beide weichen zurück, er geht direkt zum Hinterausgang. Vorn standen Miko und Chico und wenn er Glück hat, bewacht den Ausgang keiner der engsten Kreise. Und wirklich stehen da zwei Mitglieder der Trez Puntos, die gerade einen Joint auf der Motorhaube eines nagelneuen BMWs ausdrücken.

Manchen sollte man solche Autos nicht geben. Sie machen große Augen, als Rodriguez zu ihnen kommt. »Autoschlüssel, geht nach vorne zu Miko und Chico, sie nehmen euch später mit!« Einer der beiden gibt die Schlüssel. Was für ein Glück, dass sie nicht so dumm sind, ihm zu widersprechen, auch wenn sie ihn beobachten, als er sich mühevoll ins Auto setzt und die Tasche nach hinten schmeißt. »Ich denke, du solltest noch drinnen bleiben?« Rodriguez macht die Tür zu und öffnet das Fenster. »Wer hat gesagt, du sollst denken?« Mit den Worten fährt er davon, er wird sich schon noch genug rechtfertigen müssen, aber sicher nicht vor ihnen.

Rodriguez fährt fast drei Stunden bis zu dem Ort, an dem seine Schwägerin und sein Bruder schön des öfteren Zeit verbracht haben. Er selbst war noch nie dort, aber er merkt schnell, warum Bella Melissa diesen Ort vorgeschlagen hat. Es ist ruhig, es gibt nur einige ältere Leute in der Stadt, einige kleine Läden, aber es ist kein Ort, den jeder kennt. Vor einem Laden hält er und holt sich etwas zu essen, er kommt um vor Hunger. Dabei fragt er den Besitzer gleich nach den Häusern am Strand und der weist ihm den Weg. Rodriguez muss etwas weiter weg parken, weil die Häuser nur über den feinen weißen Strand zu erreichen sind. Als er sich auf den Weg macht, spürt er seine Wunde wieder deutlicher. Er läuft zu den weißen Strandhäusern und sieht sich um. Keine Menschenseele ist hier. Es stehen fünf Häuser etwas weiter voneinander entfernt. Er geht zu jedem und sieht durch die Terrassentür, doch sie sind alle leer.

Es ist gerade keine Urlaubssession, also verwundert es ihn nicht. Doch als er das letzte ansteuert, bekommt er ein mulmiges Gefühl. Was ist, wenn sie Bellas Tipp nicht angenommen hat? Er geht auf die Terrasse und entdeckt sofort Tequila hinter der Scheibe sitzen. Für einen Moment scheint der kleine Welpe bellen zu wollen, doch dann erkennt er ihn und wackelt freudig mit seinem kleinen Schwanz. Rodriguez klopft nicht, er schiebt die Terrassentür auf, nachdem er einmal leicht dagegen geschlagen hat, wodurch das Schloss entsichert wurde. Lächerliche Sicherheit, die sich Melissa erhofft. Er bewegt sich leise ins Haus und zieht seine Waffe. Rodriguez hofft, dass er nicht zu spät gekommen ist, es ist mucksmäuschenstill. Im unteren Stockwerk, wo nur ein Bad, ein Wohnbereich und eine kleine Küche ist, findet er außer ein paar Lebensmitteln und Getränken nichts vor. Er geht in den ersten Stock, wo zwei Zimmer sind. Eines ist leer. Als Rodriguez das andere aufmacht, macht sich, egal wie sauer er noch auf sie ist, Erleichterung in ihm breit, als er Melissa auf dem Bett schlafend vorfindet. Sie merkt nicht einmal, dass er da ist.

Leise setzt er sich zu ihr ans Bett. Sie hat geweint, das sieht man an den Rändern unter den Augen. Sie trägt ein einfaches weißes Kleid, in der Ecke liegen ein paar andere Sachen, sie hat hier nur das Nötigste zum Leben. Als er sie so betrachtet, weiß er, dass er sich selbst wenigstens eingestehen sollen, dass sie ihm nach so kurzer Zeit bereits etwas bedeutet, sonst würde er jetzt hier nicht sitzen. Melissa öffnet die Augen und fährt vor Schreck zusammen, als sie ihn entdeckt, doch dann fällt sie ihm um den Hals.

»Rodriguez!« Er muss lächeln als er bemerkt, wie sie ihn umklammert, auch wenn seine Brust ihn fast umbringt. Er legt auch den Arm um sie, da spürt er, wie es an seiner Schulter nass wird und sieht sie an. »Warum weinst du?« Melissa wischt sich die Tränen weg. »Die ganze Zeit seit ich hier bin ... es tut mir so leid, Rodriguez. Du wärst wegen mir fast gestorben. Du hättest dich da niemals einmischen dürfen. Ich wollte, dass keiner da mit reingezogen wird. Ich habe so ein....«

Rodriguez steht sauer auf und beginnt im Raum auf und ab zu laufen. »Nein falsch, Melissa, du hättest das gar nicht tun sollen. Was hast du dir dabei gedacht? Dachtest du, es hilft den Frauen, wenn du dabei umgebracht wirst? Wie willst du jetzt weiterleben? Willst du dich für den Rest deines Lebens verstecken? Denn sie werden dich suchen, Melissa und das weißt du genau, also sag mir, wieso du das getan hast?« Melissa sieht vom Bett zu ihm auf.

»Ich musste das tun, ich weiß nicht, ob es etwas bewirkt, ob es jemandem hilft, aber ich konnte nicht anders. Seit ich in Amerika lebe, hat mich das jede Nacht gequält, dieses Wissen um diese Frauen. Und jetzt war nicht mal mehr ich da, die ihnen ab und zu geholfen hat. Ich musste so viel Jahre schweigen. Als ich unten war zur Beerdigung meiner Eltern, habe ich zwar alle nur auf der Beerdigung selbst gesehen, doch ich habe ihr Wachstum, ihre Macht gesehen und wusste, dass all ihre Machenschaften nur noch größer geworden sind. Sie haben mich immer unter ihrer Kontrolle gehabt, mich erpresst, ich wäre deswegen fast erstickt, Jahr für Jahr, doch ich konnte das nicht mehr. Als wir dann das Abschiedskonzert geplant haben, wusste ich, dass ich das machen muss. Um frei zu sein und wieder atmen zu können.«

Rodriguez tritt sauer gegen einen Stuhl. Wieso versteht diese Frau das nicht? »Aber du bist jetzt nicht frei, Melissa, sieh dich doch an, du versteckst dich und das wird niemals aufhören, bis sie dich haben. Es wird für sie nicht erledigt sein, bis sie dich haben. Hätte jemand die Surenas so in der Öffentlichkeit angeklagt, würde ich das gleiche tun. Also wirst du nie frei sein!« Melissa steht jetzt auch vom Bett auf, weil Tequila an der Tür kratzt und winselt, sie lässt den kleinen Welpen heraus und dreht sich noch einmal zu Rodriguez um. »Das weiß ich, aber ich fühle mich gerade jetzt so viel freier als die Jahre davor, denn das zählt mehr. Die Freiheit im Herzen ist so viel wichtiger, denn ansonsten raubt es dir den Atem. Man kann einen Menschen in die kleinste Kammer sperren, solange er im Herzen frei ist, wird er es überleben. Gib dem Menschen Sicherheit und dass er sich frei bewegen kann. Ist er aber im Herzen nicht frei, so wird er ersticken.«

Mit diesen Worten geht sie die Treppe herunter, Rodriguez folgt ihr. »Was hast du vor? Wo willst du hin? Wie sah dein Plan aus, der ja so gut funktioniert hat?« Er schreit hinter ihr her, weil sie nicht stehen bleiben will. Melissa öffnet die Terrassentür, sodass Tequila raus kann und folgt ihm auf den weißen Strandsand. »Das kann ich dir nicht sagen, Rodriguez, es ist besser, wenn das niemand weiß.«

Rodriguez hält sie am Arm fest und wirbelt sie zu sich um. »Ach, denkst du jetzt plötzlich, du kannst mir nicht trauen?« Er würde ihr am liebsten an den Kopf werfen, dass er sein beschissenes Leben beinahe für sie verloren hat, aber sie denkt, sie kann ihm nicht trauen? Melissa will etwas sagen, doch dann sieht sie auf seine Brust. »Deine Wunde blutet!« Rodriguez hält noch immer ihren Arm fest. »Ist unwichtig, rede!« Melissa macht sich wütend los und geht zum Haus zurück. »Es ist nicht unwichtig, du dürftest noch nicht einmal auf den Beinen sein. Ich habe Verbandszeug im Bad gesehen. Ich sehe mir das an.«

Rodriguez gibt es auf dieser Frau nachzugehen und setzt sich in den Sand. Sofort eilt Tequila zu ihm und setzt sich neben ihn, nur um auch auf das Meer hinauszusehen, als wären sie schon jahrelange Freunde. Rodriguez blickt sich um, es ist wirklich schön hier. Keine Menschenseele, der Sand ist weiß, das Wasser türkis, überall Palmen. Ein Paradies, wenn man außer acht lässt, wegen welcher Umstände sie hier sind. »Komm her, ich habe alles!« Rodriguez blickt zur Terrasse, auf der Melissa haufenweise Verbandszeug häuft. Er erhebt sich und bemerkt, dass der Verband wirklich durch blutet. Er setzt sich auf die Rattansessel und zieht sein Shirt aus. Melissa hantiert gekonnt mit dem ganzen Zeug herum, bevor sie vorsichtig den alten Verband löst. »Woher kannst du das?« Melissa lächelt schwach und nimmt den Verband ab.

»Ach, ich kann es nicht mehr so gut, weißt du, damals hatten viele der Frauen Verletzungen. Schürfwunden, Prellungen, sie wurden unter schrecklichen Bedingungen gehalten, sodass sich manchmal etwas entzündet hat. Deswegen habe ich einen Erste Hilfe-Kurs besucht, um ihnen helfen zu können.«

Melissa lacht auf, als würde sie über ihre eigene Dummheit lachen, doch Rodriguez sieht sie ernst an. »Du hast ihnen viel geholfen Melissa, du solltest dich deswegen nicht mehr so fertig machen. Ich bin mir sicher, es gibt viele Frauen da draußen, die an dich zurückdenken und dankbar sind.« Melissa schmiert ihm eine Flüssigkeit auf die Wunde. Er zischt leise, weil es so brennt. »Tut mir leid, das muss sein. Rodriguez, du hättest nicht aus dem Krankenhaus heraus gedurft, wieso haben sie dich schon entlassen?« Rodriguez wendet seinen Blick ab. Sie muss nicht wissen, dass er sich alleine entlassen hat. »Haben sie nicht, oder? Du bist einfach gegangen?« Rodriguez antwortet nicht und Melissa legt ihm einen neuen Verband an. Sie ist dabei ganz vorsichtig. Als sie fertig ist, lehnt sich Rodriguez zurück. »Danke!« Melissa packt das Zeug wieder zusammen. Er sieht die Tränen in ihre Augen steigen, es ist normal, dass ihre Nerven mit ihr durchgehen.

»Danke? Rodriguez, das ist nur wegen mir passiert, du lässt es nicht richtig heilen, wieder wegen mir. Wie kannst du dich noch bedanken?« Rodriguez muss lächeln. »Ich bin ein erwachsener Mann, ich weiß schon, was ich tue.« Melissa legt die Verbandsachen zur Seite und kommt zu ihm. Sie stellt sich genau vor ihn und sieht ernst zu ihm herunter. »Du weißt vielleicht was du tust, aber weißt du auch, warum? Warum bist du hier, Rodriguez?« Rodriguez sieht zu ihr auf und beugt sich wieder nach vorne. Er würde ihr das gerne beantworten, aber kann es nicht wirklich. »Soll ich wieder gehen?« Melissa schüttelt schnell den Kopf.

»Nein, aber ich will nicht, dass du noch einmal meinetwegen in Gefahr bist.« Sie hockt sich mit den Knien auf den Sessel, sodass sie nun genau vor ihm ist, Rodriguez fasst automatisch an ihre Beine. »Wie gesagt Prinzessin, ich bin erwachsen und werde nicht zulassen, dass dir jemand etwas tut.« Er blickt ihr in die Augen, die er am Anfang so verflucht hat, doch jetzt nicht mehr, denn er sieht ihre gute Seele darin. Melissa legt ihre Stirn an seine. »Das ist zu gefährlich.«

Dann treffen sich ihre Lippen zu einem stürmischen Kuss, während Rodriguez sie ganz auf seinen Schoß zieht. Er liebt ihren Geschmack. In der Stille kann man den wilden, rhythmischen Schlag ihrer Herzen hören. Melissa seufzt in den Kuss hinein und schmiegt sich enger an ihn. Rodriguez steht langsam auf und führt sie zum Haus, ohne wirklich von ihren Lippen zu lassen. Er spürt, dass sie zittrig auf den Beinen ist und umfasst sie stärker.

Mit einem Tritt öffnet er die Verandatür und führt sie beide herein, doch durch ihren Kuss und die mangelnde Aufmerksamkeit für ihre Umgebung verlieren sie kurz das Gleichgewicht und fallen gegen die Verandatür, die so mit mit einem lauten Knall wieder geschlossen wird. Melissa ist gegen die Tür gelehnt und Rodriguez' Hände finden ihren Weg unter ihr Kleid. Ihre Haut ist so weich. Er löst seinen Kuss und fährt ihren Hals entlang. Er schiebt ihr das Kleid über den Kopf und sieht, dass sie keinen BH trägt. Rodriguez blickt auf ihre Brüste, die sie das letzte Mal so eingeschnürt hatte. Auch auf der Bühne, auf den Bildern, überall wirken sie so viel kleiner als das, was er jetzt vor sich hat. Melissa sieht beschämt zu Boden.

Ist ihr das unangenehm? Viele Frauen bezahlen dafür, solch eine Brust zu haben. Aber man sieht ihren an, dass sie natürlich sind. Sie haben eine leicht unterschiedliche Größe, natürlich, für Rodriguez perfekt. Er hebt mit seinen Fingern ihr Kinn hoch, legt erneut seine Lippen auf ihre und zeigt ihr mit einem Kuss, wie sehr sie ihm gefällt. Melissa reagiert und schlingt ihre Beine um ihn, was dieses Gefühl nur verstärkt. Rodriguez will sie, jetzt! Er löst sich von ihr, küsst ihre Brüste entlang und trägt sie dabei nach oben. Melissa vergräbt ihre Hände in seinen Haaren und legt ihren Kopf so in den Nacken, dass er ihre Haare bis fast zum Po auf ihrem Rücken spürt. Diese Frau macht ihn wahnsinnig. Er lässt sie auf das riesige weiße Bett nieder, wo er sie vorhin vorgefunden hat. Sobald Melissa auf dem Bett ist und er sich auf sie legt, ändert sie die Position.

Nun sind es ihre Hände, die zittrig seinen Körper erkunden. Sie streichen über seine Brust und viele zarte Küsse folgen. Sie will ihn quälen, lässt sich Zeit und streift ihm langsam die Hose ab, bis Rodriguez keine Geduld mehr hat und sie so umwirft, dass er über ihr liegt. Ihren Versuch eines Protestes erstickt er mit einem Kuss. Und als er sich danach ihrem Körper widmet, wird aus diesem lachenden Protest ein Stöhnen. Er küsst ihren perfekten Bauch entlang und schiebt ihren kleinen Slip herunter. Dabei entdeckt er ein kleines Tattoo, eine Krone. Er küsst diese Stelle, »Prinzessin«, bevor er sich weiter nach unten arbeitet und Melissa lauf aufseufzend reagiert. Rodriguez beseitigt allen lästigen Stoff und als er mit seinen Lippen wieder an ihre kommt, sieht er keinerlei Zweifel in ihren Augen.

Sie legt ihre Hand in seinen Nacken, um ihn näher zu ziehen, er öffnet ihre Beine und dringt in sie ein. Rodriguez überkommt ein neues Gefühl, es ist nicht einfach nur Sex, was er in diesem Moment mit Melissa hat. Es fühlt sich anders an, als er sich in ihr zu bewegen beginnt und auch, als sie sich danach auf ihn setzt. Sie können ihre Lippen kaum voneinander trennen, genießen sich langsam und sehen sich dabei immer wieder in die Augen.

So eine Verbindung hatte er noch nie mit einer Frau, wenn er mit ihr geschlafen hat. Es gibt nur noch sie beide, für den Moment vergisst er alles andere.

Es ist wie zwei Herzen, ein Körper, ein Herzschlag, ein Atem, eine Bewegung. .. EINS!

Kapitel 16

Rodriguez wird durch ein Geräusch wach und sucht nach seiner Waffe. Melissa liegt auf seiner Brust und protestiert im Schlaf, als er sich bewegt. Er findet sie neben seinen Klamotten auf dem Boden, zieht seine Boxershorts über und geht schnell in den Flur. Es ist früh am Morgen, doch das Geräusch wird immer lauter. Sich umblickend geht Rodriguez die Treppe hinab und hebt die Waffe. Die Geräusche kommen aus der Küche. Sein Herz schlägt zwar schneller, doch er bezweifelt, dass einer der herkommt, um nach Melissa zu suchen, solch einen Krach veranstaltet. Er lässt die Waffe sinken, sobald er in die Küche kommt und sieht, wie Tequila versucht an ein paar Büchsen mit Hundefutter zu kommen. Der Hund.

Müde wendet sich Rodriguez ab und will wieder nach oben, doch Tequila denkt nicht daran ihn gehen zu lassen und springt um seine Beine herum. Der Kleine scheint Hunger zu haben, murrend geht Rodriguez zurück, öffnet eine Dose, lässt den Inhalt auf einen Teller ab und stellt diesen neben das Wasser für den Hund. Tequila dankt es ihm, indem er mit seiner Schnauze gegen seine Hand stupst. Rodriguez geht wieder zurück ins Schlafzimmer.

Er muss lächeln, als er auf das Bett sieht. Melissa hat sich ausgestreckt. Das weiße Laken bedeckt nur leicht ihren Po, ihre schwarzen Haare sind über das Bett ausgebreitet. Anstatt sich auf seinen alten Platz zu legen, geht er hinter sie und küsst ihren Rücken entlang. Eigentlich hat er von einer Frau nach einer Nacht genug, aber an diesen Anblick könnte er sich gewöhnen. Melissa lacht leise und wendet sich zu ihm um, dieser Anblick sagt Rodriguez noch mehr zu. Sie hat die Augen noch geschlossen und Rodriguez betrachtet ihren Traumkörper. Er streicht mit seinen Fingern über ihre Brüste, es legt sich ein zufriedenes Lächeln auf Melissas Gesicht. Als er an der Seite entlangfährt, spürt er eine Unebenheit und sieht genauer hin. Es ist eine kleine runde Narbe, tief, aber nur beim genauen Hinsehen erkennt man sie, er entdeckt noch zwei weitere dieser kleinen Narben und dann auch welche auf ihren Schenkeln. »Was ist das?« Nun öffnet Melissa ihre Augen und als sie Rodriguez' auf die kleinen Narben auf ihrem Schenkel gerichteten Blick sieht, deckt sie sich mehr zu. »Nichts weiter.« Melissa gähnt, doch Rodriguez denkt gar nicht daran, sie so davon kommen zu lassen und entfernt die Decke wieder mit einem schnellen Ruck.

»Melissa, das sind Narben, alle gleich, also was ist da passiert?« Melissa verdreht die Augen. »Das war die Strafe von Orlando, wenn ich ihn wieder einmal vor seiner Familia bloßgestellt und mich heimlich zu den Frauen geschlichen habe. Also nicht immer, meistens hat er mich geschlagen. Aber wenn er sehr wütend war und ich dann an ihm vorbeigelaufen bin, hat er seine Zigarette an mir ausgedrückt. Er hat gesagt, damit mein zukünftiger Mann auch weiß, mit wem er es zu tun hat und wie man mich unter Kontrolle bekommt.« Rodriguez sieht sie fassungslos an. Er weiß, dass Orlando ein Monster war, aber er hatte nicht mal gegenüber seiner Familie Erbarmen? »Warum versteckst du deine Brust?«

Melissa starrt ihn sauer an. »Ich bin noch nicht einmal richtig wach und du spielst hier schon Fragespielchen mit mir!« Rodriguez ist bewusst, dass er nicht gerade feinfühlig ist, aber er hat schon immer direkt das gesagt, was ihm im Kopf umhergeschwirrt ist. Er denkt, das ist der einfachste Weg. »Ich habe es bemerkt, aber ich verstehe nicht wieso.« Rodriguez hat noch nie verstanden, warum Frauen solche Themen so aufregen. »Ich mag ihn nicht besonders. Nicht mehr, eigentlich noch nie. Er war immer zu groß, doch seit … zwei Jahren ist er auch nicht mehr so in Form, wie ich ihn gerne hätte. Wenn Ruhe eingekehrt ist, werde ich sie mir richten lassen, ohne dass die ganze Welt daran teilnimmt.« Rodriguez muss lachen und küsst ihre Schulter. »Wehe du tust das, ich mag sie.«

Melissa lacht auf. »Rodriguez, weißt du eigentlich, wie man mit Frauen umgeht? Man spricht Frauen nicht auf solche Sachen an und schon gar nicht am frühen Morgen im Bett.« Doch sie

162

kuschelt sich trotz ihrer Worte näher an ihn. »Ehrlich, mir ist das schon immer egal gewesen, was die Frauen darüber denken, wie ich mich verhalte. Wenn es ihnen nicht passt, sollen sie gehen.« Melissa sieht ihn herausfordernd an. »Ist es dir egal, was ich über dich denke? Oder wenn ich gehe?« Nein, ist es nicht. »Du bist eh die meiste Zeit damit beschäftigt von mir wegzulaufen.« Rodriguez lacht. Als Melissa sich erheben und das Bett gespielt sauer verlassen will, zieht er sie zurück und sie landet lachend auf ihm. »Dafür, dass du mich am Anfang gehasst hast, hast du dich schon etwas verändert. Also magst du mich mittlerweile?« Rodriguez schiebt ihre Haare zur Seite, um ihr in die Augen sehen zu können. »Ja, das tue ich.« Anstelle einer Antwort beugt sie sich zu ihm hinab und gibt ihm einen süßen langen Kuss, wovon auch der Rest seines Körpers wach wird. »Guten Morgen, Prinzessin.« Rodriguez zieht sie nach dem Kuss enger an sich. »Schon viel besser!«

Paco sieht erst Ramon an, danach zu Miko. »Er übertreibt es langsam, das kann er doch nicht bringen. Keine Spur von ihm, und wir wissen nicht, ob Dios Melissa schon gefunden hat. Was denkt sich der Idiot?« Er fegt mit seiner Hand zwei Gläser vom Tisch, die scheppernd auf dem Boden zerspringen. Sofort kommt eine Haushälterin um das aufzufegen. Ramon zieht die Augenbrauen hoch, wie immer bleibt er ruhig. Das regt Paco im Moment noch mehr auf. Es ist auch sein Bruder, wieso ist er der Einzige, der Rodriguez jetzt gerade am liebsten verprügeln würde?

»Wenn einer auf sich aufpassen kann, dann Rodriguez, er wird sich bestimmt bald melden.« Miko wirkt sehr sicher. »Wirklich? Hast du vergessen, dass er vor ein paar Tagen angeschossen wurde? Er passt wunderbar auf sich auf, einfach wunderbar.« Ramon verschränkt die Arme vor der Brust. »Du und Rodriguez wart euch schon immer zu ähnlich. Er macht das alles nur wegen Melissa, sie hat es ihm offensichtlich angetan. Dass du für eine Frau schon gegen alle Regeln verstoßen hast, müssen wir dir ja nicht extra sagen.« Miko lacht auf und Ramon grinst frech. »Wegen Melissa? So ein Schwachsinn, seid wann interessiert Rodriguez irgendeine Frau länger als drei Stunden. Er macht schon lange was er will, er denkt nicht an die Konsequenzen, als wäre er unverwundbar und das ist seine größte Schwäche.« Ramon nickt »Das stimmt, aber vor ein paar Jahren warst du genauso, jetzt siehst du mal, wie es mir damals ging. Auch Rodriguez kann irgendwann 'länger' Gefallen an einer Frau haben, hat ja bei dir auch geklappt. Sei nicht zu streng mit ihm!«

Paco wendet sich zum Gehen. »Wenn er kommt, werde ich ihm den Kopf waschen. Und was für einen Gefallen hat er wohl an Melissa gefunden? Sie weiß nicht mal, dass er es war, der ihren eigenen Bruder getötet hat.«

Paco verlässt Ramons Haus und wählt Juans Nummer. Sie wollen sich später noch mit ein paar neuen Geschäftsmännern treffen, die in der Nähe von Sierra mehrere Fabriken eröffnen wollen, dazu brauchen sie ihre Erlaubnis … und Geld. Sofort hört er seinen Sohn im Hintergrund. Auf Nachfrage erklärt ihm sein Schwager, dass Bella im Punto-Haus war und einen Anruf bekommen hat. Sie musste dringend los, deshalb ist Leandro bei ihm. Paco klappt sauer das Handy zu und geht zu seinem Auto. Jeder geht hier nur noch seine eigenen Wege.

Er fährt direkt zur Kita und hält davor, ohne nach einem Parkplatz zu suchen. Es werden gerade einige Kinder abgeholt, also herrscht ein Durcheinander. Dann trifft er eine Erzieherin, die ihm bekannt vorkommt und fragt nach seiner Frau. »Die ist oben im Büro bei Herrn Aman.« Paco eilt die Treppe hinauf. Warum weiß er nichts von einem Aman? Ohne anzuklopfen macht er die Tür zum Büro auf und erblickt Bella, über einigen Papieren stehend vor einem großen Schreibtisch. Direkt hinter ihr und etwas über sie gebeugt steht ein dunkler Mann im Anzug, der offensichtlich gar nicht nah genug an seiner Frau sein kann. Paco sieht rot, er hat sich in letzter Zeit so oft zurückgehalten, versucht ruhiger zu sein, doch das alles bedeutet in diesem Moment nichts mehr. »Was tun sie hier?«

Der Mann sollte es nicht noch einmal wagen ihn anzusprechen, wenn er seine Zunge für die nächsten Jahre behalten will. Paco durchbohrt Bella mit seinem Blick. »Sieht so deine Arbeit mit den Kindern aus, die du so vermisst?« Bella verschränkt die Arme vor der Brust, Paco hasst es, wenn sie das tut. »Was tust du hier?« Die beiden haben echt Nerven ihn zu fragen, was er hier tut. »Ich habe erfahren, dass du unseren Sohn mal wieder woanders abgegeben hast, um wieder einmal zu deiner Arbeit zu eilen, langsam verstehe ich auch den Grund!« Bevor Bella etwas erwidern kann, denkt dieser Mann, dass er sich hier aufspielen kann. »Sie sollten den Respekt vor ihrer Frau nicht verlieren.«

Mit nur wenigen Schritten hat Paco ihn erreicht und knallt ihn gegen die Wand. »Hör mal zu, der Einzige der hier seinen Mund halten sollte, wenn er noch ein paar Minuten länger atmen will, bist du Wichser. Verstanden? Behalte du mal deinen Respekt und misch dich nicht ein, wenn ich mit meiner Frau spreche.« Bella zieht an seinen Armen. »Lass das Paco, lass ihn los, wieso machst du so etwas? Hör sofort auf damit!« Paco lässt den Mistkerl los und wendet sich zu seiner Frau um. Sie klagt ihn an? Sie klagt ihn an wegen dem Kerl? Er sieht ihr in die Augen, der Mann röchelt, als hätte ihm Paco ernsthaft wehgetan. Bella eilt zu ihm. »Elijas, das tut mir so leid...«

Paco reicht es, mit der letzten Selbstdisziplin, die er aufbringen kann, verlässt er den Raum, bevor er hier alles auseinandernimmt. Er ist so wütend, er sieht niemanden und nichts mehr und geht direkt zu seinem Auto. Er hört Bella rufen, doch reagiert nicht. Paco gibt Gas und rast zu ihrem gemeinsamen Haus. Als er in die Einfahrt fährt, sieht er bei Chico im Haus, wie er und Adriana im Garten auf einem Stuhl zusammen sitzen und sie ihn auf die Nase küsst.

Am liebsten würde er zu den beiden gehen und ihnen mitteilen, dass das alles bald vorbei ist, dass sie gar nicht hoffen sollen, dass das einen Wert hat, doch er lässt es sein und fährt zu seinem Haus. Dort angekommen weiß er nicht, wohin mit seiner Wut. Er tritt gegen einen Stuhl im Eingangsbereich, der krachend zusammenfällt. Dann sieht er das große Bild von Bella und sich an ihrem Hochzeitstag, genau neben dem Bild der engeren Kreise der Surenas.

Rodriguez und Bella sehen lächelnd auf ihn herab, keinem bedeutet das alles noch etwas. Wie sehr er diese Frau liebt, was er alles für sie aufgegeben hat. Er reißt das Bild von der Wand und wirft es scheppernd durch die Terrassentür, die in 1000 Glasscherben zerspringt. Paco sieht sich schwer atmend das kaputte Bild an. Seine Brust blutet von einigen kleinen Glasscherben, die durch das ganzen Haus geflogen sind. Er hat in diesem Moment das Gefühl, als hätte er Blut geweint.

»Paco!« Die Haustür knallt zu und Bella tritt neben ihn, sie sieht erschrocken auf das Bild, was inmitten von tausend Scherben liegt. »Bist du wahnsinnig geworden, was tust du?« Paco dreht sich zu ihr um. »Ich? Du bist diejenige, die auf alles scheißt, die nur noch an sich denkt. Was soll das mit dem Kerl, ist es das, was dir so an der Arbeit fehlt ... dieser Hund?« Paco ist außer sich, doch Bella bleibt ganz ruhig. »Halt die Klappe!« Sie greift nach einem der Badetücher, die auf einem Stapel auf der Kommode liegen und wischt ihm sein Blut ab. »Mir ist gar nichts egal, Paco. Das gerade hast du falsch verstanden, du hättest einfach nachfragen können, bevor du den neuen Besitzer des Kindergartens fast erwürgst.«

Paco nimmt ihre Hand und das Handtuch weg. »Es ist mir egal wer er ist, Bella, er hat nichts in deiner Nähe zu suchen. Und du kannst es in letzter Zeit gar nicht mehr abwarten dahin zu kommen.« Nun ist es mit Bellas Ruhe vorbei und sie schmeißt ihm das Handtuch gegen die Brust.

»Ich kann es nicht abwarten? Paco, was tust du denn den ganzen Tag? Richtig, ich weiß es nicht mal, du gehst und kommst, wann du willst. Du begibst dich ständig in Gefahr, aber sobald ich einen Schritt aus dem Haus machen will, flippst du aus. Wenn du gedacht hast, dass ich mir so etwas bieten lasse, hättest du dir eine andere Frau suchen sollen. Du wusstest, dass ich nicht bin wie die anderen!«

Paco sieht seiner Frau in die vor Wut funkelnden grünen Augen. Sie erinnert ihn gerade an den Tag, wo sie sie das erste Mal gesehen haben, in der Bibliothek damals. Tränen steigen in ihre Augen. Er liebt sie so sehr, bis heute kann er es nicht ertragen sie traurig zu sehen. »Ich will dich ... unsere Familie, alles was wir hatten, was wir haben, einfach nicht verlieren, Bella. Ich liebe dich mehr als mein Leben, das hat sich nicht geändert und das wird sich auch niemals ändern.« Bella fließen die ersten Tränen aus den Augen. »Aber das hat man in letzter Zeit nicht mehr gemerkt, seit Leandros Geburt hat sich so viel verändert. Wir haben uns verändert. Ich habe das Gefühl, dass ich dir nicht mehr reiche.« Nun muss Paco lachen und geht näher an sie heran, um ihre Tränen wegzuwischen.

»Du mir nicht reichen? Du bist genug für fünf Männer. Es hat sich viel geändert, aber das ist normal, wir müssen es nur zu etwas Gutem machen. Wir haben ein Geschenk Gottes bekommen.« Bella lächelt. »Ja, das ist er.« Paco nimmt ihr Gesicht in seine Hände. »Eines wird sich niemals ändern Bella, du bist mein Leben!« Sie schließt erleichtert die Augen, dann küsst sie ihn. Paco zieht seine Frau enger an sich. In diesem Moment, in all diesem Chaos spürt er wieder, wie groß seine Liebe zu ihr ist. Sie ist sein Frieden in all diesem Durcheinander. Als er sich löst, nur um ihre Nase, die Stirn und dann den Hals zu küssen, seufzt sie zufrieden auf.

»Paco, ich muss dir noch etwas sagen.« Er löst sich und bekommt sofort ein ungutes Gefühl. »Du hattest Recht, dass ich hätte vorsichtiger sein müssen. Durch Rodriguez ist mir das wieder bewusst geworden ... ich verdränge diese Gefahr nur einfach manchmal. Ich liebe die Arbeit im Kindergarten, doch natürlich werde ich meine Familie nicht dafür opfern. Ich war nur noch einmal da ... also ich habe es selbst nicht gemerkt. Sara hat mich darauf aufmerksam gemacht. Ihr sind ein paar Sachen aufgefallen ... und na ja, sie war doch gestern mit mir beim Frauenarzt zur Untersuchung. Juan schickt sie jetzt ständig seit er weiß, dass sie einen Jungen bekommen.«

Paco sieht seine Frau ungeduldig an, worauf will sie hinaus? »Als ich da war, habe ich mich auch untersuchen lassen, zur Sicherheit und na ja ... ich ... wir bekommen noch ein Baby. Ich bin schwanger!« Paco sieht auf ihren Bauch und beginnt zu strahlen, bevor er sie fest an sich drückt. »Vielleicht war ich deshalb so empfindlich, ich weiß es nicht. Ich habe es nicht gemerkt, ich habe auch noch meine Tage gehabt, die Ärztin meinte, das passiert manchmal, aber ich bin schon im 4. Monat, sie hat bei der Untersuchung sogar das Geschlecht gesehen, es wird ein Mädchen. Deswegen war ich in der Kita, wir haben zusammen die Bewerbungen für die Stelle als neue Kitaleitung angesehen«

Paco ist es egal, dass Bella nur schwer reden kann, weil er sie so fest drückt, ihre Worte lassen sein Herz fast zerspringen vor Glück. Eine kleine Princessa. Er kniet sich nieder und hebt Bellas Shirt. Man sieht noch nicht viel, aber das war bei Leandro damals auch so. Erst ab dem sechsten Monat ist der Bauch plötzlich riesig geworden. Sara hatte von Anfang an schon eine große Kugel. Er küsst ihren Bauch und sieht sie glücklich an. Er kann sein Glück nicht fassen. Bella, Leandro und jetzt noch ein kleines Mädchen. Er stellt sich vor, wie sie mit Leandro spielt, ihre schwarzen Haare, vielleicht die grünen Augen ihrer Mutter. Noch einmal küsst er ihren Bauch.

»Jeder Junge, der in ihre Nähe kommt, ist einen Kopf kürzer!« Bella lacht laut auf und zieht ihn hoch. »Küss mich, du Idiot!«

Rodriguez muss zugeben, dass, auch wenn es nicht gerade ein guter Grund ist, der ihn hier zu Melissa gebracht hat, er die Zeit schon etwas genießt. Sie frühstücken zusammen, gehen schwimmen, obwohl Melissa scharf darauf achtet, dass Rodriguez seine

Brust nicht nass macht. Er macht Sachen, die er vorher nicht mit oder für eine Frau gemacht hätte. Als sie los will, um etwas Essen einzukaufen, übernimmt er das. Je weniger sie gesehen wird, desto besser. Er geht einkaufen, sie kocht anschließend. Rodriguez hatte nie viel übrig für solche Dinge, doch es gefällt ihm. Sie sitzen zusammen auf der Veranda, er erzählt ihr von seiner Familie, von den Surenas und weil sie so neugierig ist, auch die Geschichte von Paco und Bella.

Sie findet ihre Liebesgeschichte so rührend, dass sie meint, man müsste darüber ein Buch schreiben, was Rodriguez nur schmunzeln lässt. Ein Buch über die Surenas und die Trez Puntos ist sicherlich das letzte, was es auf dem Markt geben sollte. Sie sind beide so miteinander beschäftigt, dass Rodriguez alles andere vergisst.

Sie lieben sich in der Dusche. Auch als sie später zusammen ins Bett gehen, hat er noch nicht genug von ihr bekommen. Er weiß, dass er sich bei Bella, Paco und den anderen melden muss. Dass Melissa weggehen wird, sie muss ihm sagen, was sie vorhat, wohin sie gehen will. Er wird sie wahrscheinlich nie wieder sehen, doch er verdrängt all diese Gedanken für diesen einen Tag. Morgen wird alles weiterlaufen, aber heute erlaubt er sich einmal, alles andere beiseite zu lassen. Auch sie fühlt sich wohl, Melissa sucht seine Nähe und kuschelt sich beim Einschlafen eng an ihn. »Ich mag dich auch«, murmelt sie schläfrig auf seine morgendliche Erklärung, dass er sie mag und Rodriguez muss lächeln.

Er hört in der Nacht, wie ihr Handy klingelt. Sie nuschelt, dass diese Nummer nur ihre beste Freundin hat und alles okay ist und geht leise ran. Melissa geht ins Bad, er hört sie leise reden, aber schläft schon fast wieder ein. Es dauert lange, bis sie wieder ins Bett kommt. Als er sie in den Arm nimmt, zittert sie und weint. Rodriguez zieht sie enger an sich. »Was ist los?« Melissa schüttelt den Kopf und lächelt gequält. »Nichts ...es ist alles nur etwas viel für mich!« Er küsst ihre Stirn.

»Es wird alles gut werden, das verspreche ich!«

Als sie sich wieder enger an ihn lehnt, schläft er zufrieden ein.

Kapitel 17

Rodriguez kann aber nicht lange schlafen, kurze Zeit später wird er wieder wachgerüttelt. »Du musst gehen, jetzt, schnell!« Melissa macht das Licht an und wirft ihm seine Klamotten zu. Rodriguez sieht sie verschlafen an. »Was?« Sie läuft eilig durch das Zimmer. »Ich kann das nicht, es geht nicht. Ich bekomme das alles schon irgendwie hin, aber du musst jetzt gehen!« Rodriguez sieht erst jetzt, wie aufgelöst sie ist, sie zittert, sie scheint nur geweint zu haben. Er steht auf und kommt zu ihr. »Melissa, was ist los? Rede! Wer war am Telefon?« Melissa hört ihm gar nicht richtig zu, sie packt all seine Sachen in die Sporttasche und blickt dann zu Tequila, der sie genauso verwundert ansieht. »Nimm Tequila mit, ich kann ihn nicht hier behalten, bitte!«

Rodriguez packt ihren Arm und zwingt sie so, zu ihm zu sehen. »Melissa, ich gehe nirgendwo hin, bis du mir nicht gesagt hast, was passiert ist. Wenn du dann immer noch willst, dass ich gehe, tue ich das, aber sag erst, was los ist.« Melissa hält ihm sein Shirt hin. »Geh einfach!«

Rodriguez denkt gar nicht daran zu gehen, er sucht nach ihrem Handy, auf dem sie vorhin einen Anruf bekommen hat, während sie sich einen Kapuzenpullover anzieht. »Geh!« Ohne ihn noch einmal anzusehen, geht sie hinunter ins Wohnzimmer. Rodriguez versteht gar nichts mehr. Was ist passiert, während er geschlafen hat? Er läuft ihr hinterher und sieht, wie sie sich sich vor ein Kreuz an der Wand kniet und betet. Er beobachtet sie einige Minuten verdutzt. Entweder hat sie jetzt ganz den Verstand verloren oder er träumt noch, doch genau in diesem Moment wird die Tür aufgetreten und mehrere Männer treten ein. Schneller als Rodriguez reagieren kann, hat er eine Waffe am Kopf, auch Melissa wird festgehalten. »So ist das doch viel netter, Süße!« Dios tritt ein und Rodriguez versteht. Sie waren am Telefon, Melissa hat sie verraten, aber wieso?

Sie beginnt fürchterlich zu weinen, während Rodriguez versucht, einen Überblick der Lage zu bekommen. Es sind mindestens zehn Männer, sie durchsuchen das ganze Haus. »Ihr habt uns, jetzt haltet die Vereinbarung ein, bitte!« Melissa geht vor Dios auf die Knie, es war wirklich geplant von ihr, sie hat ihm gesagt, wo sie ist. Rodriguez' Wut steigt und steigt, er sucht einen Weg hier wegzukommen, doch er hat nicht einmal eine Waffe. Die liegt oben im Schlafzimmer. Dios lacht und fasst Melissa hart ans Kinn. »Denkst du etwa, du bist in der Position zu verhandeln. Du Schlampe weißt genau, was du getan hast.«

Er holt kräftig aus und schlägt Melissa mitten ins Gesicht, so hart, dass sie zu Boden fällt. Rodriguez will nach vorne, doch der Mann hinter ihm klickt seine Waffe scharf. »Keine gute Idee, genieße lieber noch deine letzten Atemzüge, Surena!« Rodriguez entdeckt an seiner Hand die Roña-Plaka, Melissa richtet sich wieder auf, als Tequila zu knurren anfängt und ruft ihn schnell zu sich, um ihn in ihrem Pullover in die Bauchtasche zu stecken.

Diesen Moment nutzt Rodriguez, er schlägt seinen Ellenbogen so schnell nach hinten, dass die Nase des Mannes hinter ihm knackt und er zusammenzuckt. Rodriguez versucht an die Waffe zu kommen, doch die anderen sind schneller und stürzen sich auf ihn. Es sind einfach zu viele. Die Schläge prasseln nur so auf ihn herab. Seine Brust beginnt sofort wieder zu bluten. Er spürt, dass er noch nicht seine gewohnte Kraft hat, doch sein Wille lässt ihn nicht aufgeben. Melissa schreit, dass die Männer aufhören sollen, sie weint und schreit gleichzeitig. Irgendwann hören die Schläge auf oder Rodriguez spürt sie einfach nicht mehr.

»Na los, ich will das Vergnügen haben.« Rodriguez spürt eine kalte Pistole am Kopf, also kann er noch etwas fühlen, doch Dios schlägt sie weg. »Nein, wir machen es so wie abgesprochen, wir bringen sie nach Kolumbien. Sie sollen unser Land das letzte Mal sehen, und dort gibt es noch mehr, die es kaum erwarten können.

Außerdem kann uns der Penner noch ein paar Informationen über seine Familia geben, mal sehen, was man da noch rausholen kann.«

Rodriguez wird von zwei Männern auf die Beine gezogen und sieht somit Dios direkt ins Gesicht. »Dann erschieß mich jetzt, von mir werdet ihr niemals etwas erfahren!« Dios wendet sich zu Melissa um und lacht dreckig. »Du hast ja keine Vorstellungen davon, was wir für Methoden haben das herauszubekommen. Bringt sie zum Auto, das Flugzeug wartet schon.«

»Lass den Scheiß!« Paco stellt das Radio aus, an dem sein Schwager schon seit einigen Stunden immer wieder von einem Sender zum anderen wechselt. Was hat er sich gedacht Juan mitzunehmen? Bella hat ihm ihre Vermutung zu Rodriguez' Aufenthaltsort gesagt und er wollte sofort los, doch in diesem Moment kam Juan und nun sitzt er neben ihm. Bella fand das auch eine gute Idee, weil sie Angst hat, Paco würde Rodriguez den Kopf abreißen, sollte er da sein. Juan wollte einfach nur vor Sara flüchten, die ihn momentan mit ihren Launen zum Verzweifeln bringt. Sie sind fast da und je mehr Paco über seinen Bruder nachdenkt, umso schneller fährt er, um ihm wirklich den Kopf abzureißen.

»Wenn ich einen jüngeren Bruder hätte, würde ich ihn machen lassen. Rodriguez weiß schon, was er tut.« Paco muss lachen. »Du hast nicht mal deine Schwester im Griff.« Juan will gerade etwas erwidern, doch sie fahren auf den Parkplatz, von dem man zum Strand kommt und sehen mehrere auffällige schwarze Wagen. »Verdammte Scheiße!« Paco will sofort seine Waffe ziehen, doch Juan deutet ihm, sich zu ducken und ruhig zu sein. Da sieht auch Paco das die Männer vom Strand hochkommen. Sie ducken sich so im Auto, dass sie noch genug erkennen können. In dem Moment, wo die Männer Rodriguez zusammengeschlagen nach oben bringen, hat Paco das Gefühl durchzudrehen, doch Juan hält ihn sofort am Arm zurück.

»Es sind zu viele, sie werden uns innerhalb einer Minute kalt machen, wir folgen ihnen und rufen die anderen. Danke lieber Gott dafür, dass dein Bruder noch lebt und wir eine Chance haben ihn da herauszuholen.« Paco kriegt kaum Luft, als die Wagen an ihnen vorbeifahren. Er weiß, dass Juan Recht hat, doch es zerreißt ihn, seinen Bruder so im Stich zu lassen. Er startet den Wagen, während Juan die anderen verständigt. Sie fahren in Richtung Sierra und alle, wirklich alle Trez Puntos und Surenas sollen sich auf den Weg machen, Paco schwört eine Rache, die diese Kolumbianer noch nie erlebt haben.

Sobald ihn die Männer in den hinteren Teil des Vans hineingeschmissen und die Tür zugeknallt haben, stöhnt Rodriguez schmerzvoll auf. Er fühlt sich, als wäre er aus dem vierten Stock gefallen. Keine Sekunde später ist Melissa bei ihm, doch er deutet ihr weg zu bleiben. »Rodriguez, lass mich dich ansehen, bitte. Es tut mir so leid.« Sie fahren los und Rodriguez setzt sich mühevoll auf, dabei beachtet er Melissa nicht einmal mehr. »Ich habe dir doch gesagt, du sollst gehen, wieso hast du nicht auf mich gehört!« Rodriguez sieht sich seine Wunden an. »Ich hatte keine Wahl!« Rodriguez wird nicht mehr weich, egal wie sehr sie weint. Sie hat sie beiden an den Teufel verkauft. Er würde ihr gerne soviel an den Kopf werfen, doch ihm fehlt die Kraft.

»Du hattest keine Wahl? Du hattest schon öfter eine beschissene Wahl, das Lied zu singen oder ihnen nicht zu verraten, wo du steckst, Melissa? Du hattest zumindest mehr Wahl als andere.« Melissa weint immer mehr. »Sie haben sie!« Rodriguez legt den Kopf nach hinten. »Sie haben wen?« Melissa schlägt sich die zittrigen Hände vor das Gesicht, es wirkt fast so, als bekäme sie keine Luft mehr. »Melissa, sie haben wen?« Da sieht sie ihn wieder an. »Dilara, meine Tochter, Dios hat sie!«

Rodriguez versteht gar nichts mehr. »Du hast eine Tochter?« Melissa nickt. »All das ist nur für sie gewesen, es ist so...« Sie holt

174

tief Luft. »Ich hatte einmal eine kurze Affäre mit einem Mann auf meiner Tournee in Mexico. Es war ein Fehler, wir hatten getrunken, ich kannte nicht einmal seinen Namen. Ich habe so etwas vorher nie getan und danach auch nie wieder, aber bei diesem einen Mal ist Dilara entstanden. Aber bereuen konnte ich es auch nie. Sie ist meine Tochter, mein Fleisch und Blut, sie sieht aus wie ich.«

Melissa lächelt durch ihre Träne, doch dann sieht sie Rodriguez wieder ernst an. »Ich habe es geschafft, sie aus der Öffentlichkeit herauszuhalten. Ich wollte nie, dass die Presse von ihr erfährt. Ihretwegen habe ich beschlossen aufzuhören, deswegen dieses Abschlusskonzert. Dilara ist so ein aufgewecktes Mädchen. Natürlich hat sie mitbekommen, dass sie keine Onkels, Omas, Opas hat, wie die anderen Kinder.

Du weißt, wie sehr mich dieses Thema belastet. Und ich würde nicht drumherum kommen, es ihr eines Tages zu erzählen, dann habe ich angefangen mich zu schämen, weil ich mich erpressen lasse. Weil ich nicht genug für diese Frauen eingetreten bin. Ich will, dass meine Tochter einmal stolz sein kann und nicht eine Mutter hat die geschwiegen und sich ihr ganzes Leben lang erpressen lassen hat. Deswegen wusste ich, dass dieser Auftritt meine Chance wird. Ich hatte alles geplant, es ist nur eine Freundin ganz eingeweiht, Emilia. Ihr vertraue ich als einziges voll und ganz. Ich habe ein Haus gekauft, fern ab von allen in der Dominikanischen Republik. Dort gibt es eine kleine Privatschule, es sollte so perfekt werden. Keine Erpressungen, nichts mehr.

Emilia ist mit Dilara in L.A. geblieben und hat alles zusammengepackt. Sie sollte selbst los, sobald ich ihr Bescheid gegeben habe, dass ich auf den Weg zum Flughafen bin. Wir hätten uns dann dort getroffen. Es war alles geplant, der Notausgang, das Auto stand dahinter bereit, aber es kam alles anders. Der Anruf kam nicht, also hat sich alles verschoben. Ich wollte abwarten, Dilara und Emilia wollten morgen mit dem nächsten Flug schon einmal vorab hinfliegen. Ich weiß nicht, wie sie sie gefunden haben, wir hatten sogar extra Handys um uns zu erreichen, aber gestern

Nacht hat Dios von ihrem Handy angerufen. Er hat mir Dilara ans Telefon gegeben und gesagt, dass, wenn ich nicht augenblicklich sage, wo ich bin, er ihr die Kehle durchschneidet.

Rodriguez, sie hat so geweint und geschrien, sie hatte so eine Angst, ich werde das niemals vergessen. Er hat mir versprochen sie gehen zulassen, sobald er mich hat und gefragt, wer bei mir ist. Ich hatte zu große Angst um Dilara, ich konnte nicht lügen. Doch als ich dich angesehen habe, konnte ich das nicht und habe gesagt, du sollst gehen. Ich hätte dich niemals verraten, aber sie ist doch mein Kind, mein alles. Ich weiß nicht, wo Dilara ist, sie hat garantiert große Angst. Was ist, wenn sie ihr etwas angetan haben? Wieso muss sie wegen mir leiden, du wegen mir?«

Rodriguez weiß nicht, was er mit diesen ganzen Informationen anfangen soll. Sie hat eine Tochter? Es ist eh nichts mehr zu ändern. Er ist nicht in der Lage sie zu retten, die Kleine oder sich. Er schweigt, auch Melissa legt den Kopf zurück, doch ihre Tränen stoppen nicht. Sie fahren lange und Rodriguez geht jede Möglichkeit durch, wie er was machen könnte. Er steht auf und probiert die Tür vom Van zu öffnen. Lieber würde er beim Sturz aus dem Auto umkommen, als durch die Hand von einem von ihnen. Doch er findet keinen Weg.

Als der Van zum Stehen kommt, sieht er noch ein letztes Mal zu Melissa. Egal was passiert, sie werden hier nicht lebend herauskommen und in ihren Augen spiegelt sich genau der gleiche Gedanke. Einer der Männer öffnet die Tür und zwei kommen und weisen Rodriguez an mitzukommen. Ein weiterer Mann kommt und fordert Melissa auf, doch sie bleibt sitzen. »Ich will erst mit Dios reden! Er hat gesagt, dass er meine Tochter gehen lässt. Er soll sein Wort halten!« Rodriguez kann nicht glauben, dass sie wirklich noch so naiv ist zu glauben, dass hier irgendwer auf sie hören würde. Der Mann packt sie an ihren langen Haaren, und sie steht vor Schmerz schreiend auf.

»Macht es Spaß, sich an Frauen zu probieren?« Rodriguez will auf die beiden zu, doch die Männer neben ihm halten ihm die Waffen vor. Es ist ihm egal, er wird hier eh nicht lebend rauskommen, also läuft er einfach weiter, bis der Mann, der bei Melissa steht, ihr die Waffe an den Kopf hält. Rodriguez stoppt, der Mann beginnt zu lachen. »Sie ist also dein Schwachpunkt, Surena? Na dann gewöhne dich daran, dass dein Schwachpunkt bald einiges mitmachen muss!« Er schubst Melissa vor sich her, die anderen Männer nehmen Rodriguez aus dem Van. »Was dauert das solange?« Dios steht aufgebaut zwischen zwölf anderen Männern vor einem Privatjet. Mit den dreien bei ihnen sind es sechzehn.

Rodriguez hat keine Chance. Sie sind auf dem privaten Flugplatz in der Nähe von Sierra. Rodriguez könnte losbrüllen, nur eine halbe Stunde von ihnen sitzen gerade seine Brüder, seine Familia und denken sich, was für ein Wichser er doch ist, einfach abzuhauen. Als die Männer ihn zu Dios bringen, spuckt Rodriguez ihm vor die Füße. »Brauch ihr Idioten so viele Männer, um einen Surena in den Griff zu bekommen? Denkst du, denkt ihr alle, dass ihr davon kommen werdet?« Rodriguez muss lachen.

»Habt ihr gesehen, was wir mit Orlando und seiner Familia gemacht haben? Sie werden euch finden, jeden einzelnen. Also genießt euren kleinen Auftritt, weil, es wird euer letzter gewesen sein.« Dios lächelt mild. »Was ich mich schon die ganze Zeit frage, man sagt, du hast Orlando erledigt? Nicht, dass ich sonderlich an dem Mistkerl gehangen habe, aber ist es nicht komisch, jetzt seine Schwester zu vögeln? Oder gibt das einen extra Kick? Und du Schlampe...« Er wendet sich an Melissa. »Nicht mal so viel Ehrgefühl, den Mörder deines Bruders zu meiden?« Melissa und Rodriguez' Blicke treffen sich, doch er erkennt nichts darin, keine Emotion. »Genug geredet, Kolumbien wartet schon ganz sehnsüchtig auf euch.«

Er deutet ihnen ins Flugzeug zu gehen, doch das wird Rodriguez nicht tun, sollen sie ihn jetzt hier auf der Stelle erschießen, er setzt keinen Fuß mehr in dieses verfluchte Land. »Hörst du nicht, du...« Weiter kommt er nicht. Ein Schuss trifft Dios genau in die Stirn, er sackt vor Rodriguez' Füßen auf den Boden. Die Männer kommen gerade dazu sich umzusehen, da wird das Feuer eröffnet. Rodriguez braucht nicht hinzusehen, sein Herz schlägt doppelt so schnell. Sie sind da. Sie kommen von allen Seiten, die Trez Puntos und die Surenas.

Rodriguez schlägt mit seiner letzten Kraft die Männer neben sich zu Boden, die so abgelenkt von dem Angriff sind, dass ihm das auch problemlos gelingt. Er nimmt einem die Waffe weg und erledigt sie schnell, bevor er sich umsieht, doch sie alle liegen schon am Boden, es hat nur ein paar Minuten gedauert, und die Männer seiner Familia treffen fast schon gelangweilt ein. Rodriguez sieht zu Melissa, die als Einzige noch auf der Seite steht und sich bekreuzigt. Chico tritt neben ihn und sieht zu Dios herunter. »Sie reden zuviel, diese Kolumbianer, das war schon immer ihr größter Fehler.« Er klopft Rodriguez auf die Schulter. »Du siehst beschissen aus.« Hernandez, sie alle treffen sie ein, auch Paco und Ramon. Beide stellen sich vor ihren jüngsten Bruder. Er sieht, dass Paco ihn am liebsten schlagen würde, doch beide nehmen ihn einen kurzen Augenblick in den Arm. Paco drückt sogar noch fester zu als Ramon. »Das klären wir noch!« Paco kann es sich nicht verkneifen und sieht sich danach um. Alle Blicke fallen auf Melissa, die sich über Dios beugt und in seinen Taschen sucht. Als sie ein Handy findet, bricht sie weinend zusammen.

Rodriguez weiß, was das heißt, sie hat jetzt jeden Kontakt zu ihrer Tochter verloren. Sie weiß nicht, wo sie ist, wo sie sie festhalten. Er vernimmt ein leises Rascheln von einem der herumliegenden Männer. Er sieht genauer hin und bemerkt, dass einer von ihnen seine Augen zu fest zukneift. Als er sich vor ihn stellt und mit dem Fuß anstupst, kneift er sie noch mehr zu. Rodriguez packt ihn am Arm und hievt ihn hoch. »Hältst du uns für blöd?«

Der Mann macht seine Augen auf und beginnt zu zittern, als Rodriguez ihm die Waffe an den Kopf hält. Er hat keine Verletzungen, er wird sich bei Beginn des Kugelhagels hingeschmissen und sich tot gestellt haben. »Bitte lasst mich gehen«, fleht er und

Sammy neben Rodriguez lacht ungläubig. Egal wer, niemand von ihnen würde jemals um sein Leben betteln.

Rodriguez sieht aus dem Augenwinkel Melissa. »Wo ist die Kleine? Was habt ihr mit ihr gemacht?« Nicht nur der Mann weiß erst nicht wovon er redet, auch Raul und die anderen kommen näher. »Welche Kleine?« Rodriguez nickt zu Melissa. »Sie hat eine Tochter, die sie als Druckmittel festhalten.« Jetzt scheint der Mann zu verstehen. »Das kleine Mädchen? Die ist bei Orlando im Haus! Niemand hat ihr ein Haar gekrümmt, das schwöre ich.« Rodriguez wird sauer und schlägt ihm ins Gesicht. »Sie ist zwei und ihr habt sie verschleppt, was ist damit?« Ramon geht dazwischen. »Orlandos Haus existiert nicht mehr, wir haben es in die Luft gesprengt.«

»Doch sie haben es sofort wieder aufgebaut. Nicht ganz so wie vorher, aber es steht schon wieder. Bitte lasst mich gehen, ich werde auch niemandem etwas sagen, oder nehmt mich bei euch auf!« Paco lacht kurz auf, Rodriguez kommt der Ekel hoch bei so etwas. »Renn, renn nach Kolumbien zurück. Wir können mit solchen Feiglingen wie euch nichts anfangen. Und sag allen, die du auf dem Weg triffst, dass es jedem Einzelnen, der noch einen Fuß auf Puerto Ricos Boden setzt, genauso ergehen wird.« Er zeigt auf die toten Männer. »Überlegt euch drei mal, ob ihr euch in Zukunft noch einmal mit den Familias anlegt!«

Der Mann wartet einen Augenblick und dann rennt er. Selten hat Rodriguez einen Mann so rennen gesehen. Mano lacht und Chico klopft ihm schon wieder auf die Schulter. Als sie sich umdrehen, sehen sie, wie Melissa mit einem Piloten redet, der gerade dazu gekommen ist. Zum Glück sind diese Piloten noch viel Schlimmeres gewohnt, sie interessiert nur das Geld, über alles andere sehen sie hinweg. Sie hält Tequila im Arm, noch immer zittert sie, und Rodriguez' Magen zieht sich zusammen. »Was hast du vor?« Paco ist derjenge, der sie anspricht. »Der Mann wurde schon bezahlt, er fliegt jetzt zurück nach Kolumbien, ich hole meine Tochter!«

Kapitel 18

»Und wie genau stellst du dir das vor? Willst du da in das Haus reinlaufen und schreien, gib mir meine Tochter zurück?« Rodriguez weiß, er ist hart zu Melissa, es würde ihn nicht wundern, wenn sie auf der Stelle zusammenbricht, so mitgenommen wie sie aussieht. Selbst Paco schenkt ihm einen Blick der sagt, dass er das lassen soll. »Ich weiß es nicht, vielleicht, was soll ich tun, hier sitzen und Däumchen drehen?« Rodriguez ist zu sauer, um noch darauf zu achten, dass alle um sie herum sind.

»Erst nachdenken Melissa, das hätte eine Menge erspart. Abgesehen davon, dass du das alles gar nicht hättest anfangen dürfen, hättest du zu mir kommen sollen! Du hättest mir sagen müssen, dass sie auf dem Weg sind, dann hätten wir sie überraschen können und so auch herausbekommen, wo Dilara ist.« Melissa schüttelt den Kopf. »Ich mache das doch nicht jeden Tag, ich hatte Panik, ich wusste nicht, was ich tun soll, wem ich trauen kann. Du hast mir nicht mal gesagt, dass du es warst, der Orlando getötet hast!«

Es gibt nicht viel, was Rodriguez treffen könnte, weil er nichts nah genug an sich heranlässt, doch das trifft ihn. »Ich habe in den letzten Tagen fast zweimal mein beschissenes Leben verloren und du denkst, du kannst mir nicht trauen?« Melissa fasst sich an die Stirn. »Nein, so meinte ich das nicht ich, meinte...« Rodriguez hebt die Hand und Melissa stoppt. Er will nichts mehr hören. Alle sind still, sie haben den Streit der beiden verfolgt.

Raul kratzt sich am Kopf. »Du kannst da nicht hin, in weniger als einer Minute hat deine Tochter dann keine Mutter mehr.« Melissa wischt sich die Tränen weg, die ohne Unterbrechung laufen. »Was soll ich sonst tun? Was würdet ihr tun? Jede Minute ist schon zu viel, sie ist doch erst zwei Jahre alt.« Sie sieht zu Paco, dann zu Juan, bei den beiden weiß sie, dass sie Kinder haben oder bekommen. Jeder versteht sie natürlich auch, trotzdem geht das nicht.

Aber Rodriguez sieht den anderen an, dass sie das auch nicht zulassen werden. Miko sieht nach seiner Waffe und Munition. »Ist unser Flugzeug startklar?« Paco nimmt sein Handy heraus. »Wie immer halbe Stunde, dann kann es losgehen.« Melissa sieht sie fragend an. »Wir sollten eh mal gucken, wie viele es von denen noch gibt, in der Zeit kannst du deine Kleine holen.« Chico geht zu dem Piloten, der bereits da ist. Auch wenn Paco und die anderen die Einstellung hatten, dass die Surenas und die Trez Puntos damit nichts zu tun haben, es hat sich geändert, als Rodriguez von ihnen gefangen genommen wurde. Keiner würde mit ruhigem Gewissen weiterleben können, wenn sie ein kleines zweijähriges Mädchen solchen Hunden überlassen.

Rodriguez nutzt die halbe Stunde und zieht sich in die Toilette des kleinen Hauses zurück, das auf dem Privatflugplatz steht. Er zieht das Shirt aus und betrachtet die Wunden. Seine Brust hat zwar wieder geblutet, doch das hat schon aufgehört. Einige Platzwunden, so wie sich alles anfühlt, wird er ein paar blaue Flecken bekommen. Aber dafür, dass er glaubte, die Schläge nicht überleben zu können, sieht es noch ganz gut aus. Paco kommt zu ihm herein und betrachtet die Brust seines Bruders.

»Du musst unbedingt den Helden spielen, wo du noch nicht mal wieder richtig auf den Beinen bist, oder?« Rodriguez geht gar nicht auf die Worte seines Bruders ein, sondern wäscht sich die trockenen Blutspuren ab. »Wusstest du, dass sie eine Tochter hat?« Rodriguez schüttelt den Kopf. »Nein, erst nachdem Dios da war, habe ich davon erfahren.« Paco tritt näher und mustert Rodriguez' aufgeplatzte Augenbrauen, dann sieht er ihm in die Augen.

»Ich hoffe, sie bedeutet dir wirklich etwas, das ist die einzige Erklärung, die ich einigermaßen nachvollziehen kann, dass du jetzt schon … das wievielte Mal in den letzten Tagen fast umgebracht wurdest? Man sollte sein Glück nicht überstrapazieren. Fahr nach Hause, ruh dich aus. Wir sind genug, wir kümmern uns darum.« Rodriguez deutet seinem Bruder an sein Hemd auszuziehen. Er trägt heute ein offenes Hemd und darunter ein weißes Shirt.

Paco kneift die Augen zusammen, doch er zieht sein Hemd aus und dann sein T-Shirt. Er kennt Rodriguez genau und gibt ihm das weiße T-Shirt, bevor er sich das Hemd wieder anzieht.

»Du und Ramon, ihr solltet euch irgendwann mal daran gewöhnen, dass ich gut auf mich alleine aufpassen kann.« Paco sieht an ihm herunter auf die vielen Wunden und grinst, doch dann wird er ernst. »Und wenn du vierzig bist, will ich dich nicht verlieren!« Rodriguez erkennt in den Augen seinen Bruders, dass er sich wirklich Sorgen gemacht hat. »Keine Sorge, mich wirst du nicht so schnell los.« Rodriguez grinst. »Und ich werde einen Scheiß tun und nach Hause fahren!« Er geht nach draußen, Paco geht ihm nach. »Rodriguez, du bist zu verletzt.« Er sieht zu Hernandez, der schon auf ihn wartet und dreht sich noch einmal zu Paco um. »Wie war das? Lernen das ich ...« Paco winkt ab, er wird es irgendwann aufgeben, Rodriguez unter seinem strengen Auge zu halten.

Sie teilen sich auf, Rodriguez, Hernandez, Juan und einige andere steigen in den kleinen Jet, der für Dios gedacht war. Rodriguez hat gar nicht mehr nach Melissa gesehen, doch jetzt findet er sie in einem der bequemen Sessel zusammengerollt und schlafend. Sie muss über ihre Tränen eingeschlafen sein. In der Hand hält sie noch immer das Handy, welches Dios ihrer Freundin weggenommen hat. Was will sie noch damit? Es wird ihr nichts mehr bringen. Er geht zu dem Sitz und nimmt es ihr vorsichtig aus der Hand.

»Die haben wenigstens schon an uns gedacht!« Josir hat ein Kühlfach entdeckt, in dem einige Sachen zum Essen und Trinken aufbewahrt sind. Rodriguez lässt sich auf einen Sessel nieder. Der Pilot hebt ab. Rodriguez entdeckt auf dem Handy einen Bildschirmschoner mit einem Bild von Melissa, noch einer Frau und einem kleinen Mädchen. Auch wenn er nicht wüsste, dass es sich um Melissas Tochter handelt, er hätte es erkannt. Die Kleine sieht ihrer Mutter sehr ähnlich. Das gleiche Lächeln, die gleichen Augen. Sie hat kurze, wilde schwarze Locken, und Melissa lächelt auf dem Bild aus vollen Herzen.

Er legt das Handy zur Seite und lehnt sich zurück. Es kommt ihm gerade wie ein Déjà-vu vor. Sie sind jetzt mittlerweile so oft diese Strecke geflogen, einmal um den Deal zu machen, einmal um sich für Tito und Saul zu rächen. Rodriguez hasst dieses verdammte Land nur noch. Aber dieses Mal wird das letzte Mal sein, das schwört er sich.

Rodriguez wacht durch das Rütteln der Maschine bei der Landung auf. Er muss auch eingeschlafen sein. Sein Körper fühlt sich an, als wäre er sechzig. Wenn das alles vorbei ist, braucht er erst einmal Ruhe, das sieht er selbst ein. Er entdeckt Melissa neben Hernandez sitzend, denjenigen, den sie von all den Jungs am besten kennt. »Das ging schnell, ich hoffe, die Mietwagen sind überhaupt schon da«, murmelt Juan und erhebt sich. Alle stehen auf, jeder sieht sich noch einmal seine Waffe an, überprüft die Munition, nur Melissa steht hibbelig daneben.

Rodriguez lässt alle das Flugzeug verlassen und hält Melissa an der Hand zurück. Als sie ihn fragend ansieht und er so nah bei ihr steht, würde er sie am liebsten in die Arme nehmen. Doch er kann nicht vergessen, dass sie ihn an Dios ausgeliefert hat und ihm nicht ein Stück vertraut, nach allem, was er für sie getan hat. »Hör zu, wenn wir da sind, bleibst du bei mir. Egal was passiert, verliere nicht wieder die Nerven. Ich weiß, dass du zu deiner Tochter willst, aber wenn du nicht ruhig bleibst, kann alles schief gehen.« Sie nickt und er geht vor. »Rodriguez!« Er dreht sich zu ihr um, sie sieht ihn mit Tränen in den Augen an. »Ich wollte das alles nicht, das, was zwischen uns war...« Rodriguez wendet sich um. »Komm jetzt, Melissa!«

Sie haben dieses Mal keinen Plan, sie wissen nicht mal, was sie erwartet. Mit drei Vans fahren sie zu der Adresse, wo sie Orlandos altes Haus in die Luft gesprengt hatten. Und tatsächlich steht wieder ein Haus auf dem Grundstück. Es ist noch nicht fertig und noch lange nicht so übertrieben prunkvoll wie das alte, aber sie haben es schnell wieder hinbekommen. Es ist niemand zu sehen. Bevor sie aussteigen, sieht Paco noch einmal zu Melissa, die neben

Rodriguez sitzt und immer nervöser wird. »Alles okay? Schaffst du das?« Rodriguez wirft ihr einen warnenden Blick zu, doch sie nickt. »Ja, alles in Ordnung!«

Dann geht alles ganz schnell, alle steigen aus und rennen in Richtung Haus. Rodriguez achtet darauf, dass Melissa dicht hinter ihm bleibt. Juan deutet an, dass sie sich aufteilen. Einige laufen von der Seite des Hauses direkt in den Garten, während Juan die Haustür auftritt. Es ist nicht so einfach, sie ist sehr stabil, doch als er das Schloss kaputt schießt, geht sie auf. Rodriguez hält sich widerwillig etwas weiter hinten, aber Melissa ist bei ihm. Kaum betreten sie das Haus, geht das Gegenfeuer los. Sie drücken sich gegen die Wand. Rodriguez entdeckt zwei Männer, die sie aus dem Flur beschießen, sie sind in der besseren Position. Als er nach vorne will um zurückzuschießen, schreckt Melissa leicht auf, auch wenn sie sich gleich die Hand vor den Mund hält.

Paco nickt und macht den Schritt nach vorne, während Chico und Juan ihm Rückendeckung geben. Paco erledigt mit nur zwei Schüssen die beiden, die schon mindestens fünfzig Schuss abgefeuert haben. Sie gehen sofort weiter. Im Garten ist schon Ruhe, es liegen ein paar Männer auf dem Rasen, alle sehen sich um. »Das war's? Durchsucht das Haus!« Rodriguez lässt die Waffe sinken. »Wie sollten sie sich so schnell wieder erholen? Die meisten waren wahrscheinlich mit bei uns oder sie sind in einem anderen Haus. Guckt euch trotzdem alles genau an.« Melissa will los, doch Rodriguez hält sie zurück. »Sie muss hier sein!«

Sie sieht Rodriguez flehend an, also flucht er leise und geht vor. Neben Raul und Sammy suchen sie in jedem Zimmer, Melissa sieht in jede Nische, unter jedes Bett. In einem Zimmer finden sie sogar noch einen Mann versteckt vor, doch kein kleines Mädchen. In einem der Badezimmer finden sie dann ein paar kleine rosafarbene Haarspangen. Melissa fängt an zu schluchzen. Es sind die ihrer Tochter. »Sie ist hier!« Rodriguez' Blick fällt auf ein blutiges Handtuch in der Ecke und er betet zu Gott, dass diese verdammten Schweine wenigstens noch soviel Moral hatten und ein kleines zweijähriges Mädchen in Ruhe gelassen haben. Auch Melissa sieht das Handtuch und beginnt zu schreien. »DILARA!« Raul deutet ihr nicht so laut zu sein, falls noch jemand da ist. Sie gehen in weitere Zimmer, Küche, Badezimmer, doch sie finden keine weitere Spur. Als sie wieder an den Eingang kommen, wo Ramon und Hernandez stehen, schütteln diese den Kopf, keiner hat sie gefunden.

»Sie ist hier!« Melissa beginnt wieder loszugehen, Hernandez folgt ihr. Rodriguez und Paco wechseln einen Blick, wer weiß, was die mit der Kleinen angestellt haben, zuzutrauen wäre ihnen alles. »Dilara!« Er hört Melissas Verzweiflung in der Stimme, auch Paco sieht zu Boden. Rodriguez wischt sich über seine müden Augen, sein Herz schnürt sich zusammen. Er geht in den Garten hinaus, wo Juan gerade die Anweisungen gibt, den Müll zu beseitigen. »Wir haben nichts weiter gefunden, keine Hinweise, dass es noch mehr von denen gibt.« Rodriguez zuckt die Schultern. »Selbst wenn, keiner von ihnen wird es wagen, noch einen Schritt zu tun und selbst dann, sollen sie kommen, mir imponiert niemand von denen, sie sind der letzte Dreck.«

Juan sieht ihn an. »Habt ihr die Kleine?« Rodriguez schüttelt den Kopf, dann erst sieht er weiter unten im Garten den Schuppen, wo sie damals die vielen Frauen befreit haben. Er scheint von der Explosion, die sie damals verursacht haben, gar nichts abbekommen zu haben, es ist noch genau derselbe. Eine kleine Vermutung macht sich breit und er geht schnell zu dem einfachen kleinen Holzhaus. Es hängt ein Schloss vor, Rodriguez nimmt seine Waffe und schießt es auf.

Als er darauf das Geschrei eines kleinen Mädchens wahr nimmt, schlägt sein Herz schneller. »Juan, ruf Melissa, schnell!« Er öffnet die Tür und entdeckt die Frau und das Mädchen vom Foto. Beide schrecken zusammen, die Frau versteckt das Mädchen hinter sich. »Es ist alles gut, wir sind hier, um euch zu holen. Melissa kommt gleich.« Da streckt das Mädchen den Kopf hervor, sie sieht genauso aus wie ihre Mutter, auch aus ihren blauen Augen kullern die

Tränen. »Mamita?« Rodriguez nickt. Als er sieht, dass die Frau aufstehen will und Dilara auf den Arm nimmt, merkt er, wie schwach sie ist. Er geht zu ihr und nimmt die Kleine zu sich auf den Arm. Das Mädchen legt erschöpft ihren Kopf auf seine Schulter, auch die Frau ist ohne Kraft. »Ich habe so einen Durst!« Rodriguez streichelt über den Lockenkopf der Kleinen. Diese Bastarde. »Du kriegst gleich etwas.« Melissa kommt aus dem Haus auf sie zu gerannt und Rodriguez übergibt ihr ihre Tochter. Im selben Augenblick lässt sie sich auf die Knie sinken, als hätte sie nur auf den Augenblick gewartet, bis sie die letzte Kraft verlässt.

Sie weint, küsst ihre Tochter, sagt ihr, wie leid es ihr tut, wie sehr sie sie liebt und Dilara umklammert ihre Mutter einfach nur. Es trifft Rodriguez, das zu sehen, zu sehen, zu was Orlando und seine Freunde in der Lage gewesen sind, wie sehr sie Melissas Leben zur Hölle gemacht haben. Als er sich umsieht, bemerkt er, dass sie alle aus dem Haus gekommen sind, alle, Chico, Juan, Paco, Ramon, alle die mitgekommen sind, sehen betroffen zu Melissa und ihrer Tochter und deren kraftlose Verzweiflung. Rodriguez schaut zu dem wieder erbauten Haus und hofft, dass endlich Ruhe hier einkehrt und sich keiner von ihnen mehr wagt etwas zu tun. Er knüllt eine herumliegende Zeitung zusammen und zündet sie an. Er schmeißt sie in den alten Holzschuppen, der sofort in Flammen aufgeht.

Nie wieder soll hier eine Frau gefangen gehalten werden. Sie alle sehen zu, wie das Feuer diese Hölle verbrennt, besonders Melissa. Rodriguez hofft, dass nun endlich auch für sie dieses Kapitel geschlossen wird.

Zwei Monate später :

Rodriguez lehnt sich auf der Liege zurück und lässt die Sonne die Wasserperlen von seinem Körper trocknen. Hernandez zieht noch ein paar Bahnen. Mano ist gerade zu Chico hinübergegangen, um zu helfen, den Grill für heute Abend aufzustellen. Es soll eine Überraschung werden, doch Rodriguez hat nicht mal zwei Minuten gebraucht, um aus seinem alten Freund Chico herauszukitzeln, dass Adriana und er sich verlobt haben. So langsam werden sie alle sesshaft, Väter, heiraten.

Als Rodriguez das letztens vor Paco angesprochen hat, hat der nur gelacht und gesagt, dass, egal was passiert, die Surenas niemals aus ihnen weichen werden. Sie werden die Führung behalten, auch wenn sie langsam wieder jüngere Männer aufnehmen. Er hat zu Leandro, Miguel und Sami gesehen. »Die nächste Generation der inneren Kreise der Surenas wächst schon heran.«

Rodriguez schließt die Augen, um die Sonnenstrahlen noch mehr zu genießen, doch er merkt schnell, dass das keine gute Idee ist. Er schafft es, tagsüber nicht zu viel daran zu denken, aber wenn er allein ist, wenn er Zeit zum Nachdenken hat, kommt sie wieder vor sein inneres Auge: Melissa.

Er bereut es, wie sie auseinander gegangen sind, doch er wüsste auch nicht, wie er es hätte anders machen können. Nach Dilaras Befreiung sind sie direkt zurück geflogen. Melissa und ihre Freundin haben sich Flüge in die Dominikanische Republik gebucht, was ihrer ursprünglichen Planung entsprach und dort alles schon vorbereitet war. Die zwei Tage bis zum Flug sind sie bei Bella und Paco im Haus geblieben. Rodriguez hat sich zurückgezogen. Er hat viel geschlafen und seinem Körper die Ruhe gegeben, die er gebraucht hat. Er ist nicht zu ihnen hinüber gegangen, nicht ein einziges Mal, er wusste nicht, was er hätte sagen sollen. Doch er stand oft am Fenster seines Schlafzimmers, von dem er in den Garten seines Bruders blicken kann und hat sie beobachtet.

Melissa und ihre Tochter sind ein Herz und eine Seele, das wird einem schon nach ein paar Minuten klar. Aber Dilara ist auch wirklich ein süßes Mädchen, sie und Leandro waren aus dem Kinderpool kaum herauszubekommen. Dilara hat es sogar geschafft, Paco um den Finger zu wickeln, sodass er einen Nachmittag Stunden mit ihnen im Pool spielen musste und sie immer wieder von seinen Schultern ins Wasser geworfen hat. Wenn er Melissa beobachtet hat, wusste er, dass es so kommen wird. Dass sie für ihn nicht einfach schnell zu vergessen sein wird, wie all die Frauen davor, auch wenn sie nicht viel Zeit zusammen verbracht haben. Aber als er sie beobachtet hat, wusste er, sie ist das Beste, was ihm je passieren konnte. Denn schon da vermisste er sie.

Seine Mutter hat ihm früher manchmal gesagt, dass es bei manchen Menschen nur wenige Augenblicke braucht und man weiß, dass sie einem viel bedeuten, während man andere ein Leben lang kennt und sie nie einen wirklich Platz im Herzen haben werden. Rodriguez verwirft all diese Gedanken jedoch schnell wieder. Sie hat nicht einmal Vertrauen zu ihm, dann hat sie eine Tochter und soviel auf sich genommen, um aus der Welt der Familias zu flüchten.

Unvorstellbar, dass zwischen ihnen mehr als diese zwei Nächte sein werden. Alle wollten ihn besuchen, nur sie nicht. Auch sie ist nicht herübergekommen, weil sie das wahrscheinlich genauso sieht. Rodriguez hatte aber keinen Nerv jemanden zu sehen und hat immer ausrichten lassen, er schlafe. Nur Paco hat das recht wenig interessiert, er ist einfach in sein Zimmer geplatzt und hat ihm die Decke weggezogen. Nachdem er seinen jüngeren Bruder und dessen Wunden wie immer ausgiebig gemustert hat, hat er ihm gesagt, er soll sich verabschieden kommen, sie wollen am Abend los. Bevor Paco gegangen ist, hat er sich noch einmal zu ihm gedreht. »Rede mit ihr, Rodriguez!«

Rodriguez ist einfach liegen geblieben, er hat darüber nachgedacht hinüber zu gehen, er ist sogar aufgestanden und hat eine Jeans angezogen. Doch bevor er sich endgültig entschlossen hat, kam sie. Melissa stand plötzlich verlegen vor ihm und sah auf die verbundenen Wunden. »Ich hoffe, dass es dir bald besser geht ... wir fahren gleich.« »Pass auf dich und die Kleine auf.« Melissa kam näher und Rodriguez nahm sie noch einmal in den Arm. Sie hätten nicht mehr die passenden Worte gefunden, doch diese Umarmung hat alles andere gesagt.

Melissa hat sich fest an ihn geschmiegt und seinen Duft eingeatmet, während er sie so eng wie möglich an sich gehalten hat. Er hat ihre Haare geküsst und wusste, er will sie nicht gehen lassen. Sein Herz wollte das nicht, doch ist es noch viel zu wenig gebraucht worden, als dass sein Verstand diese alberne Idee nicht sofort vernichtet hätte. Also ließ er sie aus seinen Armen, aus seinem Leben gehen.

Seitdem hat er sie nicht mehr gesehen oder gehört. Sie hat hin und wieder telefonischen Kontakt zu Bella und er weiß, dass es ihr und der Kleinen gut geht, das reicht. Sie werden nicht mehr bedroht, aus Kolumbien kommt nichts mehr, kein Mucks, und nichts anderes hätte Rodriguez erwartet. Aber er kann es bis heute nicht verhindern, dass seine Gedanken immer wieder zu ihr wandern, wenn er nicht aufpasst.

»Ihr faulen Kerle!« Rodriguez öffnet die Augen, als er die Stimme von Bella hört. Mittlerweile ist ihr Bauch nicht mehr zu übersehen, und so wie sie jetzt angelaufen kommt, mit den langen Haaren und dieser Kugel, muss Rodriguez lächeln. Ein Wunder, dass sie sich von Sanchez hat losreißen können, der Kleine Sohn von Sara und Juan ist letzte Woche etwas zu früh zur Welt gekommen. Rodriguez könnte sich immer noch kaputt lachen, wenn er an Juans Panik denkt. Der Kleine ist jetzt schon ein strammer Kerl wie der Papa. Wie Sara es geschafft hat, ihn solange mit sich herumzutragen, ist ihm ein Rätsel.

Bella sieht zu Hernandez, der weiterschwimmt und grinst dann Rodriguez so an, dass der weiß, es hat nichts Gutes zu bedeuten. »Ich habe gerade Radio gehört, es gibt ein neues Lied von Melissa.« Er weiß nicht, wie das gehen sollte. »Sie hat aufgehört!« Bella nickt. »Hat sie auch, aber sie hat angegeben ein Lied aufzunehmen, wenn ihr etwas auf dem Herzen liegt. Der Erlös geht an verschiedene Fraueneinrichtungen, sie gibt aber keine Interviews oder sonstiges.« Rodriguez hasst es über das Thema zu reden, Bella hat schon ein paar Mal probiert ihn deswegen anzusprechen, aber er hat gleich abgeblockt.

»Wenn sie denkt, dass es das Richtige ist.« Damit ist für ihn das Thema beendet, aber für Bella noch nicht. »Wo ist dein Notebook?« Rodriguez zeigt auf einen der Tische »Wozu?« Bella geht sofort los und holt das Teil zu ihnen. »Ich will es dir zeigen.« Schon beginnt sie das Lied zu suchen. Sobald sie es anspielt, weiß Rodriguez, dass es nicht einer ihrer üblichen Sommersongs ist. Nach ein paar Sätzen zieht sich sein Herz zusammen.

'Mein Leben sollte glücklich sein, es ist, wie ich es mir gewünscht habe. Doch egal, wie ich lache, es fühlt sich nichts vollständig an. Es war nur eine kurze Zeit, die du an meiner Seite warst, doch diese Zeit war intensiver, als jemals eine Zeit zuvor. Seitdem fehlt etwas und egal, wie ich versuche es zu vergessen, die Erinnerung an dich holt mich ein. Ich wünschte, wir wären uns in einem anderen Leben begegnet, damit ich die wenigen Stunden, die wir zusammen hatten, ins Unendliche ziehen könnte! Was auch passiert, ich wünsche dir nur das Beste«'

»Dilara, Schatz, noch zehn Minuten, dann gibt es Essen!« Melissa schließt das Küchenfenster wieder und sieht zu, wie Dilara und Tequila über den Strand rennen. Sie liebt es hier, das Haus was sie für sich und Dilara gekauft hat, ist perfekt. Nicht zu groß, romantisch eingerichtet und vor allem direkt am Strand. So kann sie ständig auf das Meer hinaussehen. Das Rauschen beruhigt ihre Seele. Dilara kann hier in der Nähe in einen amerikanischen Kindergarten gehen, Melissa möchte unbedingt, dass sie zweisprachig aufwächst.

Sie hat nichts mehr aus Kolumbien gehört, es ist ruhig, und das erste Mal in ihrem Leben fühlt sie sich wirklich frei. Aber sie weiß nicht, ob sie dafür einen zu hohen Preis gezahlt hat. Dilara redet nicht mehr davon, aber sie wacht manchmal nachts schreiend auf. Melissa kann nur hoffen, dass ihre Liebe die Narben heilt, die jetzt schon in ihrer kleinen Seele haften.

Rodriguez, sie denkt an ihn, eigentlich trägt jeder ihrer Gedanken seine Handschrift. Er hat sie verwirrt mit seiner Art, erst kalt und unberechenbar, dann fürsorglich und liebevoll. Er hat ihr in diesen paar Tagen so oft das Leben gerettet und geholfen und sie sagt ihm, dass sie ihm nicht vertraut. Sie würde es gerne rückgängig machen, wünschte, sie hätten sich unter anderen Umständen kennengelernt, aber wiederum hätte sie dann auch nicht seine zwei Seiten kennengelernt. Der Mann, der ihr einen so kalten Blick schenkt und der Mann, der sie so zärtlich geküsst und geliebt hat, dass es ihr heute noch eine Gänsehaut beim bloßen Gedanken daran beschert.

Sie hatte gedacht, wenn sie es sich von der Seele schreibt und singt, es für sie einfach nur noch eine schöne Erinnerung bleibt, doch es klappt nicht. Melissa kriegt ihn nicht aus ihren Gedanken. Jedes Mal, wenn sie mit Bella telefoniert, hat sie die Hoffnung dass sie ihr etwas sagt, etwas ausrichtet. Sie ist sogar das Risiko eingegangen und hat ihre Adresse bei ihnen hinterlassen, was sie niemals tun wollte. Er hat die Handynummer, wenn er etwas sagen wollte, hätte er die Möglichkeit, doch er schweigt.

Für ihn war sie wahrscheinlich einfach nur die undankbare Prinzessin, und er befasst sich nicht einmal mehr mit ihr, deswegen ist es für sie umso wichtiger, das alles zu vergessen. Es war einfacher, als Emilia noch da war, sie hat das alles gut überstanden. Sie war schon immer eine starke Frau und sie war es auch, die Melissa zu diesem Schritt ermutigt hat. Melissa dankt Gott dafür, dass sie Emilia und Dilara nur gefangen gehalten und ihnen nichts weiter angetan haben.

Doch Emilia ist seit zwei Wochen weg, zusammen mit Jorge, der sie auch besuchen gekommen ist. Sie werden beide oft vorbeikommen, doch ihr Leben spielt sich in L.A. ab. Sie lebt bewusst abgetrennter, die direkten Nachbarn sind alles ältere Leute, die sicher noch nie etwas von Melissa Dimengo gehört haben. Wenn sie in die Stadt fahren, versteckt sie sich noch hinter einer großen Sonnebrille, doch auch das wird nur vorübergehend sein. Sie kennt das von anderen Stars. Diese Welt ist zu schnelllebig, irgendwann wird höchstens noch jemand sagen. »Hast du die gesehen? War das nicht so eine Sängerin?« Irgendwann einmal. Sie kann diesen Tag nicht abwarten.

Doch ihr Auftritt hat etwas bewirkt und das lässt ihr Herz trotz allem lächeln, abgesehen davon, dass es ihr gut getan hat, all das los zu werden, ist die Presse neugierig geworden. Viele Frauenorganisationen und das nicht nur aus Kolumbien, sind nach dem Auftritt an die Öffentlichkeit gegangen, haben von ihren Problemen erzählt und viel Unterstützung bekommen. Zudem hat der neue Polizeipräsident Kolumbiens versprochen, viel verstärkter gegen die Familia und deren Machenschaften in seinem Land vorzugehen. Irgendwie glaubt Melissa ihm das sogar. Es ist nur ein Tropfen auf einen heißen Stein, doch sie ist froh, diesen Tropfen gelegt zu haben.

Es klopft. Melissa wird aus ihren Gedanken gerissen, es ist bestimmt die Nachbarin, der sie gestern einige Stücken Kuchen gebracht hat und die den Teller zurückgeben will, doch trotzdem klopft ihr Herz noch immer schneller. Deswegen sieht sie auch erst durch den Türspion. Was sie da entdeckt, lässt sie die Tür förmlich aufreißen. Rodriguez steht vor der Tür und als er ihr verwundertes und zugleich nur auf Grund seines Erscheinens strahlendes Gesicht sieht, grinst er.

»Ich dachte, ich … « Melissa ist es egal, es ist ihr egal, weswegen er da ist, was er will und dachte, er ist da. Sie kann sich nicht zurückhalten und schneidet ihm das Wort mit ihren Lippen ab. Melissa weiß nicht, wie er reagiert, doch als er sie dann enger an sich zieht und sie genauso sehnsüchtig zurück küsst, werden ihre Knie weich. Er umfasst ihren Nacken, löst sich nur, um in ihre Augen zu sehen und sie gleich wieder zu küssen. Melissa kommen die Tränen. Als sie sich erneut trennen, küsst sie seine Nase. »Ich muss ständig an dich denken, es tut mir alles so leid.« Rodriguez küsst ihre Stirn und wischt ihr eine Träne weg.

»Eigentlich wollte ich sagen, ich bin nur gekommen um zu sehen, ob alles in Ordnung ist, aber...« Er schaut hinter sie, wo gerade Dilara und Tequila hereingestürmt kommen. »Mama, wir haben Hunger!« Dilara stoppt und sieht überrascht zu Rodriguez, Tequila kommt sofort angestürmt und erkennt ihn. »Ich kenne dich, oder?« Dilara sieht ihn neugierig an, Rodriguez tritt näher und wuschelt über ihre Locken. »Ja, wir haben uns schon gesehen.« Dilara nimmt seine Hand. »Kommst du auch essen? Ich habe so großen Hunger wie ein Pferd!« Melissa beobachtet lächelnd, wie ihre Tochter ihn zum Tisch mitnimmt, von einem zum anderen Augenblick schlägt ihr Herz, was in letzter Zeit so zerbrochen war, wieder hoffnungsvoll.

Dilara ist auch einsam hier, außer Tequila und ihrer Mutter hat sie noch niemanden und das merkt man sofort, als Rodriguez bei ihnen ist. Sie will seine ganze Aufmerksamkeit, zeigt ihm jedes Zimmer, schleppt ihn mit zum Strand. Dabei fällt Melissa auf, dass er nichts dabei hat, keine Tasche, keine Sachen, er hat nicht vor länger zu bleiben. Melissas Hoffnung schwindet schnell wieder. Sie liebt Dilara mehr als ihr eigenes Leben, aber für einen Mann wie Rodriguez ist die ständige Anwesenheit eines kleinen Kindes garantiert nervtötend.

Aber er macht alles mit, man merkt, er ist durch Leandro und seinen anderen Neffen an kleine Kinder gewöhnt. Er strengt sich an, ihr jeden Wunsch zu erfüllen und lacht mit ihr, was Melissa genießt. Das erste Mal sieht sie ihn wirklich frei lachen. Nachdem sie Dilara ins Bett gebracht hat und zu ihm auf die Terasse zurückkehrt, wird sie nervös. Nun wird sie erfahren, was er denkt, was er eigentlich will und vorhat.

Melissa hat einfach Angst, dass es genau das Gegenteil ist von dem, was sie sich erhofft. Sie traut sich kaum, sich zu ihm zu setzen, sie will diese kleine Hoffnung von vorhin nicht verlieren. Er zieht sie auf seinen Schoß. »Wieso bist du so ruhig geworden? Störe ich euch hier?« Er muss grinsen, weil er weiß, wie sie beide sich über seinen Besuch freuen. Melissa kann aber nicht lachen, sie nimmt all ihren Mut zusammen und spricht frei aus dem Herzen heraus. »Rodriguez, es tut mir leid, wie all das damals gelaufen ist, was ich gesagt habe, wie ich mich verhalten habe, es war nur, ich wusste in den Momenten keinen anderen Ausweg. Ich bereue vieles, aber die Zeit mit dir bereue ich nicht, ich muss noch oft daran denken. Ich wünschte eben nur, alles andere wäre nicht so gekommen.« Sie sieht Rodriguez an, versucht an seinem Gesichtsausdruck etwas zu erkennen, doch das ist wie immer unmöglich.

Dann räuspert er sich. »Melissa, ich bin kein Mensch, der so etwas wie eine Beziehung führt, heiratet, Kinder kriegt, nicht mal eine feste Freundin hat.« Melissa schluckt leise, wie dumm von ihr, das überhaupt anzusprechen. »Außerdem bist du nicht alleine, du hast Dilara, wenn ich da Scheiße baue, betrifft das gleich zwei.« Melissa senkt den Blick. »Ja natürlich, ich verstehe.« Zwei Finger heben ihr Kinn wieder hoch, und sie sieht in die dunklen Augen von Rodriguez.

»Aber ich bin trotzdem gekommen, weil ich auch ständig an dich denken musste. Dass du mir nicht egal bist, habe ich hoffentlich schon bewiesen und … wenn du und Dilara wollen... ich weiß es auch nicht genau, vielleicht kommt ihr eine Weile mit zu uns, zu mir. Ich meine nur wenn ihr wollt. Dilara hat dort sicher Spaß und du bist auch nicht so alleine. Hier ist es auch schön, wie gesagt, nur wenn ihr wollt und wenn du überhaupt Interesse an so einem Leben hast. Ich hätte dir damals auch sagen müssen, dass ich derjenige war, der Orlando beseitigt hat. Du brauchst auch keine Angst zu haben, ich passe auf euch beide auf....«

Melissa stoppt seinen Redeschwall und die Bemühungen etwas auszudrücken, was sie dahinschmelzen lässt. Sie küsst ihn glücklich und zeigt ihm, wie sehr sie ihn vermisst hat. Dann legt sie ihre Stirn an seine, sie beide atmen schwerer. »Wir wollen, Dilara wird sich freuen und ich will einfach bei dir sein«, gibt sie zu. Rodriguez küsst ihre Stirn. »Ich kann dir keine Garantie geben, aber ich verspreche, mein Bestes zu geben.« Melissa lächelt. »Eine Garantie, dass es klappen wird, kann dir niemals jemand in solchen Angelegenheiten geben, aber solange du mir nicht die Garantie gibst, dass es aussichtslos ist, gehe ich gerne jedes Risiko ein.«

Rodriguez legt seine Hand an ihre Wange, doch bevor er seine Lippen auf ihre legt, blickt er ihr noch einmal in die Augen. »Ich liebe dich!« Melissa kullern die Tränen aus den Augen, weil sie das Gefühl hat, er sagt es zum ersten Mal zu einer Frau und weil sie spürt, wie ernst er es meint.

»Ich dich auch!«

Melissa weiß, dass sie es mit jemandem wie Rodriguez nicht so leicht haben wird, doch sie hat Vertrauen in ihn, Vertrauen in die liebevolle Art, wie er sie ansieht und küsst. Wie er an ihrer Seite war, ohne dass sie ihn darum gebeten hat. Sie geht dieses Risiko aus ganzem Herzen ein.

Sie lieben sich an diesem Abend … und an vielen weiteren.

Zwei Herzen, ein Herzschlag.

Lesen sie weiter in :

Llora por el amor 4 – Nueva era

Leandro ist glücklich, mit seinem Vater und seinen Onkels den Tag zu verbringen. Es ist selten, dass sie alle sich soviel Zeit für die Jungs nehmen. Als er und sein Vater bei der Ausstattung seines zukünftigen Wagens mit dem Verkäufer verhandeln, lässt er ihm alle Freiheiten, seinen Wagen mit dem einzurichten, was er schon immer haben wollte.

Sein Onkel Juan hat ihn dann auch auf der Rückfahrt ans Steuer gelassen, er versteht eh nicht, warum er noch auf diesen Führerschein warten muss, wenn Miko ihm schon mit 14 das Autofahren beigebracht hat.

Sie fahren danach zu Pepo, sein Vater und die anderen fahren weiter zu einem Geschäftstermin. Leandro versteht nicht, warum er nicht dabei sein kann. Wieso er so einen Blödsinn wie Schießstunden zuerst machen muss und sein Vater ihm nicht endlich einmal richtig in die Familia miteinbezieht.

Wie oft hat er den Erzählungen seines Opas gelauscht, als er ihm von seinem Vater als Jungen erzählt hat. Von seinem Onkel Rodriguez und Ramon, der Älteste, der mit 18 schon die ganze Familia alleine angeführt hat.

»Wir werden sehen, Surena!« Sanchez zwinkert Damian zu. Die beiden haben sicherlich beim Betreten des Punto-Hauses wieder eine ihrer vielen Wetten abgeschlossen. Sie sind alle zusammen aufgewachsen, wie Brüder, doch zwischen allen wird oft entweder im Spaß oder, wenn sie sich richtig streiten, Punto oder Surena benutzt um zu zeigen, dass dies der Unterschied zwischen ihnen ist, nur bei Leandro niemals.

Er ist beides und ihn hat dieses Surena- und Punto-Gerede noch nie sonderlich beeindruckt. Er gehört zu beiden Familias, deswegen sieht er diese Trennung nicht und akzeptiert sie auch nicht. Es ist ihm egal, ob Sanchez oder Damian, es sind beides seine Cousins.

Sie ziehen ihn nur mit der Plaka auf, die außer Miguel noch keiner von ihnen hat. Er hat die Surena-Plaka und alle betrachten diese neidisch, nur Leandro weiß nicht was er machen wird, er denkt daran, sich beide Plakas stechen zulassen.

»Leandro, wo bist du mit deinen Gedanken?« Sein Onkel Pepo sieht ihn streng an, was Leandro nicht wirklich ernst nimmt. Er weiß genau, dass er von allen der Liebling ist und keiner ihm jemals wirklich böse sein kann.

Pepo legt ihnen 5 verschiedene Waffen auf den Tisch. Als Damian nach einer greifen will, haut er ihm auf die Finger und zeigt ihnen, wie sie damit umzugehen haben. Dann gibt er jedem von ihnen eine Waffe in die Hand.

Leandro sollte so tun, als wäre es das erste Mal, dass er eine Waffe trägt, sie alle sollten das, doch ihre Väter haben nie bemerkt, wie lange sie schon zur Familia gehören wollen. Er erinnert sich, wie er erst immer mit Miguel und Sami mitgegangen ist, als sie sich auf einem Feld außerhalb von Sierra mit Waffen, die sie einem ihrer Onkels geklaut haben, selbst das Schießen beigebracht haben.

Irgendwann ist er dann selbst mit Sanchez, Damian und Kasim dorthin, natürlich sollen es seine Onkels nicht merken, doch das erübrigt sich, als der Angeber Sanchez ohne große Probleme eine Dose von einem Stuhl schießt, die Pepo extra hingestellt hat. Leandro wirft seinem Cousin einen genervten Blick zu, doch natürlich ist Damian viel zu stolz, um freiwillig als nächstes danebenzuschießen und durchlöchert die Dose sogar.

Pepo sieht fluchend zu Leandro und stellt die Dose noch weiter entfernt hin. Nun ist es eh zu spät, Pepo ist nicht dumm, und so ersparen sie sich wenigstens die unnötigen Nachhilfestunden im Umgang mit Waffen. Leandro hatte von allen bisher die ruhigste

Hand. Auch jetzt trifft er ohne große Probleme, was Pepo wütend zum Handy greifen und fluchend ins Haus verschwinden lässt.

Es dauert keine 5 Minuten, da tauchen Miko und Chico auf und sehen die Jungs alle ermahnend von oben bis unten an, doch sie warten, bis ihre Väter eintreffen. Sein Onkel Juan fährt die Jungs sofort wütend an, dass sie zeigen sollen, was sie können.

Jetzt erst merken auch Sanchez und Damian, was sie da angerichtet haben, Kasim sitzt die ganze Zeit unbeteiligt daneben, sein Vater ist von allen immer am entspanntesten. Leandro spürt besonders den Blick seines Vaters auf sich und wird nervös. Seine Meinung ist ihm wichtig, auch wenn er gleich den größten Ärger seines Lebens bekommen wird, er will ihm zeigen, was er schon drauf hat und dass er ihn endlich nicht mehr als kleinen Jungen ansieht.

Alle anderen haben vor ihm vor Aufregung zwar die Dose heruntergeschossen aber nicht direkt getroffen. Leandro trifft die Dose genau in der Mitte und durchbohrt sie. Chico pfeift durch die Zähne »der Sohn der Cobra!« Rodriguez nimmt ihnen allen die Waffen aus der Hand und knallt sie auf den Tisch. »Wie seid ihr an Waffen herangekommen?«

Leandro setzt sich lieber, das wird sicher noch eine Weile dauern.

Die Llora por el amor – Reihe   Sonderausgaben

1. Weine aus Liebe   1. Sonderausgabe zu Weine aus Liebe
2. Verschiedene Welten   2. Latizias Weg
3. Hass und Liebe   3. Dilaras Glück
4. Nueva era
5. De tal palo tal astilla
6. Cicatriz

Das Schicksal hat viele Gesichter, es kann Gutes bringen oder sich deinen Plänen in den Weg stellen. Es ist kein Zufall, dass uns manche Menschen begegnen. Wir lernen und wachsen an unserem Schicksal. Es ist keine Frage, ob dich das Schicksal aufsuchen wird, sondern wie du dann damit umgehen wirst.
Für jeden Menschen stellt sich irgendwann die Frage …

… Glaubst du an das Schicksal?